クリスティー文庫
89

娘は娘

アガサ・クリスティー
中村妙子訳

早川書房

5464

A DAUGHTER'S A DAUGHTER

by

Agatha Christie

Translated by

Taeko Nakamura

Published 2021 in Japan by

HAYAKAWA PUBLISHING, INC.

This book is published in Japan by

arrangement with

AGATHA CHRISTIE LIMITED

through TIMO ASSOCIATES, INC.

娘は娘

登場人物

アン・プレンティス……………………主人公。未亡人
セアラ…………………………………アンの娘
イーディス……………………………プレンティス家のメイド
デーム・ローラ・ホイスタブル………著述家・講演家。アンの友人
ジェームズ・グランド大佐……………アンの友人
リチャード・コールドフィールド……東洋帰りの実業家
ジェリー・ロイド………………………セアラの友人
ロレンス・スティーン…………………大富豪の御曹子

第一部

第一章

1

アン・プレンティスはヴィクトリア駅のプラットホームに立って、車窓の娘に手を振っていた。大陸との間をつなぐ汽船と連絡する列車は、まるでわざとのように立て続けに大きく車体を揺すりながら出て行った。セアラの黒髪に覆われた頭が見えなくなると、アン・プレンティスは踵《きびす》をめぐらしてプラットホームをゆっくりと出口に向かって歩きだした。

愛する者を見送った者の心に時おり兆《きざ》すことのある、複雑な気持ちを、アンは味わっていた。

かわいいセアラ――留守の間の淋しさが思いやられた……もちろんほんの三週間のことだけれど……でも彼女がいないことでフラットの中はどこかがらんとした感じがする

に違いない……イーディスと二人、大して話題もない中年女がひっそりと暮らすのでは……

セアラは活発な、元気いっぱいの娘だった。何事にも積極的で、それでいてある点ではまだほんの赤ん坊だった……あらあら——とアンは胸に呟いた——赤ん坊だなんて、セアラが聞いたらさぞ憤慨するだろう！　セアラばかりではない。あの年ごろの女の子が親に向かってことさらに強調するのは、さりげない、むしろ無関心な態度をとってほしいということではなかったか？　「そんなにうるさく世話を焼かないでちょうだいな、お母さま」と彼女たちは一様にいうだろう。

むろん実際的な助力なら、娘たちは喜んで受けいれる。服をクリーニング屋に持って行ったり、取ってきたり。たいていの場合は、クリーニング代も母親持ちだ。厄介な電話を代わりにかけたり（「お母さまからキャロルに電話してちょうだい。その方が角がたたないわ」）、取り散らかした部屋を整頓したり（「自分でかたづけるつもりだったのよ。でも今すぐ出かけなければ間に合わないんですもの」）。

「わたしの若いころはどうだったろう？」とアンはふと思った。

アン自身の育った家庭は昔風だった。彼女が生まれたとき、母親はすでに四十を越えており、父親はそれよりさらに十五、六歳も年上で、万事が父親の好みどおりに運ばれた。愛情にしても以心伝心というのではなく、親も子もことごとに言葉や態度で愛情を表明した。

「ありがとう、よくお手伝いしてくれるのねえ」「父さんはおまえがかわいくてたまらないんだよ！」「お母さま、何かあたしにできることがあったら言って」

家の整頓、使い走り、出入りの商人の請求書に目を通したり、招待状や挨拶状を代筆したり——そうしたこまごまとした用事をアンは当然のことのように忠実に果たした。娘は両親に仕えるために生きているので、その逆ではなかった……

駅構内の本屋の近くにさしかかったとき、アンはふと自問した。「どっちがいいのかしら、その点、昔と今と？」そして我ながら驚いたことに、容易には答えられないような気がしたのだ。

本屋の前で足を止め、その夜、炉の火に暖まりながら読むものをと店頭の雑誌や書籍を物色しながらも、アンは最前からの考えを追いつづけていた。そして、いずれにしろ、そんなことは大した問題ではないという意外な結論に達した。いってみれば流行語のようなものだ。「すごい」が「最高」になり、「イカス」となって、表現は次から次へと変わるが、結局はひとつことなのだ。

この場合もそれと同じだ。子どもが親に仕えようが、親が子どもに仕えようが——人間対人間の根本的関係にはいささかの変わりもない。セアラと彼女の間には深い、掛値なしの愛情がある、とアンは信じていた。では、彼女自身と、亡くなった母親はどうだったのか？　今考えると、表面的にはいかにも愛情こまやかに見えたろうが、実際にはそれだって、近ごろの親子関係によく見られる、当たらず障らずの無関心さを覆い隠す煙幕に過ぎなかったのだ。

微笑を浮かべながら、アンは〈ペンギン・ブック〉を一冊買った。何年か前に読んで面白かったという記憶のある本だった。今読むと多少センチメンタルな感じがするかもしれない。でもかまうことはない。セアラがいないのだし……

「もちろん、淋しいわ、セアラがいないのは」とアンは考えた。「だけど家の中が静かなのはありがたいともいえる。イーディスにしたって、ちょっと息抜きができるというものだろう――セアラときたら、しょっちゅうこっちの計画をひっくり返したり、食事時間や献立を変更させたり、イーディスをたえずきりきり舞いさせているんだから」

友だちを引き連れてどやどやと帰ってきたかと思うと、すぐまたさっと出て行き、電話一本で予定を変えさせる。

「お母さま、早目にお食事にして下さる？　映画に行きたいのよ」「お母さま、あたしよ。お昼には帰らないことにしたわ」

二十年以上も一緒に暮らしてきたメイドのイーディスは、ただでさえ、昔の三倍もの仕事を引き受けている。きちんとした日常生活が乱されるのは、彼女にとってはひどく腹立たしいことらしかった。

だからセアラにいわせると、イーディスはしばしば苦虫を嚙みつぶしたような顔をしているのだ。

しかし、結局はセアラはいつもイーディスをまるめこんでしまう。遠慮会釈なく叱ったり、ぶつぶついったりするが、内心、イーディスはセアラがかわいくてたまらないのだから。

実際、イーディスと二人だけでは、家の中はさぞかし静かだろう。平穏無事な――しかし妙にしんとした雰囲気……突然アンはかすかに身を震わせた……なぜともなく、ぞっとするような気持ちを覚えたのだった……ただひっそりと暮らして老いの坂を下り、やがて死を迎える。前途に何を期待するでもなく。

「今になって何を期待するというの？」とアンは自問した。「わたしはあらゆる点で恵まれてきた。パトリックとともにした愛と幸せ。かわいいセアラ。人生に望んだすべてをわたしは自分のものにした。けれども今は――それも終わった。わたしがし残したことをセアラがひきついで生きていくのだ。あの子はやがて結婚して子どもを持つ。そして、わたしはお祖母さんになる」

アンは微笑した。お祖母さんになる——それはそれで楽しいに違いない。かわいい、元気な子どもたち。セアラの子どもたち。セアラのように縮れた黒髪の、いたずらな男の子。ぽちゃぽちゃとかわいらしい女の子。孫たちに本を読んでやり、お伽噺をして聞かせ……

微笑を浮かべつつそんな場面を想像しながらも、アンはあのさっきの、ぞっとするような感じを振り切れずにいた。もしもパトリックが生きていたら。彼の死の直後の憤《いきどお》ろしい悲しみが、ふたたびこみあげてくるようだった。もうずいぶん昔のことだけれど——セアラはまだたった三つだった——時とともにあのうつろな喪失感と苦悩は癒されて、今では彼女はパトリックのことを、ことさらな胸の疼きも覚えずに穏やかな気持で思い出すことができた。自分が心を傾けて愛した、あの直情的な若い夫——今はもう遠く過ぎ去った日の思い出だった。

けれどもどうしてか今日は反抗的な思いが兆していた。パトリックさえ生きていたら、セアラがスイスにスキーに行こうが、結婚して別に家庭をもとうが——彼女にはパトリックがいるはずだった。おたがいに年をとり、若いときと打ってかわってひっそりと静かな生活を送るようになっても、人生の浮き沈みをともにしてきた伴侶が傍らにいれば孤独ということはないはずだった……

こんなことを考えながら、アン・プレンティスは人のゆききの激しい駅前の広場に歩み出た。

「あの赤いバスの無気味に見えること」とアンはふと思った。「餌をもらう順番を待っている怪獣のように列を作って……」突拍子もない想像だったが、アンは一瞬それらのバスが生きているのではないかという奇妙な感じをもった。自分たちを創造した人間に対して敵意をいだいている生きもの——そんな気がした。

何てせわしい、騒々しい、ごみごみした世界なのだろう、ここは。行く人、くる人、誰もがせかせかと歩き、しゃべり、笑い、愚痴をこぼしあい、挨拶し、そしてまた別れて行く。

突然アン・プレンティスは、またもや冷たい孤独感が自分を襲うのを感じた。

「たぶんいい頃あいなのだわ。セアラはもっとわたしから離れなくてはいけない。近ごろ、わたし、何かにつけてあの子を頼りにしているもの。あの子の方でもわたしを当てにしているし。わたしがそう仕向けているのかもしれない。親が子どもに密着しすぎると——子どもは独立した生活ができなくなる。それは悪いことだ——とてもいけないことだ……」

わたしはもっと自分を目立たせないようにし、セアラがひとりでどんどん計画を立てたり、友だちを作ったりするように奨励するようにしなければ。

こう考えたとき、アンは我知らずほほえんだ。そんなことは奨励するまでもないことだと気づいたからだった。セアラには友だちは数えきれないほどたくさんいたし、いつも積極的に自分で計画を立てて、自信満々、人生を楽しみつつ、あちこちとびまわっている。たしかに彼女は母親を心から愛していた。けれども彼女から見れば、母親はもう若い者を理解したり、一緒に何かしたりという年でもないのだろう。セアラは一種保護者的な態度を母親に対してとっていた。

四十一という年は……セアラにいわせれば年寄りの部類なのだろうか。アン自身は、自分を中年と考えることにさえ、かなりの抵抗を感じていた。老境を無理に遠ざけようという気はなかった。ほとんど白粉気もない顔に、すっきりした上衣とスカート、それに本真珠のネックレス。いまだにどこか田舎育ちの若い主婦のような、世慣れない雰囲気がアンにはあった。

アンはほっと溜息をついた。「何だって今日はこんな馬鹿げたことばかり考えるのかしら？」彼女は思わずこう呟いた。「セアラを送り出したので、つい妙な気持ちになったのかもしれないわ」

こんなとき、フランス人はうまいことをいう、別れとは、少し死ぬこと《パルティール・ヤ・ムーリール・アン・プー》……それは本当だ……勿体《もったい》らしく煙を吐いて出て行ったあの汽車でロンドンを離れたセアラは、母親にとってはいっとき死んだも同然なのだ。「わたし自身についても、同じことがいえる」とアンは考えた。「奇妙なものだわ、距離って。二人の人間が離れて暮らすって……」

娘は娘、母は母……アン・プレンティス自身の生活。

さっきまでの何がなし心の凍るような感じに、いつの間にか妙に浮き浮きした思いが取って代わっていることに彼女は気づいていた。いつベッドを出るかということも、何をするかということも——つまり一日の予定を好き勝手にきめることができるのだ。そうしたければ早く床について、夕食をベッドに運んでもらうことだってできる。劇場や映画に行ってもいいのだし、汽車で田舎に行き、足に任せて歩きまわってもいいのだ。葉の落ちた林。針のように尖った枝の織りなす、入り組んだ模様の間に青い空が見え隠れして……

もちろん、そんなことはその気になればいつだってできるはずだった。けれども二人の人間が一緒に暮らす場合には、どちらかが生活のパターンを定めるということになりがちであった。これまではセアラの目まぐるしい行動を、いわば間接的に経験し、楽しむという役回りに満足して暮らしてきたアンだった。

たしかに母親であるということは、ひどく楽しいことに違いなかった。そこには、自分自身の青春時代を——若さにともなう苦悩の多くを抜きにして——もう一度経験するという喜びがあった。昔なら一大事と思われたであろうことも、結局のところ、そうとりたてて気にすることでもないとわかっているだけに、余裕のある微笑をたたえて危機をやり過ごすことができた。

「だってお母さま」とセアラは激しい口調でいう。「冗談じゃないのよ、本当に。ナーディアは自分の将来はこれできまるって、そりゃあ、真剣なんですもの」

しかし四十一にもなれば、人の将来のすべてがもっぱら何かにかかっているなどということがめったにないことくらい、経験が教えてくれていた。若いころに好んで考えたのとは違って、人生は遥かに弾力性に富んだものなのだから。

戦争中救急活動に従事した間に、アンは人生の些事《さじ》がどんなに大きな意味をもっているかをつくづく悟っていた。下らない嫉妬や羨望。あるいはほんのちょっとした喜び。カラーがあたって首筋がひりひりしたり、窮屈な靴をはいて霜やけが痛みだしたり——そうした小さなことが、いつ何どき死ぬかもしれないという事実にまさって直接的な重要性をもっていたのだった。たえず死に直面しているということは、本来、人の心に厳粛な、圧倒的な感慨を起こさせるはずだった。しかし人は実際には、そうした状況にきわめて速やかに適応するものなのだ。

そして結局は日常的な些事が支配を確立するのだった——許されている時が僅《わず》かだという実感があるために、日常のこまごました事柄がいっそう重みを増し加えるのかもしれない。アンはそうした日々の間に人間性の奇妙な矛盾についても学んでいた。独断的な考えかたをしがちな若いころには、〝いい人〟とか、〝いやな人〟とか、黒白を単純にきめてしまう傾向があったが、それが実はきわめてむずかしいことなのだと思い知ったのだった。一人の犠牲者を助けだすために、自分の命を的にして信じられないほどの勇気を示した人間が——たった今救ったばかりの男の持物をこそこそと盗むという情ない例を、彼女はしばしばまのあたりに見た。

実際のところ、人間にそう単純にレッテルを貼ることなどできるものではない……

何となくふんぎりのつかない気持ちで縁石のところにぼんやり佇《たたず》んでいたアンは、タクシーのけたたましいクラクションの音にはっと現実に引きもどされた。さて、差し当たってどうしよう？

その朝については彼女は、セアラをスイスに送り出すところまでしか考えていなかった。夜はジェームズ・グラントと食事をすることになっていた。「セアラが行ってしまうと、気が抜けるだろうからね。ささやかな宴でも張るか」とやさしい思いやりを示してくれたジェームズ。セアラはとかく笑いものにするが、ジェームズは本当に親切な人なのだ。例のとりとめのない長談義を注意を集中して聞くのは少々つらいともいえるが、あの人自身、それが何よりの楽しみなのだから我慢してあげなくては。それに二十五年来の友人なのだ。やさしく耳を傾けるのは当然の義務ではないだろうか?

アンはちらと腕時計に目を走らせた。陸海軍購買組合ストアをちょっとのぞいてもいい。イーディスに頼まれた台所用品を買わなければならないし。こう心を決めると、差し当たっての問題は解決した。けれどもストアの家庭用品売場で、ソース鍋をあれこれと手に取ったり、値段を(この節は鍋一つにしても途方もなく高い!)訊いたりしながらも、あの奇妙な、心の凍るような動揺がまだ心の奥底に消えやらず残っていることをアンは意識していた。

しばらくして、彼女は衝動的に電話ボックスの扉を押して、ダイアルを回した。

「デーム・ローラ・ホイスタブルをお願いします」

「どちらさまでいらっしゃいますか?」

「ミセス・プレンティスですが」

「少々お待ち下さいませ」

やがてローラの深い朗々たる声が答えた。

「アンなの？」

「ああ、ローラ、こんな時間に悪いかしらとも思ったんだけど、今セアラを送り出したところなの。忙しい最中かしら？　わたし──あのう──」

きっぱりした声がいった。

「お昼を一緒にいただきましょう。ライ麦のパンとバターミルクだけだけれど、よくって？」

「何でも結構よ。ああ、ローラ、うれしいわ」

「待っているわ。じゃあ、一時十五分にね」

2

アンがハーリー・ストリートでタクシーをおりて呼鈴を鳴らしたときは、一時十四分だった。

有能な執事のハークネスがドアをあけて笑顔で迎えてくれた。

「ずっとお通り下さいませ、ミセス・プレンティス、デーム・ローラはまだちょっとお手が離せないかもしれませんが」

アンは軽い足どりで階段を駆けあがった。かつての食堂は待合室に模様替えされて、階上全体が居心地のよい住まいになっていた。居間の小さなテーブルには食事の支度ができていたが、この部屋自体、女性の部屋というよりも男性の部屋のような感じがした。古びた、しかし掛け心地のよい大きな椅子。その椅子の上にまで山積みにされた書籍。どっしりとした濃い色のベルベットのカーテン。

待つほどもなく、バスーンのように高らかな声を響かせながら、デーム・ローラが入ってきて、愛情こめてアンにキスをした。

六十四歳のデーム・ローラ・ホイスタブルにはどこか王族にも似た雰囲気があった。堂々たる胸も、高々と結いあげられた鉄灰色の豊かな髪の毛も、鉤なりの鼻も、また声も、すべてがひと回り大きい感じだった。

「よくきてくれたわね、アン」と彼女はいった。「今日はまた特別きれいに見えること。菫の花を持ってきてくれたのね。菫を選んだのは賢明よ。だってあなたに一番似つかわしい花ですものね」

「内気な野菫？　いやあね」

「葉蔭に隠れた秋の宝石ってところかしら」

「どういう風の吹きまわし、ローラ？　いつもはずけずけ失礼なことばかりいうのに！」

「お世辞ってたいへん都合のいいものですからね。時には少々努力がいるけれど。すぐ食事にしましょう。バセット、バセットはどこ？　ああ、そこにいたの。アン、あなたには舌ビラメがあるわ。それから白ワインと」

「ローラ、いけないわ。わたしもバターミルクとライ麦のパンで結構だったのに」

「バターミルクがちょうどわたしの分しかなかったのでね。さあ、坐ってちょうだい。セアラはスイスに行ったんですって？　どのぐらい留守なの？」

「三週間」

「それはいいこと」

　ぎすぎすした体つきのメイドのバセットが給仕を終えてひきさがると、バターミルクをいかにもおいしそうに啜《すす》りながらデーム・ローラはアンの気持ちを見透かすようにいった。

「セアラがいなくて、当分はあなたも淋しいでしょうね。でもわざわざ電話までかけてやってきたのは、それがいいたかったからじゃないでしょう？　白状しておしまいなさい、アン。あまりゆっくり話している時間がないからね。そりゃ、あなたはわたしを好いててくれるけれど、でもひとが急に電話で会いたいといってきたときには、たいていは何かわたしの知恵を借りようって魂胆《こんたん》に違いないんだから」

「ごめんなさい」とアンは済まなそうにいった。

「何をいうの？　むしろ光栄ってものだわ」

アンは堰《せき》を切ったようにいった。

「ローラ、わたし、自分でもつくづく馬鹿げていると思うのよ。でも何だか急にとても妙な気持ちになってしまって。駅前広場に並んでいるバスを眺めているうちに、ひどく淋しい――天にも地にもひとりぼっちだっていう感じがしてきたの」

「なるほどね」

「セアラが行ってしまって淋しいというだけじゃないのよ。そればかりじゃなく……」

ローラ・ホイスタブルは、鋭い灰色の目で冷静にアンの顔を見つめながら頷《うなず》いた。

アンはのろのろと呟くようにいった。

「もっとも本当のところ、人間はいつだって――ひとりなんでしょうけれど……」

「あなたもそれに気づいたのね？　遅かれ早かれ誰もが気づくことだけれど。妙なものね、それに気づくとちょっとしたショックを感じるのね、たいていの場合。あなたはいくつ、アン？　四十一かしら？　ちょうどいい年ごろよね、自分の孤独に気づくには。あまり年を取ってからだと、とんでもないことになりかねないし。反対にあまり若いうちだと――孤独を認めるにはなかなか勇気がいるしね」

「あなたでも、そんな気持ちを味わったことがあるの、ローラ？」とアンはふと好奇心をそそられて訊ねた。

「ありますとも。二十六のときだったわ――それも親類が賑やかに寄り合っている最中にね。そうした孤独感に気づいたときには自分でもびっくりしたし、何だか恐ろしくもなったわ――でもわたしはそれを受けいれたのよ。真実を斥《しりぞ》けてどうなるかと思ったから。人間は、揺りかごから墓場まで自分自身しか道づれはいないということを認める必要があるわ。その道づれと適当にやっていき――何とか仲良く暮らしていく――それが答えでしょうね。必ずしも容易なことではないけれど」

　アンは溜息をついた。

「わたし、何だか、人生がまるで無意味のような気がして――あなたにはいっそ何もかも打ち明けてしまうわ、ローラ――わたしね、自分の前にむなしい年月がだらだらと続いている、そんな気がして仕方がないのよ。それっていうのも、わたしが馬鹿で、役立たずだからでしょうけれど」

「下らないことをいうものじゃないわ。戦争中あなたは、地味だけれど立派な仕事を見事にやってのけたじゃありませんか。セアラが品のいいすてきなお嬢さんとして楽しく暮らしているのも、あなたというすばらしい母親がいたからだし、あなたはあなたで、与えられた人生を静かに楽しんでいるんだしね。それだけでも結構なことじゃなくて？もしもあなたがわたしのところに相談にやってきたりしたら、相談料も取らずに追い返すでしょうよ――これでわたしはずいぶんと強欲なんだけれど」

「ローラ、あなたのいうことを聞いていると、とても気持ちが休まるわ。でも――こんなことをうじうじ考えるのは、わたしがセアラを愛しすぎているからじゃないかと――」

「馬鹿なことをいうものじゃないわ！」

「子どもをかわいがりすぎて食べてしまうような、独占欲の強い母親にだけはなりたくないと思っているんだけれど」

ローラ・ホイスタブルは素っ気なくいった。

「このごろでは独占欲の強い母親をあまり警戒するものだから、子どもに正常な母性愛を示すことを恐れる人まで出てきたのね」

「だって、独占欲はよくないでしょう？」

「もちろんよ。よくある例だわ。息子を自分のエプロンの紐にくくりつけておこうとする母親。娘を手放そうとしない父親。でもそれだって両親ばかりの責任というわけでもないのよ。わたしはむかし、小鳥を飼っていたことがあるんだけれど。ほかの雛が巣立っても、一羽だけ、どうしても巣を離れたがらないのがいてね。巣に残って、親鳥から餌をもらう方がいいのか、巣から転げ落ちてはたいへんとばかり動こうともしなかったわ。親鳥はひどく心配して、巣の端の方から何度も飛びおりて見せ、早くおいでというように鳴きたてては羽をぱたつかせるんだけれど、まるでだめ。おしまいにはもうそれもやめて、餌をくわえて部屋の隅に行って雛鳥を呼んでいたわ。人間にもそういうのがいるのよ。おとなになりたがらない、おとなの生活のさまざまな困難に直面することをいやがるような子どもがね。それは育てかたが悪いんじゃなくて、本人がどうかしているのよ」

ちょっと言葉を切って、ローラはまた続けた。

「所有したいという願いもあれば、所有されたいという願いもあるのよ。その人が未成熟だということかしら？　それとも、おとなになる素質が生まれつき欠けているんでしょうかね。人間のパーソナリティーというものについては、まだほとんど知られていない現状ですからね」

「とにかく」とアンは口をはさんだ。一般論には関心がなかったのだ。「わたしが独占欲の強い母親だと思ってはいらっしゃらないのね？」

「わたしはいつも、あなたとセアラは申し分のない関係を結んでいると思っているのよ、深い、自然な愛情につながれた」こういってからローラは、考え考え付け加えた。「もちろんセアラは年より子どもっぽいけれど」

「むしろ、年よりませているんじゃないかしら。わたしはそんな感じがするんだけれど」

「そうは思えないわね。精神的にはまだ十九になっていないんじゃなくって？」

「でも何にでも積極的で、自信があるのよ、あの子は。それにずいぶん世慣れていて、自分の考えというものをいろいろ持っているし」

「つまり、このごろはやりの考えを——でしょう？　セアラがはっきりした自分自身の考えをもつまでには、まだまだ時がかかるでしょうね。近ごろの若い人たちは、ちょっと見にはずいぶん積極的な感じを与えるけれど、それはむしろ自信がないからなのよ。わたしたちは不安な時代に暮らしているわ。何もかも不安定でね。若者はとくにそれをひしひしと感じているのよ。近ごろの厄介な問題は半ばはそのせいでしょうね。安定性の欠如。家庭の崩壊。道徳的基準の不在。若い植物はまだまだしっかりした支柱に結びつけられる必要があるんですからね」

こういってローラ・ホイスタブルは微笑した。

「お婆さんてものは、いずこも同じ代物ね。これでわたしもちょっとした有名人らしいけれど、やっぱりお説教はするからね」バターミルクを飲みほして彼女は言葉をついだ。

「なぜ、わたしがこれを飲むか、その理由があなたにわかる？」

「健康にいいから？」

「とんでもない！　好きだからよ。小さいころ、休暇ごとに田舎の農場に行ったものだけれど、その時分からずっと。もう一つの理由はね、いっぷう変わった人間というポーズをとりたいからなの。人間はみんなポーズをとるわ。必要に迫られてね。ただ、わたしの場合は、たいていの人よりその傾向が強いらしいわ。自分でも承知してやっているわけだけ、ましでしょうがね。さてと、あなたのことだけれど、べつにどうかしているわけでもなくってよ。ただ第二の青春を迎えて、新しい飛躍をしようとしているんでしょうね」

「新しい飛躍って、どういう意味かしら？　まさか、あの――」とアンはいいさしてためらった。

「飛躍っていっても、もちろん、精神的な意味よ、女に生まれたことはむしろ幸運といっていいことだと思うわ。百人中九十九人までは自分の幸運に気づかないものだけれど。聖テレサが修道院の改革に乗りだしたのは、五十の時だったわ。例はまだいくらでもあげられてよ。二十歳《はたち》から四十までは女はいってみれば生物学的に手いっぱいよ――結構なことでしょうがね。子どもや夫、愛人、とにかく個人的な関係に没頭しているか、そうでなければ、そういうものを昇華させて職業に打ちこんでいるわ。それも女らしく、感情的なアプローチでね。でもねえ、女はもういっぺん開花するのよ、精神的にも肉体的にも、それも中年になってから。女は年をとるにつれて、個人的でない事柄にも関心を持つようになるわ。男の関心の領域は狭まる一方だけれど、女のそれはひろがって行くのよ。六十男はレコードみたいに同じことばかりしゃべるけれど、女は六十になっても――いやしくも個性を持っている女なら、興味しんしんたる人柄の人間になるはずよ」

アンはひとつ話を繰り返すジェームズ・グラントを思い出して微笑した。ローラは言葉を続けた。

「女は持ちまえの弾力性を発揮してまったく新しいものになるのよ。その年で馬鹿げた真似をする女もいるけれどね、性的に抑制がきかなかったりして。でも中年というのは、大きな可能性をはらんでいる時代よ」

「あなたのいうことを聞いていると、気持ちが大きくなるようだわ、ローラ。わたしもこのあたりで何か始めた方がいいんでしょうか？　社会事業とか、何かそんなことでも？」

「あなたは人間をどのぐらい愛しているの？」とローラ・ホイスタブルは真面目な口調でいった。「あなたの中に燃えるものがなかったら、どんなことをやろうと、何にもなりはしないわ。したくもないことをやって自己満足にひたるなんておやめなさい。ろくでもない結果が生まれるばかりですからね。病気のお年寄りを見舞ったり、かわいくもない腕白小僧どもを海岸に連れて行くことがあなたにとって楽しいなら、どんどんやったらいいわ。そういうことを心から喜んでする人もたくさんいますからね。ただね、アン、無理に何かしようとするのはよくないわ。どんな土地でも時には休ませることが必要よ。これまではお母さんだということが、いわばあなたの作物だった。社会改良家や芸術家、社会事業家のあなたなんて、わたしには想像もできないわ。あなたはごく普通の女よ、アン、でもとてもすてきな女性なのよ。まあ、焦らずお待ちなさい。信頼と希望をもって、じっと待っていることよ。今にきっと何かすばらしいことが起こって、あなたの人生を満たしてくれるわ」ちょっと言葉を切ってためらった後、ローラはさりげなく訊ねた。

「ところで、これまであなたには情事といった経験はなかったの？」

アンはさっと顔を赤らめた。

「ぜんぜんよ」そして恥じらいながらやっといった。「あの——ある方がいいのかしら？」

デーム・ローラは大きく鼻を鳴らした。そのはずみでテーブルの上のコップが揺れた。

「このごろの流行なのね、そういう下らない考えかたは！　ヴィクトリア朝はセックスをただただ忌避して、椅子の足まで布で隠したものだけれど——人目につかないようにね。ちっともいいことじゃなかったわ、もちろん。でもこのごろはまた、逆の方向に極端なんだから。セックスを薬屋にでも注文して取りよせるような具合に安直に扱って——硫黄の薬とか、ペニシリンみたいに。女の子がよくわたしのところに相談にくるわ、〝あたし、恋人を持った方がいいでしょうか？〟とか、〝子どもを生んだ方がいいでしょうか？〟ってね。男と一夜を過ごすのが喜びでなく、神聖な義務でもあるかのようにねえ。あなたは情熱的なたちじゃないわ、アン。愛情にしても、やさしさにしても深く内に秘めているのね。そういうやさしさには、セクシュアルなものも含まれるでしょうけれど、あなたの場合はセックスは二の次ね。まあ、わたしに予想させれば、あなたはいずれは再婚することになると思うわ」

「そんなこと、あり得ないわ」

「だったらなぜ、今日、菫の花束を買って上衣の襟に飾ったりしたんでしょうね？　いつもなら、部屋に飾る花を買うことはあっても、服に飾るなんてことはしないのに。その菫は一つのシンボルよ、アン。あなたがそれを買ったのはね、心の奥底であなたが春を感じているからよ——第二の青春が門口まできているからだわ」

「つまり小春日和ってわけ？」とアンはむしろ悲しそうにいった。

「そういういいかたもできるでしょうね」

「結構な話だわ、それが本当ならね。でもローラ、わたしがこの菫を買ったのは花売りの女の人がひどく寒そうで気の毒だったからなのよ」

「そうかもしれないわ。でもそれは一応の理由に過ぎないのよ。本当の動機を探ってごらんなさい。自分を知ろうとつとめるのよ。それが何より肝心だわ、生きて行くうえでは。おやおや、もう二時過ぎね。わたし、急いで出かけなくっちゃ。あなたは今晩はどういう予定？」

「ジェームズ・グラントと食事をすることになっているの」

「グラント大佐？　そうそう、あの人はいい人だわ」と目をきらりと光らせた。「もうずいぶん長いこと、あなたを想い続けているらしいけれど」

アン・プレンティスは笑って、ちょっと頬を染めた。

「そんなことなくてよ。まあ、習慣みたいなものなんでしょうね」

「何度も結婚してくれっていったんじゃないの?」

「ええ、でもべつにどうってことはないの。本当よ。だけどローラ――いっそ、そうすべきなのかしら? 二人の人間がお互いに孤独だったら――」

「結婚は義務じゃないわ、アン。間違った結婚をするくらいなら、しない方がよっぽどましよ。でも、グラント大佐も気の毒に――まあ、同情するにも当たらないでしょうけれど。女にしょっちゅう結婚の申しこみをしていながら、女の心を変えさせることのできない男は、実は勝ち目のない戦いに身をささげることに生き甲斐を感じているんだからね。ダンケルクの戦いの折りにでも居合わせたら、さぞかし本望だったでしょうよ。もっともあの人の場合はテニスンの『軽騎兵隊の突撃』の方がもっと性に合っているかもしれないけれど。まったく我々イギリス人は、勝利よりむしろ敗北とか失敗を喜ぶ国民なのね――まるで勝利を恥じるような顔をしたりして」

第二章

1

　アンが帰宅すると、イーディスは少々おかんむりらしかった。

「おいしいヒラメがあったんですがね、お昼食に」と台所の戸口に立っていった。「それにキャラメル・カスタードと」

「ごめんなさいね、デーム・ローラのところでご馳走《ちそう》になってしまったの。でも、帰らないって、ちゃんと電話をかけたでしょう？」

「用意はしませんでしたよ」とイーディスはしぶしぶ認めた。イーディスは背の高い、痩せた女で、擲弾兵のように姿勢がよく、世の中のことは万事感心しないことばかりだとでもいうようにいつも唇をきっと引き締めていた。

「ただ、行き当たりばったりに予定をお変えになるなんて、いつもの奥さまらしくもないと思ったんですよ。これがセアラさまなら驚きやしません。セアラさまといえば、出がけにさんざん探していらしたあの派手な手袋は、お出かけになった後で出てきましたよ。ソファーの背もたれの下の方に落ちこんでいたんです」

「まあ、惜しいことをしたわね」とアンは華やかな色の手袋を手に取っていった。「あの子、無事に発《た》ったわ」

「さぞはりきってお出かけだったでしょうね」

「ええ、たいへんな賑やかさだったわ」

「行きはよいよい、帰りはきっと松葉杖のご厄介ですよ」

「まあ、イーディス、そんな縁起でもないことを」

「剣呑ですからね、スイスのああいった場所は。腕や足を折っても、ろくな処置もしてくれないでしょうし。ギプスをはめた後で脱疽にでもなったら、一巻の終わりですよ。脱疽はひどい臭いがしますしね」

「とにかくそんなことにならないように願いたいものね」とアンはいった。縁起でもないことを鬼の首でも取ったようにいいたてるイーディスの癖には慣れっこになっていたのだった。

「セアラさまがおいでにならないと、こうも違うかと思うほどですね。急に家中しんとしてしまって、何だか妙な気持ちになりますわ」

「あなたも少しは息ぬきができやしないこと、イーディス？　息ぬきをしてどうしようっていうんです？　錆つくくらいならすりきれる方がましだって、わたしの母がよく申しましたけど、わたしもその流儀ですね。セアラさまが、お友だちをぞろぞろ連れてとんでもないときに帰っていらしたりということもここ当分はないわけですから、思いきった大掃除ができるわけですわ。ひどく汚れちまっていますからね、どこもかしこも」

「この家はいつだって、隅々まで掃除がとどいていると思うけど」

「奥さまはそうお思いかもしれませんがね。わたしにいわせればひどいものですわ。カーテンも取りおろして、よくふるわなくてはね。電気の笠《かさ》もいっぺん徹底的に磨く必要がありますし――することはそれこそ山のようにありますよ」

楽しい期待に、イーディスの目は輝いていた。

「だったら、誰か手伝いがいるんじゃないの？」

「手伝いですって？　とんでもない。いい加減な仕事はまっぴらですよ。当節ちゃんとした仕事のできる人間は、そうざらにはおりませんからね。上等な品物はそれ相応に丁寧に扱わなくっちゃいけません。とにかくいつもは台所仕事だの何だので、気になりながら手の回らないことばかりなんですから」

「でもあなたのお料理はどこへ出しても立派なものよ、イーディス、いうまでもないことだけれど」

腹に据えかねることがあるとでもいうようないつもの表情に、かすかに満足げな微笑が動いた。

「ああ、料理ですか」とこともなげにいってのけた。「そんなこと、当たり前ですわ。とりたてていうほどのことじゃありゃしません」

台所にひきさがろうとして、イーディスは訊ねた。「お茶は何時になさいますか？」

「そうね、まだしばらくはいいわ。四時半ごろかしら」

「わたしが奥さまだったら、ソファーでひと寝いりしますがね、足を伸ばして楽々と。その方がすっきりした気持ちでお出かけになれますよ。セアラさまがお留守だなんて、めったにあることじゃないんですから、たまにはのんびりなさることですわ」

アンは笑って居間に行くと、イーディスのいうままにソファーに横になって、毛布をかけてもらった。

「まるで小さな子どもでも扱うように、わたしの面倒を見てくれるのねえ、イーディス」

「わたしがお母さまのおそばにご奉公にあがったころには、あなたはまだほんの小さなお嬢さまでしたけど、そのころからあまり変わっていらっしゃらないように思えるんですよ。そうそう、さっきグラント大佐からお電話がありまして、〈モガドール・レストラン〉で八時と念を押しておいでででした。奥さまはちゃんとご承知ですって、わたし申しました。男の方ってみなさん、くどくって——退役の軍人さんはとりわけごたいそうですね」

「わたしが淋しいだろうと思って、招いてくれたのよ。親切な人ですからね」

イーディスは品定めをするような口調で答えた。

「あの方のお人柄をどうこういうんじゃありません。ちょっとくどいかもしれませんが、ちゃんとした紳士でいらっしゃいますからね」言葉を切って付け加えた。「お相手としちゃあ、もっと感心しない人もおりますよ」

「いったい、何をいいたいの、イーディス？」

イーディスはまたたきもせずに女主人の顔を見返して答えた。

「世の中にはもっと始末のよくない殿がたもいるってことですわ……そりゃそうと、セアラさまがお留守ですから、ジェリーさまも当分はおいでにならないでしょうね」

「ジェリーはあなたのおめがねにかなわないのね？」

「まあ、半々ですわね、いってみれば。あの方にはどことなく人をひきつけるところがあります――たしかに。ですけど、何につけても腰が落ち着かないタイプですからね。わたしの妹の娘のマーリーンがちょうどああいうたちの男と結婚したんですが、ひとつ仕事に六カ月と辛抱したためしがなくってね。何かまずいことが起ころうものなら、悪いのは先方で自分じゃないって口ぶりで」

イーディスがやっと退散すると、アンはクッションに頭を載せて目を閉じた。

窓をしめきっているので、通りを車のゆきかう音が押し殺したように聞こえてくるだけだった。遠くで蜂が唸っているような、むしろ耳に快い響きであった。傍らのテーブルの上の花瓶に挿してある黄水仙が、甘い香りを漂わせていた。

平和な、幸せな気持ちだった。ここしばらくセアラがいないのはたしかに淋しい。しかし、いっときひとりでいるというのは、ふしぎと心の休まるものだ。

それにしても何だってけさは、あんな妙な気持ちになったのだろう……

今夜のジェームズ・グラントの夕食会のことを思いながら、アンはじっと横になっていた。

2

〈モガドール〉は小さい、やや昔風のレストランで、うまい食事とワインを出す。全体にどこかゆったりした雰囲気が感じられた。

アンが着いたときは、先客は誰もきていなかった。主人役《ホスト》のグラント大佐だけが片隅にバーのある控えの間の椅子に坐って、懐中時計の蓋をあけたりしめたりしていた。

「やあ、アン」と彼は椅子から勢いよく立ちあがって彼女を迎えた。「よくきてくれたね」

黒いディナー・ドレスに真珠の首飾りをつけたアンの姿を好もしげに打ち眺めて、大佐はいった。「美人が時間厳守とは、ますますもってありがたい」

「ちょうど三分遅れただけね」とアンは微笑を向けた。

ジェームズ・グラントは軍人らしくしゃちこばった姿勢の背の高い男で、白髪まじりの髪は短く刈られ、頑固そうな顎が目についた。

ふたたび時計を見やって彼はいった。

「連中、どうしてまだ現われんのだろう。食事は八時半だが、まず飲物をもらおうと思ってね。あなたはシェリーだったな、たしか。カクテルよりシェリーの方がいいんだろう？」

「ええ、シェリーをいただきますわ。ほかにどなたがお見えになるの？」

「まずマッシンガム夫妻だ。知っているね？」

「ええ、もちろん」

「それからジェニファ・グレアム。わたしの従妹にあたるんだ。あなたは初対面かしらん？」

「お宅で一度お目にかかったと思うわ」

「あとの一人はリチャード・コールドフィールドといってね、つい先日ぱったり出会ったんだ、何年ぶりかで。これまでおもにビルマで暮らしてきたんだが、久しぶりでイギリスに帰ってきて、少々戸惑っているらしい」

「イギリスも変わりましたからね」

「いい男だが、不幸せでね。初めての子どもが生まれた後で、細君が死んだんだよ。恋女房だったから、たいへんな痛手を受けたんだな。長いこと立ち直れず、イギリスをどうでも離れたいと思ってビルマくんだりまで出かけたのさ」

「それで赤ちゃんは？」

「やっぱり死んだ」

「まあ、お気の毒に」

「やあ、マッシンガム夫妻がきたぞ」

〝奥方さま《メム・サーイブ》〟とセアラが呼ぶミセス・マッシンガムは大きな歯をひらめかせ、満面に笑みをたたえつつ二人に近づいた。筋肉質の痩せぎすの女で、インドに長く滞在していたからか、皮膚が白っぽくかさかさしていた。マッシンガム氏はずんぐりと背の低い男で、スタッカートでしゃべった。

「またお目にかかれたのね。うれしいわ」とミセス・マッシンガムはアンの手を握りしめていった。「たまに正装するのも悪い気持ちはしませんわね。でもわたしって、正装が正装に見えないたちらしくて。みなさん、おっしゃるのよ、〝どうか、そのままでお出かけ下さい〟って。それにしても、この節はさっぱり面白いことがありませんわねえ？　それに、何から何まで自分でやらなければいけなくなって。わたしなんぞ、一日流しの前に立ちっぱなしですわ。イギリスが暮らしにくくなってきたから、ケニヤにでも出かけようかと思いますけどね」

「みんな、外国に出て行きますよ」とマッシンガム氏が傍らから口をはさんだ。「うんざりしているんですな、政治の貧困というやつに」

「ああ、ジェニファだ」とグラント大佐がいった。「それにコールドフィールドも」

ジェニファ・グレアムは上背のある、馬のように面長の三十五歳の女性で、これまた馬がいななくような高い声で笑った。リチャード・コールドフィールドは日焼けした顔の中年の男性だった。

コールドフィールドが隣りに座を占めたので、アンはすぐ彼と会話をまじえはじめた。「イギリスにお帰りになって、どのぐらいにおなりですの？　どうお思いになりますか、この節のイギリスを？」こうアンが訊ねるとコールドフィールドは、慣れるまでにはちょっと手間がかかりそうだと答えた。戦争前とは何もかもたいへんな違いで、仕事を探しているのだが——この年になると適当な就職口がなかなか見つからないと。

「そうでしょうねえ。どこか間違っているんですわ、こんな世の中は」

「そう、これでわたしもまだ五十前なんですからね」とコールドフィールドは少年のようにあけっぱなしな笑顔を見せた。「少しは資本もあるので、田舎に狭い土地を買ってみようかとも考えているんですよ。市場に出荷する野菜とか花でも作るか、それとも養鶏でもはじめようか、まだいろいろ迷っています」

「養鶏はおやめになった方がよろしいわ！」とアンは叫んだ。「わたしの友だちも何人か手をつけたんですけれど——鶏って、よく病気にかかりますのよ」

「そうですね、園芸に専心する方が無難かもしれません。それだって大した金にはならないでしょうが、結構楽しい生活が送れるでしょうから」こういってコールドフィールドは嘆息した。

「何もかも目まぐるしい変わりようですからね。このあたりで政権でも交替しないと——」

アンはあやふやな口調で相槌を打った。いつも話はそこへ落ち着くと思いながら。

「どういうお仕事がいいか、いざ決めるとなると、的確な決断を下すのはむずかしいでしょうね」

「べつに心配はしていないんですよ。気を揉んでどうなるわけでもないんですから。まあ、自信と、それから根性があれば、道はひとりでに開けると思います」

ひとりよがりな断言に、アンはつい気がかりそうな表情を見せた。

「さあ、それはどうでしょう」

「大丈夫ですとも。自分は運が悪いとこぼしてばかりいる人間には我慢がならないんですよ、わたしは」

「本当に、わたしもそう思いますわ」とアンがひどく勢いこんでいったので、コールドフィールドは不審そうに眉をあげた。

「まるで身近にそういう標本がいるようなおっしゃりようですね」

「そうなんですの。うちの娘の友だちにちょうどそんな青年がいますの。しょっちゅう何やかや愚痴をこぼしていましてね。はじめのうちは同情していましたけれど、最近ではつい冷淡になってしまいました。そんな話って、退屈なばかりですわ」

ミセス・マッシンガムがテーブルの向こう側から口をはさんだ。

「まったく、お涙頂戴の話って、退屈なものですよ」

グラント大佐がいった。

「誰の話だね？　ああ、ジェラルド・ロイドか？　あの男はだめだよ。出世しそうにないね」

リチャード・コールドフィールドはアンに向かって穏やかな口調でいった。

「お嬢さんがいらっしゃるんですか？　ボーイフレンドがいるくらい、大きなお嬢さんが？」

「ええ、セアラはもうじき十九になりますの」

「かわいがっておいでなんでしょうね？」

「ええ、それはもう」

一瞬相手の顔を苦しげな表情がかすめるのに気づいて、アンはグラント大佐から聞いた話を思い出した。気の毒に、淋しい人なんだわ……

リチャード・コールドフィールドは低い声でいった。

「そんな大きなお嬢さんがおいでだなんて思えませんね。あなたはとても若くお見えになるから……」

「わたしぐらいの年になると、そういうことをお世辞でいって下さる方もありますけれどね」とアンは笑いを含んでいった。

「さあ、しかし、わたしは心からそう申しあげているんですよ。ご主人は――」とちょっと口ごもり、「亡くなられたんですか？」

「ええ、もうずいぶん前のことですわ」

「なぜ、再婚なさらなかったのです？」

普通ならいささか立ちいった質問と聞こえただろうが、心底関心をもっているといった声音なので、見当違いな咎《とが》めだてをする気にもならなかった。

この人はとても純真な人なのだ、とアンはまた考えた。なぜ再婚しなかったのか、理由を本気で知りたがっているんだわ。

「ええ、なぜって――」といいかけてアンはちょっと黙り、それからはぐらかさずに率直な口調でいった。「わたし、夫をとても愛していましたの。夫が亡くなった後、とくに誰かを好きになるというようなこともなかったものですから。それにもちろん、セアラがおりましたし」

「なるほど」とコールドフィールドは頷いた。「そうでしょうね。あなたなら、きっとそうでしょう」

このときグラントが立ちあがって、用意ができたようだからレストランに席を移そうといった。まるいテーブルを囲んで一同が席についたとき、アンは主人役のグラント大佐の隣りに席を占めた。もう一方の隣りはマッシンガム少佐で、コールドフィールドとはそれっきり話をまじえる機会がなかった。彼はジェニファ・グレアムと何やら話していたが、会話はあまり弾まない様子だった。

「あの二人をどう思う？　似合いのカップルというわけにはいかんかな？」と大佐がアンの耳に囁いた。「コールドフィールドにも、このあたりでかみさんをもらってやらんとね」

どういうわけか、この大佐の言葉はアンの胸に一種不快な気持ちをひきおこした。あけすけな大声で話し、馬がいななくような笑い声を立てるジェニファ。コールドフィールドのような男の相手としてふさわしい女ではないと彼女は思った。

牡蠣《かき》が運ばれてきた。グラントとアンはフォークを動かしながら四方山《よもやま》の話をかわした。

「セアラはけさ発ったんだね？」

「ええ。せっかくスイスまで出かけたのに雪がないなんてことにならないといいんですけれど」

「そう、この季節にはそんな心配がなきにしもあらずだろうね。だがまあ、雪はとにかく、結構楽しくやるだろうよ、セアラは。近ごろ一段ときれいになったね。ところでスイスには例のロイド青年も一緒に行ったんじゃあるまいね？」

「いいえ、叔父さんとかの会社で働きはじめたばかりで、休暇をとるわけにもいかなかったようですわ」

「それはよかった。厄介なことにならんように、荒療治は早いうちの方がいいからね」

「でもこのごろじゃ、親だってそう差し出がましいことはできませんのよ」

「まあね。だが、まあ、ここしばらくは引き離せたってわけだ」

「ええ。それも悪くないだろうと考えましたの」

「なるほどね。あなたもなかなか隅に置けないな、アン。スイスで誰かいい青年と親しくなって帰るといいが」

「セアラはまだ若いんですし、ジェリー・ロイドとのことも、本気で心配するにも当たらないと思いますの」

「たぶんね。しかし、この前セアラに会ったときには、ジェリーのことをずいぶん親身に心配しているようだったから」

「ひとのことを親身になって考えるたちなんですのよ。こうすべきだとか、ああすべきだとか口を出して、結局は自分の思うようにさせますの。友だちのことというと本当に真剣になりますのよ」

「セアラはとてもいい子だよ。おまけにひどくチャーミングだ。しかし、魅力という点では、あなたにかなわないな。あなたより、きついというか、近ごろはやりのハードボイルドというタイプなんだろうね」

アンは微笑した、

「ハードボイルドだなんて。あの世代のポーズに過ぎませんわ」

「そうかもしれない……しかし、わたしにいわせれば、近ごろの女の子は女の魅力についてお母さんから講義してもらった方がいいんじゃないかと思うよ」

ジェームズ・グラントは愛情のこもった目ざしでアンを見やった。アンはふと彼に対して、いつになくほのぼのと暖かいものを感じた。

本当に好人物だわ、ジェームズは。わたしにいつもやさしくしてくれる。わたしのことを完璧な女とでも思っているらしい。ジェームズの差し出してくれる愛情を受けいれないなんて、わたしは馬鹿なのかもしれない。女にとって愛され、いたわられるということは何よりもうれしいはずなのに……

残念なことに、このときグラント大佐はインド人とある少佐夫人とのすでにさんざん語り古した話を勢いこんで話しはじめた。長ったらしい話で、アンはすでに三度もこのエピソードを聞かされていた。

せっかくの暖かい気持ちがたちまち冷えるのを感じながら、アンはテーブルの向こうに坐っているリチャード・コールドフィールドを見守って、いつしか彼を秤にかけていた。ちょっと自信が強すぎるし、ひとりよがりの気味もあるが——でもひとりよがりというのは当たらないかもしれない……あれは、よそよそしい、彼に対して敵意さえいだいているように見える世界から身を守るための鎧《よろい》にすぎないのだ……

悲しそうな顔だわ。とても淋しそうな……

この人にはきっといい素質がたくさんあるに違いない。親切で、真正直で、固すぎるくらい公正で。そう、たぶん頑固で、場合によっては偏見をいだくだろう。何かを笑うことも、自分自身が笑いものにされることにもあまり慣れていないのだ。誰かに心から愛されていると感じれば、本来のいい素質がすべて開花するだろうに——

「そこが傑作なところさ」と大佐は勢いこんで結んだ。「そのインド人は何もかも承知のうえだったんだからね！」

アンははっと我に返って当面の社交上の義務を意識し直し、いかにも面白そうに声を合わせて笑ったのだった。

第三章

1

翌朝目を覚ましたとき、アンは一瞬自分がどこにいるのかという戸惑いを感じた。まだぼんやりとしている窓の輪郭。窓は本当は左側でなく、右側に見えるはずなのに……ドアも、衣裳戸棚も……

そして彼女ははっと気づいたのだった。夢を見ていたのだわ、なつかしいふるさとのアップルストリームの家に帰った夢を。それは少女の彼女がわくわくするような期待を胸に、なつかしい家に帰り、母親と、まだ若いイーディスに暖かく迎えられている夢だった。庭の中をぐるぐると駆けめぐり、なつかしいものをつぎつぎに見つけては歓声をあげ、それからやっと家に入ると、何もかも昔のままだった。薄暗いホール。明るい色のカーテンを引いた応接間。すると母親がだしぬけにいった。「今日はお茶はこっちの部屋でいただくことにしましょう」こういうと先に立って奥のドアから、彼女の見たこともない、新しい部屋に案内した。それははでやかな更紗の布を張った椅子の置かれている、いかにも心地よげな部屋で、あちこちに花が飾られ、日がいっぱいにさしこんでいた。誰かがこういうのが聞こえた。「ここにこんな部屋があるなんて、ちっとも気がつかなかったでしょう？　わたしたちも、つい去年、見つけたの」ほかにもいくつか新しい部屋と狭い階段があり、二階にもアンのついぞ見たことのない部屋が並んでいた。わくわくするような興奮とスリルを彼女は感じた。

目が覚めても、アンは半ば夢の中にいた。夢の中の彼女はまだ人生の門口に立つうら若い少女であった。今までその存在に気づきもしなかった部屋！　長い年月の間、そんな部屋のあることを少しも知らなかったなんて。いつ見つかったのかしら？　最近だろうか？　それとも何年も前に？

その混乱した、楽しい夢見心地に、現実が少しずつ浸透しはじめた。夢だったんだわ、何もかも。でも、とても楽しい夢だった。かすかな疼き、ノスタルジアの痛みが胸を刺すのをアンは感じていた。もう、あの夢の中にもどることはできないのだ。どこといって変わったところのない平凡な部屋を新たに見つけだしたというだけの夢。それがこんなに奇妙な恍惚感を感じさせるとは。でも現実には、そんな部屋はどこにもありはしないのだ——こう考えて、アンは物悲しい気持ちを抑えきれなかった。

アンはベッドに横になったまま、窓の方を見つめた。見つめているうちにぼんやりしていた窓の輪郭が次第にはっきり見えてきた。もうかなり遅いに違いない。九時前ということはなさそうだ。でもこのごろは朝のうちはずいぶん薄暗い。セアラはスイスの日光と雪の中で目を覚ましただろうが。

けれどもどういうわけか、その瞬間、セアラの存在は何となく現実感を失って、遥かにかすんでいた。

今の彼女にとっては、セアラよりもふるさとのカンバーランドの家の方がずっと身近に思えた。古い家、更紗の椅子カバー、日光、花、彼女自身の母親、それにイーディス。つつましく立っていたイーディスの顔にはまだ皺一つなかったが、非難がましい表情は今と同じだったような気がする。

アンは微笑しながら呼んでみた。

「イーディス！」

イーディスが入ってきて、カーテンを引いた。

「よくお休みでしたね」と彼女は満足げにいった。「お起こししないでおこうと思ったんですよ。けさはあまりいいお天気じゃありませんわ。霧も出かかっているようですし」

窓の外は、どんよりと黄ばんで見えた。まったくの話、あまりぱっとしない日らしく思えたが、アンの晴ればれした気分は変わらなかった。彼女は微笑を浮かべたまま、じっと横になっていた。

「お食事の用意ができていますわ。ここへ持ってきましょう」戸口で立ちどまって、イーディスは怪訝そうに見返した。

「けさは馬鹿にうれしそうですけど？　ゆうべ、よっぽど楽しかったんでしょうね」

「ゆうべ？」とアンは一瞬ぽかんとして訊き返した。「ええ、そうね、楽しかったわ。あのね、イーディス、けさ目を覚ますまで、わたし、アップルストリームの家に帰った夢を見ていたのよ。あなたもいたわ。季節は夏でね、今まで気がつかなかった新しい部屋が見つかったって夢」

「本当でなくて、よござんしたわ」とイーディスは答えた。「あのお家は、そうでなくても広すぎるくらいでしたもの。やたらとだだっぴろい、古ぼけたお家でしたっけ。それに台所の不便だったこと！　あのレンジじゃ、石炭がずいぶんよけいに要ったでしょうよ。あのころは石炭も安かったからいいようなものの」

「あなたもまだ若かったわ、イーディス、夢の中では。わたしもそうだけれど」

「時計の針を逆もどりさせることはできない相談ですからね、いくらそうしたくたって。みんな、二度と帰らない昔のことですわ」

「二度と帰らない昔」とアンは低い声で繰り返した。

「こういったからって、何もわたし、今の身の上に満足していないわけじゃありませんよ。体は丈夫だし、まだまだ元気ですし。もっとも内臓に厄介な腫瘍ができたりするのは中年からだってよくいいますけれどね。最近ひょいとそんなことを考えたりもしますが」

「あなたは大丈夫、そんな心配はないと思うけど、イーディス」

「そりゃあね。でもこういうことって、自分じゃわからないんですから。自動車で病院に送りつけられてお腹を切りさかれるまではね。それにそうなってからじゃ、たいていは手遅れですわ」陰気な予言を一席ぶって、イーディスはひきあげた。

数分後、彼女は朝食のトレイにトーストとコーヒーを載せてもどってきた。

「朝食をおもちしましたよ、奥さま。お坐りになれば、枕をお背中の後ろにかってさしあげますわ」

アンは見あげて、思わずいった。

「あなたはわたしに本当によくしてくれるのねえ、イーディス」

イーディスは困惑して火のように赤くなった。

「どうしたらお役に立てるか、心得ているだけの話ですよ。それに誰かが気をくばらなくてはね。気の強い世間の奥さま方と違って、あなたはおやさしすぎるくらいなんですから。あのローラさまなら――ローマ法王だって一目置くでしょうがね」

「デーム・ローラは大した人物なのよ、イーディス」

「存じておりますよ。ラジオで講演を伺いました。あの方なら、ちょっと見ただけで、ただものじゃないってことがわかりますものね。それにわたしの聞いたところじゃ、ご結婚なさったこともあるとかって。離婚なさったんですか？　それとも旦那さまがお亡くなりになったんでしょうか？」

「ええ、亡くなったのよ」

「かえってよかったでしょうね、その方が。あの方を奥さんにして一緒に暮らすなんて、たいへんでしょうから――もっとも奥さんに威張《いば》らせて、天下泰平ときめこんでいる殿がたもいるってことはたしかですけれど」

戸口の方に歩きだしながらイーディスはまたいった。

「何も急いでお起きになることはありませんわ。楽しいことでも考えながらお床の中でゆっくりなさって、お休み気分を満喫なさることですわ」

「お休み気分？」とアンは笑いを誘われて呟いた。「イーディスったら、本当にそんなつもりなのかしら？」

しかし、ある意味ではたしかにそうともいえた。きちんとパターンのきまった生活にぽっかりあいた空白のひととき。愛する娘と一緒に暮らしている母親は、かすかに胸を刺す不安な思いをいつも抑えきれないものなのだ。「この子は本当に幸せなのだろうか？」「Aは、Bは、またCは、この子にとっていい友だちだろうか？」「ゆうべのダンスで何かまずいことがあったに違いない。いったい、何があったのかしら？」

母親として、娘のことに干渉したりうるさく問いただしたりというようなことはしたためしがなかった。セアラには、打ち明け話をするのもしないのも、まったく自分の自由だと感じさせるようでなくてはいけない。人生から教訓を学び、自分で自分の友だちを選ぶ、それが一番いいにきまっている。でも母親として、あの子を愛している以上、セアラの問題をきれいさっぱり忘れ去ることはできない。それにいつなんどき、必要とされないとも限らないのだ。同情や実際的な助力を求めてきたら、すぐにも手を差し伸べてやらなければ……

アンはときどき考えた。「いつかセアラが不幸せになることがないとはいえない。その日がきてもうろたえないように。たとえそうなったとしても、あの子が望まないのに、こちらからとやかくいうことは控えなくてはいけないのだわ」

最近アンが心を悩ましているのは、何かというと不平たらたら、自分ばかり損をしているといいたげなジェラルド・ロイド青年に、セアラがますます大きな関心を寄せているように見えることだった。今度のスイス行きで、ともかくもここ三週間というものは彼から引き離すことができたわけで、あっちではほかの青年にもいろいろと会う機会が多いだろうと、内心アンは安堵の胸を撫でおろしていたのだった。

そうだ。セアラがスイスにいる間は、娘についての心配もいっとき忘れて呑気《のんき》にすごすことができる。まず手はじめにベッドにのびのびと横たわり、今日という日をどうやって過ごすか、考えてみることにしよう。ゆうべのパーティーは楽しかった。ジェームズっていい人——とても親切で——でもひどく退屈だわ、そういっては気の毒だけれど。いつもきまって同じ話ばかりとめどもなく！　男って四十五ぐらいになったら、逸話とか、エピソードなどというものをいっさい口にしないという誓いでも立てるといいのだ。

「この話は前にもして聞かせたかね、ちょっと奇妙なことが起こったんだ——」といった彼のお気にいりの前置きに、友人たちがどんなにげっそりしているか、ジェームズは考えてみたことがあるのだろうか。

「ええ、ジェームズ、これで三度目よ」、こういって口を封じてしまうことはむろんできる。でもそんなことをいおうものなら、気の毒にどんなに鼻白むだろう。ジェームズのような人に、そんな仕打ちはできない。

あのリチャード・コールドフィールドだったら？　むろん、ジェームズより年もずっと若い。でもあの人だってそのうちには、退屈な長話を何べんも繰り返すようになるかもしれない……

そう、たぶん……でもそうとも限らない。あの人はむしろ独断的になるタイプかもしれない。偏見や先入感にとらわれがちなお説教屋に。ああいうたちの人はやさしくからかうのが一番いいのだ……時にはちょっと見当違いなことをいうかもしれないけれど、でもいい人だわ——淋しい人——とても淋しい人なのだ……アンはリチャード・コールドフィールドに対して同情を感じていた。この挫折感を味わわせる、現代的なロンドンの生活の中を根なし草のように漂っている人。どんな職業が見つかるだろうか？　このごろは職探しも容易じゃない。たぶん農場か、花や野菜でも作れるくらいのちょっとした土地でも買って、田舎にひっこむことになるだろう。

あの人にまた会う機会があるだろうか？　そのうちにジェームズを食事に招待しよう。リチャード・コールドフィールドも一緒にといってもいい。そうだわ——あの人、見るから淋しそうだったたし。もう一人、誰か女の人を招待して、みんなでお芝居に行ってもいい。

騒々しいこと。イーディスが隣りの居間で大掃除を始めたらしい。引っ越し屋が何人もかかって家具を動かしているような騒ぎだ。ドシン、バタン。ウーウーと電気掃除機まで唸り声をあげはじめた。イーディスはさぞかし大張り切りなのだろう。

しばらくしてイーディスがドアの陰から首を突き出した。三角布で頭をきっちり包み、その顔には儀式を執りおこなおうとしている祭司のような喜悦の表情が浮かんでいた。

「お昼は外で召しあがりませんか？　さっき霧が出そうだといったのは当たりませんでしたね。いいお天気になりそうですよ。昨日のヒラメがあるにはあるんですが、今まで取っておいても悪くならなかったんですから、晩までおいても大丈夫でしょうからね。電気冷蔵庫は食べものの保存には、たしかに便利ですよ――でもやっぱり、味は抜けますね、わたしにいわせりゃ」

アンはイーディスの顔を見て笑いだした。

「いいことよ。わかったわ。わたし、今日は出かけることにしましょう」

「もちろん、奥さま次第ですわ。わたしはどっちでも構いませんよ」

「とにかくイーディス、働きすぎて病気にならないようにね。そんなに徹底的な大掃除をしなければならないのなら、ホッパーさんにそういって手を貸してもらえばいいと思うけど」

「ホッパーのおかみさんですって？　こっちから願いさげですよ、あんな女。この前、ほら、あの炉の前の衝立――奥さまのお母さまが大事にしておいでになった、上等な、あの真鍮の衝立を拭いてもらったんですが、きれいになるどころか、かえってにちゃにちゃ脂っぽくなっちまって。ああいったたちの人はせいぜいリノリュームの床磨きぐらいのものですわ、何とか任せられるのは。でもそんなことぐらい、どこの誰にだってできますからねえ。アップルストリームのあの鋼鉄製の衝立と炉格子を覚えておいでになりますか？　あれを手入れするには、ずいぶん手間暇かけたものですわ。わたしにもあれは自慢の一つでした。このお家にも上等の家具はいろいろとありますけれど、いいものは磨けば磨くほどきれいになりますからね。ただ、この節のアパートは大体が家具つきですから」

「その方が掃除が楽よ」

「でもねえ、まるでホテルにでも住んでいるような気がして、わたしはあまりゾッとしませんわ。じゃあ、お出かけになるんですね？　ありがたいですわ、敷物をすっかりどけられます」

「でも夜になったら帰ってきてもいいんでしょうね？　それともホテルにでも泊まりま

しょうか？」

「ご冗談はやめて下さい、アンお嬢さま。ところでこの前お買いになった二重底とかいうソース鍋ですけれど、あれはだめですね。大きすぎるし、形からいっても、中のものを掻きまぜるのに具合が悪いんです。前のと同じようなのがほしかったんですよ」

「このごろは、ああいう古い形のは作っていないのよ、イーディス」

「政治が悪いんですわ、何もかも」とイーディスは嘆かわしげにいった。「そりゃそうと、お願いしておいた磁器のスフレ皿はどうなりました？　セアラさまはスフレがお好きですから、なるべく早くほしいんです」

「忘れていたわ、すっかり。でもあれなら、わけなく手に入ると思うわ」

「じゃあ、これでお出かけのご用もできたってものですね」

「いやあね、イーディス」とアンは腹立たしげに叫んだ。「まるで小さな子に向かって、輪まわしでもして少しおとなしく遊んでおいでっていうみたいないいかたじゃなくって？」

「セアラさまがお留守だもので、奥さまが急にお小さい昔にもどったような気がするんでしょうかね。でも、何もわたし——」とイーディスは背をぐっと伸ばして、気むずかしげな、堅苦しい口調でいった。「わたしはただ陸海軍ストアか、パーカーの店の近くをお通りになることがあったらと――」

「いいことよ、イーディス。さっさと居間に行って、あなたも自分の輪まわしを楽しんでいらっしゃいな」

「何てことをおっしゃるんです?」とイーディスはむっとしてひきさがった。

そしてまたしてもドタンバタンという騒動が始まった。そのうちにそれにべつな伴奏が加わった。か細い調子はずれな声で、イーディスは、よりにもよって陰気きわまる讃美歌を歌いだしたのであった。

涙と苦しみの谷なり、ここは、
喜びもなく、日の光もささず。
主よ、贖《あがな》いの血によりて
願わくは清めたまえ、
罪の身を嘆く我らを……

2

アンは陸海軍ストアの陶磁器の売場で、ひとしきり楽しいときを過ごしていた。近ごろの商品は粗悪な安っぽいものばかり多いから、たまに上等な陶磁器やガラス器を見ると、イギリスでもまだまだ良質の品ができるのだと何とはなしにほっとする思いだった。〈輸出展示用〉というしかめしい札があちこちに出ていたが、きらきらと輝くばかりに美しい食器類を眺めていると、それだけで楽しかった。少し傷があったりして輸出品としての規格にはずれたものが並べられている一隅があって、その台のまわりにはいつきてみても女性客が何人か、掘り出し物はないかと鵜《う》の目鷹の目であさっている。アンも近よってみた。

どうやら今日はついいているらしい、とアンは思った。ほとんど完全な朝食用セットが見つかったのだ。やや大きめの丸みをもったカップは、しっとりした感じの茶色のうわぐすりをかけた模様いりのもので、値段も法外というほどではなかった。すぐ買うことにしてよかった。というのは売子が彼女の住所を書きとっているところへ一人の婦人がつかつかとやってきて、いきなり興奮した声で叫んだのだった。「それ、あたしがいただきますわ」

「申しわけございませんが、売約済です」と売子がいった。

「すみません」とアンはお座なりの挨拶を残し、内心大いに気をよくしてその場を離れた。そうこうするうちに手ごろの大きさの、なかなかいいスフレ皿も見つかった。磁器でなくガラス製だったので、イーディスがあまり文句をいわないといいがと思いながら、これも買うことにした。

陶磁器の売場から通りを横切って園芸部に行った。アパートの窓のウインドー・ボックスがこわれかけている。新しいのを一つ注文しようと思ったのだった。

売子と話していると、後ろで誰かがいった。

「おはようございます、ミセス・プレンティスでいらっしゃいますね?」

振り向くとリチャード・コールドフィールドが立っていた。彼女に会って心から喜んでいるらしいので、アンは何となくくすぐったい気持ちだった。

「こんなふうにしてお目にかかろうとは、まったく、奇遇ですな。実をいうと、ちょうどあなたのことを考えていたところだったのです。ゆうべ、お宅のご住所をお聞きして、いっぺんお訪ねしてもいいかどうか、伺おうと思ったんですが、厚かましいやつだと思われるんじゃないかとご遠慮したのです。あなたのような方はお知りあいも多いでしょうし、それに——」

アンは遮《さえぎ》った。

「もちろん、ぜひいらしていただきたいと思いますわ。実はあたくしもグラント大佐をそのうちに夕食にお招きして、あなたを誘って下さらないか、伺ってみようと思っていたのです」

「そうですが、本当に?」

いかにもうれしそうな、真剣なその様子に、アンはふと胸の痛むのを覚えた。気の毒に、よっぽど淋しいんだわ、この人は。まるで少年のような、ひどくうれしそうな顔だ。

「いま新しいウインドー・ボックスを注文しましたの。アパート住まいをしておりますと、それがせいぜいの庭作りですのよ」

「そうでしょうねえ」

「あなたはこんなところで何をしておいでですの?」

「孵卵器を見ていたんですよ」

「やはり養鶏を始めようと思っていらっしゃいますの?」

「まあね。最新式の設備というやつをひと通り眺めていたんです。電気の孵卵器というやつが、ごく近ごろ市場に出るようになったらしいですね」

二人は連れだって出口に向かって歩きだした。コールドフィールドは突然早口でいった。

「たぶんもうお約束がおありだとは思いますが――ひょっとして昼食をつきあっていただけないでしょうか――つまり、その――おさしつかえがなければ――」

「ありがとうございます。ぜひ、そうさせていただきたいと思いますわ。実を申しますと、今日はメイドのイーディスが家じゅうひっくりかえして大掃除をしていますの。お昼には帰ってこないでほしいって厳重に申し渡されて出てまいりましたのよ」

リチャード・コールドフィールドは面白がるどころか、少々ショックを受けた様子だった。

「それはずいぶん勝手な話ですね」

「イーディスは特別ですのよ」

「それにしても――メイドをつけあがらせるのはよくありませんよ」

この人、わたしを非難しているんだわ、とアンはおかしくなって、やさしくいった。

「つけあがらせるほど多勢のメイドは使っておりませんし。それにイーディスはメイドというよりは友だちのようなものですの。何年も一緒に暮らしてまいりましたから」

「なるほど」遠まわしにたしなめられたのだということはコールドフィールドにもわかったが、最初の印象は変わらなかった。このおとなしやかな美しい人は、気儘《きまま》なメイドの圧制に耐えて暮らしているらしい。自分で自分を守ることができないたちなのだ。生まれつき気がやさしくて、人のいいなりになりやすいのだろう。

　彼は曖昧にいった。

「大掃除？　普通、いまごろやるんですかね？」

「いいえ、三月にするものなんですけれど、娘が二、三週間スイスに行って留守だものですから。あの子が家にいますと、何やかやと落ち着きませんので」

「お嬢さんがいらっしゃらないと、お淋しいでしょうね」

「ええ、淋しゅうございますわ」

「近ごろは女の子も家にじっとしていたがらないようですね。独立した生活をしたいと思うんでしょうか」

「ひところほどじゃないと思いますわ。そういった生活も、それなりの目新しさが薄らいできたというのか」

「やあ、いい天気になってきましたね。公園を横切りましょうか？　あまり歩くとお疲れになるでしょうか？」

「いいえ、もちろん、そんなことはありませんわ。あたくしもそう申しあげようかと思っていたくらいですから」

　二人はヴィクトリア・ストリートを横切って、狭い道から、セント・ジェームズ公園駅の前に出た。

　エプスタイン作の彫像を見あげて彼はいった。

「あの彫刻から、あなたは何か意味を感じとれますか？　ああいうのを芸術だなんて考える人間もいるんですかね？」

「あら、そりゃあ、いましてよ。たしかにりっぱな作品だと思いますわ」

「まさか、好きだとおっしゃるんじゃあ――」

「あたくし自身は好みませんわ。あたくしって昔風で、今でも古典的な彫刻が好きなんですの。小さいころにしみこんだ好みが抜けませんのね。でも、だからって、あたくしの趣味ばかりが正しいってわけじゃありませんわ。新しい芸術の様式を理解するには教育が必要でしょうね。音楽についても同じことでしょうけれど」

「音楽ですって！　あなたは近ごろのあれを音楽と呼ばれるんですか？」

「まあ、コールドフィールドさん、それはちょっと狭量というものじゃありませんかしら？」

　コールドフィールドはきっとなって振り返った。アンはちょっとどぎまぎして顔を赤らめたが、悪びれることなくその顔を見返した。

「なるほど。そうかもしれませんね」とコールドフィールドは呟いた。「わたしのようにイギリスを長く留守にしますと、思い出の中の祖国のイメージと重ならないものには、つい反発したくなるのでしょう」突然アンに微笑を向けて彼は付け加えた。「よろしくお引き回しを願いたいですな」

アンは急いでいった。

「でも、あたくし自身ひどく昔風ですのよ。セアラによく笑われますわ。ただ、何ていうか——年をとるにつれて物事に心を閉ざすようになるのはとても淋しいことだって気がしますの。ひとつには、退屈な人間になってしまう恐れがありますし——大切なことを見失う危険もありましょうし」

リチャードはちょっとの間押し黙って足を運んだ。

「年をとるにつれて、なんて言葉をあなたの口から伺うと、妙な気がしますね。あなたのように若々しい感じの方には、ずいぶん長いこと、会っていないものですから。実際、このごろのあのすさまじい女の子たちより、あなたの方がずっとお若い。ああいった女の子には怖気をふるいますね、わたしなどは」

「あたくしもですわ、ある意味では。でも案外気がやさしいんですのよ、ああいう子たちって」

話しながら歩いているうちに、セント・ジェームズ公園に着いた。雲間から日が出て、ほとんど暖かいくらいになっていた。

「どこへ行きましょうか？」

「ペリカンを見ましょうよ」

二人は楽しそうにペリカンを眺めながら、いろいろな種類の水鳥についてあれこれと話しあった。リチャードはすっかり気楽そうに寛《くつろ》ぎ、少年のように若々しく自然な話しぶりで、まったく申し分のない相手だった。二人は心おきなく談笑しながら、二人でいることにびっくりするほど楽しいものを感じていた。

しばらくしてリチャードがいった。

「もっと日当たりのいいところに行って坐りましょうか？　寒くはありませんか？」

「いいえ、暖かいくらいですわ」

隣りあった椅子に腰をおろして、二人は水の上に目を向けた。淡い色調の、ちょっと日本の版画のような感じの風景であった。

アンが低い声でいった。

「ロンドンて、本当はとても美しいところなんですのね。ふだんは気がつきませんけれど」

「そう、まるで啓示のようですね、こういうことに気づくのは」

二人は一、二分、言葉をかわさずにじっとしていた。やがてリチャードがぽつりといった。

「亡くなった妻はいつも、春を迎えるのにロンドンほどすばらしい場所はないといっていましたっけ。木々の若芽、アーモンドの木。そのうちにライラックが咲く。煉瓦《れんが》とモルタルのくすんだ壁を背景にしているために、その美しさがいっそう大きな意味を持つのだと。田舎ではすべてが雑然と起こる。それにまわりがあまりにも広々としているから、つい心して見ることがまれだ、しかし、郊外の家の庭には一夜にして春がくるって」

「本当に、そのとおりですわ」

リチャードは顔をそむけて苦しそうな口調でいった。

「妻は死にました。ずいぶん昔のことですが」

「伺いましたわ。グラント大佐が話して下さいました」

リチャードはアンを見やっていった。

「何が原因で死んだか、それもお聞きになりましたか?」

「はい」

「そのことを考えると堪まらないんですよ、いまだに。自分の手で妻を殺したような気がして」

アンは一瞬ためらったが、思わずいった。

「お気持ちはわかりますわ。わたしがあなただったら、やっぱりそう思ったでしょう。でもそれは違いますわ」

「いや、そうなのです」

「いいえ、奥さまのお立場から——というより女の考え方からすれば、それは違いますわ。出産にともなう危険を、女は自分の責任において引き受けるんですから。それは愛においての、女のとる責任です。その危険を承知で、女は子どもを欲するのです。それをお忘れになってはいけませんわ。奥さまも——お子さんをほしがっていらっしゃいましたのでしょう?」

「ええ、それはもう。アリーンは子どもが生まれると知って、有頂天になりました。むろん、わたしも大喜びでした。あれは丈夫で、平生たいへん健康でしたから、万一を心配する理由など、およそありそうになかったのです」

二人はふたたび沈黙した。

少ししてアンが口を開いた。「お気の毒に思いますわ——本当に」

「もうずいぶん昔のことです」

「赤ちゃんもお亡くなりになりましたの?」

「ええ。その方がかえってよかったと思ったくらいです。赤ん坊を見るたびに、この子が生まれたために妻は死んだのだと、憤ろしい気持ちを感じたでしょうからね。この子がこの世に生を享《う》けるために妻が死んだのだとたえず考えて」

「奥さまのこと、話して下さいませんか?」

冬の日ざしを浴びながら、リチャード・コールドフィールドは亡きアリーンについて話した。美しい、快活なたちの女だったが、急にひっそりと黙りこむことがあって、いったい何を考えているのだろう、魂だけどこか遠くに行ってしまったようだがと気を揉むこともあった——コールドフィールドはそんな話もした。

やがてふと言葉を切って、彼はふしぎそうに呟いた。

「妻のことは、ここ何年となく誰にも話したことがなかったのですがね」

アンはやさしく促した。「もっと伺わせて下さいません?」

あまりにも短い——束の間の幸福であった。三カ月の婚約期間、そして結婚。「こういう際のきまりのように煩《わずら》わしいことがいろいろありました。わたしたちはそんなに大仰にしたくなかったのですが、アリーンの母親がいいはりましてね」新婚旅行にはフランスへ行った。自動車であちこちと走り、ロワールの城を見物したりした。

ひょいと思い出したように彼は付け加えた。

「あれは車に乗るとびくびくするたちで、いつも片手をわたしの膝の上に置いていましたっけ。そうやっていると気が休まるらしいんです。なぜ怖がったんでしょうかね。事故に遭った経験もなかったし」ちょっと言葉を切って彼はまた続けた。「ときどき——あれが亡くなってから——ビルマで車を走らせているときに、あれの手の感触を感じたものでした、膝の上に。むろん想像にすぎなかったのでしょうがね……あんなふうに突然逝ってしまうなんて——人生からあんなにさらりと退場してしまうなんて、とても信じられないような気がして……」

そう——信じられない——この人はまさにそう感じているのだわ、わたしもパトリックの死をそんなふうに思ったものだった、とアンは考えていた。パトリックはきっとどこかにいるに違いない。その気になれば自分の存在をはっきりわたしに感じさせることだってできるはずだ。あんなふうにふいと姿を消し、あとかたも残さないなんて——わたしもよくそう考える。死者と生き残った者の間には恐ろしいほどの溝があるのだ。

リチャードはさらに、とある袋小路に彼ら夫婦が見つけた小さな家のことを話しだした。ライラックと梨の木の植わった庭がついていた。

無表情な、固い声でとぎれとぎれに話した後、彼はふとふしぎそうに呟いた。

「なぜ、こんな話をあなたにしてしまったのか、自分でもわからないのですよ」

その実、彼にはわかっていたのだった。「わたしのクラブで昼食ということにしてもさしつかえないでしょうか？　女性客用の食堂もあるはずです。それともどこかレストランに行きましょうか？」と遠慮がちに訊ねたとき、クラブの方がいいとアンが答えて立ちあがり、一緒にペルメル街の方向に歩きだしたとき、彼は、心の奥でそのわけを知っていたのだった。むろん、自分から認めようとはしなかったが。

それは亡きアリーンへの訣別であった。その冬の公園の、寒々とした、この世ならぬ美しさの中で、彼はアリーンに別れを告げたのであった。

彼はアリーンをここに——葉の落ちた木の枝が空に網目模様をひろげている池のほとりに残すだろう。

若い、生き生きとしたアリーンの面影を葬るに先だって、彼はもう一度それをよみがえらせたのだった。その面影と彼女の痛ましい運命を。それは一つの悲歌、挽歌、いや、讃歌ですらあった——おそらくそのすべてが少しずつまざりあったものだったろう。

アリーンの思い出を公園に残して、リチャード・コールドフィールドはアン・プレンティスとともに、ロンドンの街路に歩み出たのであった。

第四章

「奥さまはおうち？」とデーム・ローラ・ホイスタブルは訊ねた。

「ちょっとお出かけになっていますが、もうおっつけお帰りと思います。お入りになってお待ち下さいませんか？　奥さまもぜひともお目にかかりたいでしょうから」

イーディスはこういって、一歩脇によけて、デーム・ローラをうやうやしく家の中に招じいれた。

「じゃあ、どうせのこと、十五分ばかり待ちましょうかね。このところ、しばらくアンの顔を見ていないから」

「そうなさって下さいまし」

客を居間に案内すると、イーディスは跪《ひざまず》いて電気ストーヴのスイッチをいれた。デーム・ローラはひとわたり部屋の中を見回してびっくりしたようにいった。

「家具を動かしたのね。あの机はあっちの隅にあったのに。ソファーの位置も変わったわ」

「気分が新しくなるとおっしゃいましして。先だってわたしが外から帰ってまいりますと、奥さまがたいへんな勢いで椅子や机をあっちこっち動かしておいでになりましてね。〝ねえ、イーディス、この方がずっといいと思わない？　部屋が広くなるし〟、こうおっしゃいましたんです。べつにどうってことはないって、わたしは思いましたが、むろん、そんなことを申しあげる気はありませんでした。気紛れというものは、どなたにでもあるものですからね。わたしはただ、〝あまりいろいろなさるとお体に障りますよ。重いものを持ちあげるのは、内臓にひどく悪いそうですわ。妙なことになったら、なかなかもとどおりにはなりませんからね〟って申しあげておきました。よくあることですわ。わたしの兄嫁が、窓枠を押しあげたはずみにおかしなことになっちまいましてね。それっきり、一生ソファーに寝たきりでした」

「兄嫁さんにしても、そんなに大事をとる必要はなかったと思うけれどね」とデーム・ローラは磊落《らいらく》な口調でいった。「近ごろでは昔のようにソファーに横になって静養するというのが万病の特効薬だという風潮は薄れてきているわ。まあ、結構なことよね」

「当節はお産婦さんでも、ひと月たたないうちに床あげさせちまうそうですからね」とイーディスは非難がましくいった。「かわいそうにわたしの姪なんか、五日目で歩かせられたんですよ」

「人間はひと昔前よりずっとタフになっているからね」

「そうだとよろしゅうございますがねえ」とイーディスは陰気な口調でいった。「わたしも子どもの時分は、そりゃあ弱くて、とても育つまいと思われたそうですわ。気が遠くなって倒れたり、ひどいひきつけをおこしたり。冬になるとまるで血の気がなくなって――寒さが体の芯までしみこむようでしてね」

イーディスの幼時の健康状態には格別興味を示さずに、デーム・ローラは模様替えされた部屋の中をつくづくと見回していた。

「たしかにこの方がいいような気がするわね。なぜ、もっと前にこうしなかったのか、むしろふしぎなくらいだわ」

「巣作りでございますよ」とイーディスは意味ありげにいった。

「えっ？」

「巣作りですわ。小枝を嘴《くちばし》にくわえてせわしそうに出たり入ったり、小鳥がよくやる、あれでございますよ」

「なるほどね」

二人の女は顔を見合わせた。どちらも眉毛一本動かさなかったが、おのずと諒解が成り立ったらしかった。デーム・ローラはさりげない口調で訊ねた。

「グラント大佐はこのごろよく見えて？」

イーディスは首を振った。

「そう申しちゃ失礼ですけど、あのお方はもうぷっつりと――洒落《しゃれ》たいいかたがあるじゃありませんか――春風が立つとか何とか」

「秋風が立つ――でしょう？　ふうん、そうだったの」

「いいお方でございましたがね」とイーディスは今は亡き人への墓碑銘といった、陰気くさい声音でいった。「まあ、これぱっかりはねえ」

部屋を出て行こうとしてイーディスは思い出したようにまた付け加えた。

「お部屋の模様替えを、たぶんお気に召さない方がいますわ。セアラさまですよ。セアラさまはこういうことにはたいそう気むずかしくって」

ローラ・ホイスタブルは女にしては太すぎる眉を心持ちあげた。それから書棚から本を一冊引き出して、気が無さそうにぱらぱらとページを繰った。

ややあって鍵のカチャカチャいう音がして玄関のドアがあいた。アンと、誰か男の声が狭い玄関でいかにも楽しげな、快活な口調で何かいいかわしているのが聞こえた。

アンの声がいった。「あら、郵便がきているわ。まあ、セアラからですわ」

手紙を手にして居間に入ってきたアンは、一瞬どぎまぎした様子で立ちどまった。

「まあ、ローラ、きていらしたの？　うれしいわ」後につづいて入ってきた男を振り返って、「こちら、コールドフィールドさん、デーム・ローラ・ホイスタブルですわ」

デーム・ローラは紹介された相手をすばやく値踏みした。

〝ありきたりのタイプだわ。もしかすると頑固で、でも正直な、誠実なたちらしい。ユーモアはなさそうだけれど。たぶん度はずれに感じやすく――まあ、とにかくアンに夢中だということはたしかだわね〟

こう結論を出すと、ローラは彼女一流の率直な口調で、コールドフィールドを相手にしゃべりはじめた。

「イーディスに、お茶をいれるように頼んできますわ」とアンは呟いて部屋を出て行こうとした。

「わたしなら、お茶はいいわ」とデーム・ローラが声をかけた。「もうおっつけ六時だから」

「いずれにしても、リチャードとわたしはお茶をもらいたいの。コンサートに行ってきましたのよ。じゃあ、ローラ、あなたは何をお飲みになる？」

「そうね、ブランデー・ソーダをいただきましょうか」

「すぐお持ちするわ」

デーム・ローラはリチャードに向かっていった。

「音楽はお好きですの、コールドフィールドさん？」

「ええ、とくにベートーヴェンが好きです」

「イギリス人はみんなベートーヴェンが好きなようですけど、わたし自身はベートーヴェンを聞いていると眠くなる方ですわ、残念ながら。あまり音楽的なたちではないので」

「煙草はいかがです、デーム・ローラ？」とコールドフィールドはシガレットケースを差し出した。

「いえ、結構です。わたしは葉巻しかのみませんので」こういってきっと相手を見据えながら、ローラは付け加えた。「あなたは晩の六時にも、カクテルやシェリーよりお茶をあがるんですの？」

「いや、そういうわけではありません。とくにお茶が好きというわけではないんですが、その方がアンには似つかわしいと思ったものですから」ふと口ごもって彼は呟いた。

「こんないいかたは妙ですが」

「そんなこと、ありませんわ。あなたはとてもよくお見通しだわ。アンだってカクテルやシェリーを飲まないわけではありませんが、あの人は元来、お茶のトレイを前にして坐っているのが一番ぴったりというタイプですからね——美しいジョージ朝風の銀のティーポットや、見事な磁器のティーカップを載せたトレイを前にして」

リチャードはうれしげに顔を輝かした。

「いや、まったく、おっしゃるとおりですよ」

「アンとは長いつきあいですからね。わたし、あの人がとても好きなんです」

「そうらしいですね。お名前はアンからたびたびうかがっていました。むろん、そうでなくても、あなたのことは存じあげていますが」

デーム・ローラはにんまり笑った。

「ええ、わたしはイギリスで一番悪名の高い女の一人ですからね。委員会に名をつらねたり、ラジオで意見を述べたり、人類のために人は何をなすべきかと独断的な意見を開陳したり。でもね、わたし、近ごろよく考えるんですよ、人間が生きている間に達成できることはほんの僅かなことにすぎない、それもその人に限らず、ほかの誰かがやすやすとやりとげられるようなことばかりだってね」

「いや、それは違いましょう」とリチャードは抗議した。「それじゃあ、あまり悲観的すぎやしませんか?」

「べつに。一生懸命努力する、しかし、あくまでも謙遜に、これがわたしのモットーです」

「さあ、それは——」

「賛成できないとおっしゃるのですか？」

「ええ、男が（むろん、女性だってそうですが）、何にせよ、なしとげる価値のあることを遂行する第一条件は、まず自信を持つことです」

「なぜですの？」

「なぜって、それは、デーム・ローラ、当然じゃないでしょうか——」

「わたしはね、昔気質《かたぎ》なんです。むしろ人間はまず己を知り、神に信頼をおくべきだ、と思うんですよ」

「知ることと——信ずること——その二つは結局は同じではないでしょうか？」

「どういたしまして——まったく違いますわ。わたしの気に入りの理論はね、（もちろん実行できるわけはありません。そこがそもそも理論というものの愉快きわまる点なんですけれど）誰もが一年に一カ月間、砂漠の真ん中に行って暮らすといいということです。もちろん、泉のそばにキャンプを張り、なつめとか、そんなものもふんだんにあっての上ですけれど」

「そりゃ、楽しいかもしれませんな」とリチャードは微笑した。「しかし、わたしでしたら、とびきりの良書を二、三冊持って行かせてくれといいますね」

「そう。でもまさにそこが問題なんですよ。本はいっさい持って行ってはいけないんです。本なんて、習慣性のある麻薬のようなものですからね。食べもの、飲みものはたっぷり、しかし何一つすることがない——まったく何一つ——ということになると、自分自身を知る、かなりよい機会が与えられますからね」

リチャードは、とても信じられないというように微笑した。

「自分については、たいていの人がかなりの程度、知っているものじゃないでしょうか?」

「いえ、とんでもない。近ごろではまあ、せいぜい、自分の愉快な、気持ちのいい性格にあらためて気づくぐらいが関の山で、だいたいがそんな暇からしてないんですからね」

「あなたがた、そんなに身をいれて、いったい、何を議論していらっしゃるの?」グラスを手に部屋にもどってきたアンが訊ねた。「ブランデー・ソーダを作ってきたわ、ローラ。お茶はイーディスがいま持ってきますわ」

「わたしの砂漠瞑想論を展開していたところよ」

「ローラのお気に入りの説ですのよ」とアンは笑った。「砂漠の真ん中に何もしないでじっと坐っていると、自分がどんなにいやらしい人間か、見えてくるっていうんですの」

「人間て、そんなに忌まわしい生きものでしょうかね？」とリチャードは大して感興もなげにいった。「心理学者はとかくそんなことをいいますが——しかし、なぜまたそんな？」

「なぜって、人間、もし自分の一面なりと知るだけの暇が与えられれば、今わたしがいったように、一番感じのいい面を取り出すのがおちでしょうからね」とローラが引き取っていった。

「あなたのおっしゃる意味はわたしにもわかるし、結構なことだとは思ってよ、ローラ」とアンがいった。「でも砂漠で瞑想しているうちに自分がどんなに唾棄すべき人間かわかったとして、それが何の役に立つの？　人間は自分を思うように変えられるものかしら？」

「だめでしょうねえ、それは。でも少なくとも、自分がこれこれの場合にどんな行動をとるか、なぜ、そうするか——この方がいっそう大切なことだけど——というヒントは与えてくれるでしょうねえ」

「そんなこと、ひとりでに想像がつくものじゃなくって？　つまり、自分をその場の状況においてみれば」

「わかっていないのねえ、アン。上司や、恋人や、向こう隣りに住む人に何をいおうかとあらかじめ頭の中で口上をまとめあげ、さあ、これからというときにそのとおりいえるものだと思って？　ろくすっぽものがいえないか、それとも考えておいたのとまるっきり違うことをいってしまうか、そんなことが往々にしてあるものなのよ。どんなことが起こっても自分はうまく対処できるとひそかに確信している人間に限って、いざというときに判断力を失うものよ。反対に、自分はだめだと思いこんでいる人が、自分でもびっくりするほど賢明にふるまうことがあるわ」

「ええ、でもそれはあまり公平ないいかたとはいえないんじゃないかしら。あなたがおっしゃるのは、人間は自分でこうあってほしいと思うような会話とか行動を、あらかじめあれこれ思い描くものだってことでしょう？　現実にそんなことが起こるわけはないということは、たぶん当人も承知していると思うわ。でも自分がどういう行動をとるか、また――どんな性格の人間かということは、よくわかっているんじゃなくて、本当のところ？」

「おやおや」とデーム・ローラは両手を差しあげた。「するとあなたにはアン・プレンティスがどんな人間か、わかっているというのね？　さあね――どうかしら、それは」

イーディスがお茶を運んできた。

「もちろん、わたし、自分がとくにいい人間だなんて考えてなんか、いないことよ」とアンは微笑しながらいった。

「セアラさまのお手紙ですわ、奥さま」とイーディスがいった。「寝室に忘れていらっしゃいましたから」

「ああ、ありがとう、イーディス」

アンは封を切っていない手紙を、そのまま自分の皿の脇に置いた。デーム・ローラはちらとその顔に目を走らせた。

リチャード・コールドフィールドは何となくそそくさとお茶を飲みほして、自分はこれで失礼すると席を立った。

「気を利かせたのね」とアンはローラにいった。「あなたと話があると思ったんだわ」

デーム・ローラは年下の友人の顔をしげしげと打ち眺めた。そしてその変わりようにびっくりした。端正な、しかしあまり目立たぬ容貌であったのが、一種輝くような美しさが花ひらいていた。ローラは以前にもそういう例にぶつかったことがあるので、すぐにその原因を察した。このほのぼのと明るい、幸せそうな顔は、ただ一つのことを意味している。アン・プレンティスは恋をしているのだ。世の中は不公平にできている――とローラ・ホイスタブルはつくづく考えるのだった――恋をしている女が例外なくこの上なく美しく見え、恋をしている男はしょぼけた羊のように見えるというのは。

「近ごろ、あなた、どんなふうにして暮らしているの、アン？」と彼女は訊ねた。

「そうね、ときどき出かけるくらいで、とくにどうってことはないわ」

「リチャード・コールドフィールドさんは、ごく最近の知りあいね？」

「ええ、十日ばかり前にはじめて会ったの。ジェームズ・グラントの催した夕食会で」

こういってアンはローラにリチャードのことを少し話して聞かせ、あげくにいたって天真爛漫な口調で訊ねた。「あの人をどう思って？　いい人でしょう？」

コールドフィールドについてまだはっきりと意見をきめていなかったローラだったが、反射的に答えた。

「ええ、とてもいい人ね」

「あの人、これまでとても不幸せだったのよ。わたし、気の毒でたまらないの」

そんないいかたをしばしば耳にしたことのあるローラは、微笑を抑えていった。「セアラは元気？」

アンはぱっと顔を輝かした。

「ええ、楽しくてたまらないらしいわ。あっちには雪もたっぷりあって。それに今のところ、骨折した人もいないようよ」

デーム・ローラが何気ない口調で、それはまあ、イーディスが聞いたらさぞ残念がることだろうというと、二人は声を合わせて笑った。

「この手紙はセアラからなの。失礼してここで開けてみてよくって？」

「きまっているじゃありませんか」

アンは封を切って短い手紙を読みくだし、やさしく笑いながら、それをデーム・ローラに渡した。

お母さま

最高の雪です。こんなすてきなシーズンはこれまでになかったと誰もがいっています。ルーはテストを受けましたが、残念ながら通りませんでした。ロージャーがあたしをいろいろとコーチしてくれています。あの人、スキーの方ではずいぶんえらいんですから、とても親切だと思います。ジェーンは、ロージャーはあたしに気があるんだといいますが、あたしはそうは思いません。きっとあたしが頭から先に雪だまりに跳びこんだりするのを見て、サディスティックな楽しさを味わっているんだと思います。クロンシャム夫人が例の嫌みな南米の男とここに滞在しています。あの二人って、人前かまわず本当に恥知らずだわ。ガイドの一人にものすごくハンサムな人がいて、あたし、目下夢中になっています。でも残念ながら、そういうことがしょっちゅうあるので、彼自身は慣れっこになっているらしく、あたしなんか、見向きもしてくれません。そうそう、最近あたし、やっと氷の上でワルツが踊れるようになりました。

お母さまの方はいかが？　例のボーイフレンド連中としょっちゅう一緒にお出かけでしょうか？　グラント大佐とあまりご親密なところまで進まないようにご注意。あの人はときどきひどく浮気っぽい流し目でお母さまを見ますからね。教授さんの方はいかが？　あいかわらず大きい声ではいえないような、未開民族の結婚の習慣について、お母さまに演説して聞かせているんでしょうね。ではいずれ帰ってから。お元気で。

セアラ

デーム・ローラはアンに手紙を返していった。

「ほんと、とても楽しそうね……教授って、あの考古学者の？」

「ええ、セアラはいつもあの人のことでわたしをからかうのよ。いっぺんランチに招待するつもりでいたんだけれど、このところ、忙しかったもので」

「そうらしいわね」

アンはセアラの手紙を小さく畳みながら溜息をついた。「ああ、どうしようかしら、わたし——」

「どうしようかって、何のことなの、アン？」

「そうね、いっそ、お話ししてしまうわ。たぶんもう察していらっしゃると思うけど。リチャード・コールドフィールドがわたしに結婚を申し込んだの」

「それ、いつのこと？」

「あら、今日よ。ついさっき」

「それでイエスというつもり？」

「ええ、まあ……いやだわ、どうしてこんなあやふやないいかたをするんでしょう。もちろん、イエスというつもりなのに」

「かなり急な話じゃなくて？」

「知りあって日も浅いのにってこと？　でもわたしたち真剣なの。この気持ちは変わらないわ」

「それにあなたにはあの人のことがよくわかっているんでしょうからね。たぶんグラント大佐を通じて。わたしとしてはあなたのためによかったと思うわ。とても幸せそうに見えるんですもの」

「わたしの年で滑稽に聞こえるかもしれないけれど、でもわたし、あの人を本当に心から愛しているの」

「滑稽に聞こえるなんてことはないわ。そうね、あなたがあの人を愛しているってことは、いわれるまでもなくすぐわかるわね」

「あの人もわたしを愛しているわ」

「それもひと目でわかるわ。どぎまぎして、借りてきた猫みたいに見えたもの」

「借りてきた猫だなんて、ひどいわ！」

「恋をしている男って、みんなそんなふうに見えるものよ。一種の自然法則かしらね」

「でもあの人のこと、嫌いじゃないでしょう、ローラ？」とアンは食いさがった。

今度はデーム・ローラはすぐには答えなかった。少し間を置いて彼女はいった。

「あの人はとても単純なたちの人じゃないかしらね、アン」

「単純？　そうかもしれないわ。でもそこがまた、あの人のいいところだと思うんだけど」

「そう、でも少々困る点でもあるわね。それに感じやすいんじゃない、度が過ぎるくらいに？」

「あなたって、何でもお見通しなのねえ、ローラ。あの人のそういう点に、ある人たちは気がつかないけれど」

「わたしはそのある人たちという部類には入らないのよ」ちょっとためらった後、ローラはいった。「セアラにはもう話したの？」

「いいえ、もちろん、まだよ。だってついさっきのことなんですもの」

「わたしが訊こうと思ったのはね、セアラへの手紙にあの人のことを書いたかどうかってことよ——心の準備といった意味で」

「さあ——いいえ、書いてないわ」アンは少しして続けた。「手紙であの子にいってやらなければいけないでしょうね」

「そうねえ」

アンはもう一度沈黙し、それからようやくいった。「セアラはべつに、四の五のいわないと思うけど。どうかしら？」

「さあ、わからないわね、それは」

「あの子はいつもわたしにやさしいわ。何ともいえないやさしいところがあるのよ、セアラには。ほかの人にはわからないでしょうけれど――とくに口に出して何をいうわけでもないのに。でももちろん――あの子――」とアンは嘆願するように年長の友人を見やった。「滑稽だと思うかもしれないわね」

「そうねえ、そういう見かたをされる可能性もあるわ。あなたは気にする？」

「わたしは平気よ。でもリチャードが」

「そうでしょうね。でもリチャードにしても、そのくらいは我慢しなくてはね。とにかくわたしがあなただったら、セアラが帰ってくる前に何もかも知らせておくわ。少しは慣れる時間が必要でしょうからね。ついでだけど、あなたがた、いつ結婚するつもり？」

「リチャードはなるべく早くっていうの。それに本当のところ、待つ必要もないわけだし」

「そりゃそうね。早ければ早いほどいいと思うわ」

「ちょうど運のいいことに――リチャードの仕事も見つかったの――ヘルナー商会に。戦争中ビルマであの商会の若い重役と知り合ったんですって。願ったり叶ったりじゃなくて？」

「本当に何もかもいい都合じゃありませんか」ローラはやさしく付け加えた。「わたし、とてもうれしいわ」

　こういって立ちあがり、アンのそばに歩みよってキスをした。

「おやまあ――ばかに浮かない顔をしているのねえ」

「セアラのことが気になって。あの子、気を悪くしないでしょうか？」

「仕方のない人ねえ、あなたは。いったい、誰の人生だと思ってるの？　あなた自身の？　それともセアラの？」

「もちろん、わたしの人生よ。でも――」

「セアラが気を悪くしたらしたで、仕方ないでしょう。それにどうせ一時のことよ。あの子はあなたを愛しているもの」

「それはわかっているわ」

「考えてみれば、愛されるって厄介なものね。遅かれ早かれ、ほとんど誰もがそれに気づくわ。あなたを愛してくれる人が少なければ少ないだけ、苦しまずにすむのよ。わたしなんか、たいていの人から嫌われているから、その点、始末がいいわ。嫌われるか、ただ当たり障りのない無関心な態度であしらわれるか」

「ローラったら、そんなこと、ありゃしないわ。第一、わたしは――」

「さようなら、アン。あなたのリチャードに、わたしを好きだなんて、無理にいわせたりしないようにね。本当いって、あの人、わたしのことをひどく嫌ってるわ。もっともそんなことはどうせ大したことじゃないけれどね」

その夜の晩餐会でデーム・ローラの隣席に坐った学者は彼女を相手にショック療法についての革命的な意見を滔々《とうとう》とまくしたてたが、ひとくだり話したところで、相手がぽかんと見つめているだけなのに気づいてうんざりした。

「ちっとも聞いていなかったんだね？」

「ごめんなさい、デヴィッド。わたし、ある母親と娘のことを考えていたもので」

「なるほど、症例か」と彼は興味をそそられたように促した。

「いいえ、そんなのじゃありません。わたしの友だちの話」

「つまりよくある独占的な母親といった──」

「そうじゃないんですよ」とデーム・ローラは答えた。「この場合、独占的なのは娘の方なんです」

第五章

1

「わたしからもね、アン」とジョフリ・フェインがいった。「おめでとうといわせてもらうよ――ま、とにかく、こうしたおりに世間のいうような祝辞をね。あなたを前においていうのもどうかと思うが、幸せな男だよ、その相手というのは。まだ拝顔の栄に浴していないと思うがどうだろう？　名前を聞いても、いっこうに記憶がないんだが」

「いいえ、わたしだってほんの二、三週間前にはじめて会ったんですもの」

フェイン教授はいつもの癖で、眼鏡ごしに彼女の顔を好人物らしい表情で見つめた。

「おやおや」と感心しないといった口調で、「そりゃ、ちょっと唐突だね。ばかに急な話じゃないか」

「わたしはそうは思いませんけれど」

「マタワヤラ族の場合などは、結婚を申しこんでから少なくとも一年半をおくというしきたりがあるが」

「ひどく用心深い種族なんですのねえ。未開民族って、もっと原始的な衝動に従うものだと思っていましたけれど」

「マタワヤラ族は未開民族どころか、特色のある文化の持ちぬしだよ」とジョフリ・フェインは心外らしくいった。「結婚式などはひどくこみいっていてね。式の前日には花嫁の友人が——いやこれはちょっとさしさわりがある——とにかく、興味しんしんたる慣習があってね。昔はどうやら女祭司の神聖なる婚姻とかいう——いやいや、このことも伏せておく方がよかろう。さてと、贈物だが、何がいいだろう?」

「贈物の心配なんか、していただくことはありませんわ」

「普通こういう際には何か銀の食器を贈るようだがね。わたしも以前、銀のコップを買って誰かに贈ったことがあるような気がするが——はてさて、あれは命名式だったか——スプーンでもどうだろう? それともトースト立てとか。そうだ、銀の鉢なんか、いいじゃないか。しかしねえ、アン、その男、身もとはたしかなんだろうね? 照会先なんぞもちゃんとしているんだろうか? つまり、共通の友人がいるとかいった。なぜって、当節は突拍子もない妙なことがざらに新聞に出ているからね」

「波止場で女蕩《た》らしの網にかかったなんていうのでもありませんし、あの人を受益者として保険に入らされたなんてわけでもないんですのよ、その点、ご心配いりませんわ」

ジョフリ・フェインは気がかりそうにまたしてもアンの顔を覗きこみ、笑いが浮かんでいるのを見て、ほっとしたようにいった。

「やれやれ、気を悪くさせちまったかと慌てたよ。でもまあ、とにかく、人間、用心に越したことはないからね。それで、お姫さまはこのことをどう受けとめたね？」

一瞬アンの顔は曇った。

「セアラには手紙を書きました。今、スイスに行っていますの——でもちっとも返事がこなくて。もっともすぐ返事を書いたにしても、まだこっちに着くはずもないんですけれど——ただわたし——」と口ごもった。

「書こう書こうと思っていても、つい忘れることがあるものさ。わたしなど、近ごろとみにその傾向が強くなってきたよ。三月にオスロで連続講演を頼まれたんだが、返事を出すつもりで、とんと忘れちまって、昨日になってその手紙が出てきたんだよ——古い上衣のポケットにいれたまま、忘れていたんだ」

「三月なら、まだ時がありますわ」とアンは慰め顔にいった。

ジョフリ・フェインは温和な青い目で悲しげに見返した。

「それが何と——去年の三月だったんだよ、アン」

「まあ——だってジョフリ、どうしてまたそんなに長いこと、上衣のポケットなんかに？」

「ひどく古ぼけた上衣でね。片袖はもうちぎれかかっているし、着心地がひどくよくないものだからしまいこんでおいたのが間違いのもとだったのさ」

「本当に、誰かあなたのお世話をする人がいなければいけませんわ」

「お世話なんぞされん方がどんなにいいかしれんよ。いっぺん、ひどくおせっかいな家政婦がおってね。料理の腕はよかったが始末の悪い掃除好きで、あるとき、ブリヤー族の雨乞いに関する貴重な覚えがきを捨てられて、いや、往生したよ。取り返しのつかん損失さ。石炭入れに突っこんであったから要らないものだと思いましたなんて、平気でいいおって。わたしはさめつけてやったよ、〝石炭入れは屑籠ではありませんぞ、ミセス——〟ミセス——名前はもう忘れたが、とにかくその婆さんに手きびしくいってやったものだ。女ってやつは、物事の軽重の感覚がてんで欠けているんだからな。掃除なんぞという下らんものを滑稽なくらい重要視して、儀式かなんぞのように勿体らしくやってのけるんだから」

「掃除は一種の儀式に過ぎないという人もいますわね。ローラ・ホイスタブル——ご存じでしょう、もちろん？　あの人ったら、一日に二回も首を洗う人がいるって、何だか皮肉っぽいことをいってましたわ。ローラにいわせると、人間は不潔なほど、心が清らかだってことになるらしいんですけどね」

「ほう？　さてと、わたしはもう帰らにゃいかん」こういってジョフリ・フェインは溜息をついた。「これからはさびしくなるな、アン、口ではいえんくらいに」

「でもジョフリ、そんなことありませんわ。どこかほかの土地へ行くってわけでもないんですもの。リチャードの勤め先もロンドンですし。あなたもきっと彼に好感を持って下さると思いますのよ」

「しかし、これまでと同じってわけにはいかないからね、どうしたって。いやはや、美人が自分の鼻の先でほかの男と結婚してしまうとはね」こういってアンの手を握りしめた。「あなたはね、アン、わたしにとってひどく大切な人だったのだよ。時として及びもつかぬ身のほど知らずなことを願わぬでもなかったが、それはしょせん叶わぬ夢としてね。わたしのような昔者では、あなたを退屈させるだけだったろうし。しかし、あなたのことは今でも心から大切に思っているんだよ。幸せを願っている。あなたがいつもわたしに何を思わせたか、わかるかね？　ホーマーの詩の一節さ」こういってギリシア語で勿体をつけてかなり長々と吟《ぎん》じた。「ざっとこんなものだがね」と満悦の態だった。

「ありがとう、ジョフリ」とアンはいった。「意味はわからないけれど、でも――」

「意味はね――」

「いいの。おっしゃらないで。耳で聞いた響きの方がたぶんすてきにきまっていますもの。それにしても、ギリシア語って、何て美しいんでしょうね。さようなら、ジョフリ、本当にありがとうございました……帽子をお忘れになってはだめよ――それに、その傘はあなたのじゃありませんわ。セアラの日傘ですわ。あ、ちょっとお待ちになって。カバンはほら、ここですわ」

客を送り出してドアを閉めると、台所の戸の蔭からイーディスが首を突き出した。

「まるで大きな赤ちゃんですねえ、あの方は。年をとってぼけているってわけでもなく、ご専門の方じゃ、大した学者なんでしょうから、わからないものですわ。でもあの先生が夢中になっておいでの未開人だけは、どう考えてもぞっとしませんねえ。いつかのおみやげの木の人形ですけれど、わたし、簞笥の奥にしまいこんどきましたよ。まったくアダムとエバじゃないけど、いちじくの葉っぱかしじゃなく、こう、ブラジャーでもつけてやりたいようじゃございませんか。そこらに気軽にほうり出しておくわけにもいきませんよ、あれでは。あの先生ご本人はいたって天真爛漫なお方ですがねえ。それにまだ、そうお年を召しているわけでもないんでしょう、本当は？」

「たしか、四十五よ」

「まあねえ。おつむがああ薄いのは、ご勉強が過ぎたからでしょうね。わたしの甥も、熱病にかかって、つんつるてんに禿げてしまいましたが。それこそ、剝き卵みたいに。それでも少ししたら、また毛が生えてきましてね。そうそう、お手紙が二通きていますわ」

アンは差し出された封書を手に取って眺めた。

「送り返されてきたのね？」こう呟いたが、すぐ愕然とした表情がその顔に浮かんだ。

「まあ、イーディス、どうでしょう、セアラ宛てに出した手紙がもどってきたのよ。何て馬鹿なことをしたのかしら、わたし。ホテルの名だけ書いて、所番地を書かなかったんだわ。近ごろわたし、どうかしているのね。自分でもどうしたんだか、わからないわ」

「わたしにはわかっていますがね」とイーディスは意味ありげにいった。

「本当に間の抜けたことばかりやって……こっちの手紙はデーム・ローラからだわ……まあ、親切な人……さっそく電話をしなくっちゃ」

アンは居間に行って、電話機のダイアルを回した。

「ローラなの？　いま、お手紙をいただいたところ。本当にありがとうございます。ピカソの絵をいただけるなんて、何ていっていいかわからないくらい、うれしいわ。前から一つ、ほしかったの、わたしの机の上の壁にかけますわ。あなたって、いつもわたしによくして下さるのねえ。あのねえ、ローラ、わたし、とても馬鹿なことをやってしまったの！　セアラにいろいろないきさつをくわしく書いて出したんだけど、その手紙がたった今、もどってきてしまったのよ。スイス、アルプス・ホテルとだけじゃ、着くわけもないのに。こんな間の抜けたことって、考えられて？」

デーム・ローラの深い声がいった。「ふむ、なかなか面白いわね」

「面白いって、それ、どういう意味？」

「面白い——ただそれだけよ」

「あなたのいつもの声ね。あてこすっているんでしょう？　わたしが内心その手紙をセアラに受け取らせたくなかったんだとか、何とか。うっかりした間違いっていうのが曲者で、本当は故意にやったことなんだっていう、いつものあなたの癪《しゃく》に障る持論なんだわ」

「何もわたしばかりの持論でもないんだけれどね」

「とにかくそんなこと、根も葉もありゃしないわ。セアラは何も知らずにあさって帰ってくるのよ。そのときになっていちいち説明しなければならないなんて。あらかじめいっておいた方がどんなに具合がいいかしれないのに。第一、どう切り出したものかしら」

「そう、でもセアラに手紙を受けとらせたくないと思ったばっかりにそんな破目に立ち至ったんですもの。まあ、仕方ないわね」

「本当に受けとってほしかったのよ。ひどいこと、いうのねえ」

受話器の奥でクスリと笑う声がした。

アンは不機嫌にいった。

「愚にもつかない公式論よ、そんなのは！　ジョフリ・フェインが今しがた帰ったところなんだけど、一年前に受けとったきり忘れていた講演の依頼の手紙が、最近になって見つかったっていってたわ。去年の三月にオスロで話をすることになっていたんですって。それもわざと忘れたんだって、あなたならいうでしょうね」

「あの人の場合、その講演の計画に乗り気だったの？　どう？」とデーム・ローラは訊ねた。

「そうねえ――それはわからないわ」

「ふうん、たいそう面白いこと」とデーム・ローラは意味ありげに呟いて電話を切ったのだった。

2

リチャード・コールドフィールドは角の花屋で水仙の花束を買った。

幸せな気持ちだった。新しい職場についての当初の不安も霧散し、仕事の手順にも慣れつつあった。上司のメリック・ヘルナーは物わかりのいい男だった――ビルマで知り合った当時の友情は、彼がイギリスに帰ってきた今も揺るがぬものであることが感じられたし、仕事そのものも特別な技能を必要としなかった。これといって変哲もない事務的な仕事で、ビルマその他東洋についていくばくかの知識を持っているということも役に立った。リチャードはとくに才幹のある男ではなかったが、良心的で勤勉で、良識があった。

帰国した当座は甚《はなは》だしい失望も味わったものだったが、今はそれも忘れた。彼にとって万事が好都合に運び、まったく新しい生活を始めようとしているような気分だった。自分の性に合った仕事、気心の知れた、親切な上司、おまけに愛する女性と近く結婚しようというのだから、無理もなかった。

彼は毎日、アンのような女がどうして自分に対して好意を持ってくれたのだろうと、驚きに似た気持ちをこと新しく感じていた。愛らしく、やさしく、しかも魅力的なアン。それでいて、リチャードがいささか独断的に事をきめようとするようなとき、おりおりいたずらっぽい笑いを浮かべて彼を見守っているアンに気づくことがあった。リチャードは人に笑われることに慣れていなかったから、はじめのうちはあまりいい気持ちがしなかった――しかしそのうちにアンになら笑われても平気だし、むしろ楽しいくらいだと認めるようにさえなった。

「ずいぶん高飛車なおっしゃりようねえ」などとからかうようにアンにいわれると、さすがにちょっと眉を寄せるが、それでもじき一緒になって笑いだし、「少し押しつけがましかったかな」などといった。一度彼はアンに向かってつくづくこういったものだった。

「あなたはわたしにとって、とてもありがたい人なんだ、アン。お蔭でこのごろ、前より人間らしくなったような気がする」

アンはすぐさま答えた。「わたしたち、お互いに役に立っていますのね」

「わたしにできることがそうたくさんはないのでねえ――せいぜいあなたのことに心をくばり、気をつけてあげるというぐらいが関の山で」

「そんなに心を遣って下さっちゃ、困りますわ。わたしの欠点を助長なさるようなものよ」

「欠点？　あなたに欠点なんてあるものか」

「ありますわ、もちろん。わたしって、人の気にいられたいんですの。誰にも不愉快な思いをさせたくありませんのよ。喧嘩とか――悶着は、いっさいいや」

「それはありがたい！　喧嘩好きな奥さんにしょっちゅうがみがみいわれるなんて、たまらないからね。よくいるものです、そういうたちの細君が。わたしがあなたについて感心しているのもそこなんだ、アン。あなたはいつも物静かでやさしい。我々はきっと幸せな夫婦になれますよ」

　アンは低い声で呟いた。

「ええ、そうでしょうねえ」

　はじめて会った晩のことを考えると、リチャードはずいぶん変わった、とアンは考えていた。今ではもう、自己防衛にやっきになっている人間にありがちな、わざと肩を張ったような態度は見えなくなった。実際、彼自身もいったようによほど人間らしくなり、自信が増しただけ、人に対して寛大に、親しみ深くなっているようだった。

　さて、リチャードは黄水仙の花束を手にアンのアパートまで歩いた。アンのフラットは四階にあった。顔見知りになった守衛の愛想のよい挨拶に送られて、彼はエレベーターに乗った。

イーディスが玄関のドアをあけてくれた。廊下の向こうからアンが少し息をはずませて叫んでいるのが聞こえた。

「イーディス――イーディス、わたしのバッグを知らないこと？　どこかに置き忘れて見つからないのよ」

「こんにちは、イーディス」とコールドフィールドは声をかけて中に入った。

彼はイーディスに話しかけるとき、いつも何となく気後れを感じる。だから強いて磊落にふるまってそれを押し隠そうとするのだが、かえってわざとらしい感じを与えた。

「いらっしゃいまし、コールドフィールドさま」とイーディスはうやうやしく答えた。

「イーディス――イーディス」寝室から気忙しげなアンの声が響いてきた。「聞こえないの？　ちょっとここへきてちょうだい！」

「コールドフィールドさまがお見えですわ、奥さま」

イーディスがこういいかけたとき、アン自身が廊下に出てきた。

「まあ、リチャード」びっくりした顔で近づいて応接間に彼を招じいれながら、アンは肩ごしにイーディスを見返っていった。「わたしのバッグを探してちょうだい。セアラの部屋に置き忘れたのかもしれないわ。見てきてくれる？」

「この次は、頭をどこかに置き忘れるなんてことになりかねませんね」といい残して、イーディスは部屋を出て行った。

リチャードは眉をしかめた。イーディスがぽんぽんといいたいことをいうのが神経に障ったのである。なんて無作法な。十五年前には、メイドはあんな口のききかたはしなかったのに。

「リチャード——まあ、おいでになるとは思わなかったわ。あしたのランチにいらっしゃることになっていたんじゃなかった？」

不意を打たれて、少し動揺しているような口調であった。

「あしたじゃ、あまりさきのように思えたんでね」とリチャードは微笑していった。

「これをあなたにと思って」

黄水仙を受けとってアンがうれしそうな声をあげたとき、リチャードはやっと応接間がすでに花でいっぱいなのに気づいた。炉のそばの低いテーブルにはヒヤシンスが挿してあったし、早咲きのチューリップや水仙を盛った鉢もいくつか置かれていた。

「ばかにはなやかですね」と彼は呟いた。

「ええ、セアラが帰ってくるんですの」

「ああ、そうだった。うっかりしていましたよ」

「まあ、リチャード」

咎めるような口調であった。まったくの話、リチャードはそのことをすっかり忘れていたのだった。セアラが帰ってくることはちゃんと承知しているはずだったが、ゆうべアンと一緒に芝居に行ったときには、どちらもそのことにはふれなかった。がとにかく、セアラの帰宅した晩は彼女が母親をひとり占めにすることができるように、リチャードは翌日の昼食によばれて未来の継娘に会う、という話し合いが二人の間でついていたのだった。

「悪かった、アン。ついうっかりしていましたよ。あなたはひどく興奮しているようですね」かすかな非難をこめて、彼はいった。

「だって、誰かがしばらくぶりで帰ってくるときは特別じゃありませんこと?」

「それはそうだろうが」

「わたし、これから迎えに行くところですの、駅まで」ちらっと腕時計に目を走らせてアンはいった。「でもまだ時間はありますわ。汽船との連絡列車はどっちみち遅れると思いますし。いつもたいてい延着しますから」

イーディスがバッグを手に意気揚々ともどってきた。

「戸棚の中に入っていましたわ——奥さまがおいれになったんでしょう？」

「そうだったわ——枕カバーを探していたときに、いれこんでしまったのね。それはそうと、セアラの緑色のシーツをベッドに掛けるのを忘れなかったこと？」

「そんなことを、わたしが忘れたためしがありますか？」

「タバコも買ってあるわね？」

「はい」

「トビーとジャンボは？」

「はいはい、万事心得ておりますとも」駄々っ子をあしらうように大きく首を振って、イーディスは部屋を出て行こうとした。

「イーディス」とアンは黄水仙を差し出して後ろから呼びかけた。「このお花、花瓶に活けておいてちょうだい」

「さあ、まだ花瓶があるかどうですか。よござんす、何か見つけてきましょう」

イーディスはこういって花を引き取って立ち去った。

「まるで子どもみたいに興奮しているんだな、アン」とリチャードがいった。

「だって、セアラにまた会えると思うとうれしくって」

からかうような口調で、しかし、かすかに堅苦しくリチャードはまたいった。

「いったい、別れてどのぐらいになるんです——まる三週間ぶりぐらいですか？」

「本当にわたしって、どうかしていますわね」とアンはとりなすようにいった。「でもわたし、セアラがかわいくて仕方ありませんの。かわいがっちゃいけないなんて、おっしゃりはしませんわね？」

「もちろんですよ。わたしもセアラに会うのを楽しみにしているんだから」

「あの子はとても衝動的な、愛情のこまやかなたちですの。あなたとも、きっとうまく行くと思いますわ」

「きまっていますよ、そんなこと」

こういってリチャードは微笑しながら付け加えた。「あなたの子どもなんだから——かわいい人にきまっているしね」

「やさしいことをいって下さるのね、リチャード」両手をリチャードの肩に置き、アンは彼を見あげた。

「愛していますわ、リチャード」こう囁いてキスをして、それから付け加えた。「もしか——いえ、辛抱強くして下さいね。だって——わたしたちが結婚するってこと、あの子にはショックかもしれませんもの。封筒に宛名をちゃんと書かなかったなんて、あんな馬鹿なことをしていなければ、前もって知らせておけましたのに」

「まあ、何もそう気を揉むことはないでしょう。わたしのことなら大丈夫。そりゃ、はじめはちょっと気まずいかもしれないが、まんざら悪いことでもないって、おいおい考えてくれるようになりますよ。セアラが何をいっても、わたしはけっして怒ったりしませんからね」

「あら、セアラはべつに失礼なことはいいませんわ。とてもわきまえのある子ですから。ただ、今まで当たりまえのように受けいれてきたことをひょいと変えられるのが、あの子にはたまらないんですの」

「まあまあ、元気を出して。いくらセアラでも、我々の結婚に異議を申し立てるなんてことはできるはずがないでしょう？」

アンはこの軽口に答えなかった。その顔にはまだ心配げな表情が浮かんでいた。

「あのときすぐに手紙を書いていればねえ――」

リチャードは笑いとばした。

「あなたはまるでこっそりジャムを舐めているところをつかまった小さな女の子みたいですね！　大丈夫、セアラとわたしはじき仲よくなれますよ」

アンは心もとなげにその顔を見やった。快活な、いかにも自信ありげな態度に、かえって不安を覚えていた。少しは落ち着かない様子を見せる方がいいくらいなのに。

リチャードはまたいった。

「だいたい、そんなにくよくよと取り越し苦労をするのはよくありませんよ」

「普段はこんなことないんですけど」

「しかし、現にびくびくしているじゃないですか。こみいった事情も、隠しだてする理由もないのに」

アンはいった。

「わたし、ただ――そうね――何となくきまりが悪いんですの。何から話したらいいか、どういういいかたをしたものか、まるで見当がつかなくて」

「〝セアラ、こちら、リチャード・コールドフィールドさんよ。わたしたち、三週間後に結婚するつもり――〟、これだけじゃ、なぜ、いけないんです？」

「そんなひどいいいかたって」とアンは思わず微笑した。リチャードも笑った。

「いっそ、その方がいいんじゃないかと思いますがね」

「あるいはね」アンはちょっとためらう様子でいった。「あなたにおわかりにならないのはね、話しているうちにわたしがたぶんひどく馬鹿げたことをしているように思えてくるんじゃないかってことですわ」

「馬鹿げたこと？」とリチャードは聞き咎めた。

「ええ、母親が大きな娘に向かって、結婚するつもりだなんて告白するのはねえ」

「なぜです？　わたしにはどうもわからない」

「それはたぶん若い人たちが無意識のうちにわたしたちの年齢の者のことを、そういったたぐいのことはもうすべて卒業してしまったように考えているからだと思いますわ。若い人たちにとってはわたしたちはもう年寄りなんですから。若者は、恋を――恋に落ちるといったことを、自分たちの専売特許だと考えています。中年の人間が恋愛結婚をするなんて、あの人たちには滑稽としか思えないでしょうよ」

「滑稽なものですか！」とリチャードは激しい声でいった。

「わたしたちにとってはね。それはわたしたち自身が中年だからですわ」

リチャードは眉を寄せた。ややあって口を切ったとき、その声はかすかに苦々しげな響きをおびていた。

「ねえ、アン、あなたとセアラがお互いにとても愛しあっているということはわたしもよく知っている。たぶんセアラはわたしのことで心を傷つけられ、わたしを嫉ましく思うかもしれない。それはごく自然の感情だし、わたしだって理解するのにやぶさかでないつもりですよ。むろん、はじめのうちはセアラはきっとわたしを毛嫌いするに違いない――しかし時がたてば大丈夫、折れてきますよ。あなたにも自分の望むような人生を送り、自分なりの幸福を求める権利があることを気づかせなくては」

アンはかすかに頬を紅潮させていった。

「セアラには、あなたのおっしゃるわたしの幸福の邪魔をする気なんか、毛頭ありませんわ。あの子には卑怯なところとか、狭量なところはまったくないんですから。あんな心の広い子はまたといないくらいですわ」

「つまりアン、あなたは心配する理由もないのにくよくよと気を揉んでいるんですよ。セアラはあなたが結婚するつもりだと聞いて、大喜びしないとも限らないじゃありませんか。彼女自身ももっと自由に自分の好むような生活ができるわけだし」

「自分の好むような生活」とアンは軽蔑を含んだ口調で繰り返した。「まあ、リチャード、まるでヴィクトリア朝の小説のようなおっしゃりようね」

「本当いって、あなたがた母親は、雛鳥に巣立ちをさせたくないんですよ」

「そんなことありませんわ、リチャード。それはあなたの思い違いよ。まったく見当違いですわ」

「あなたの気持ちを傷つけたくはないけれど、子どもに心をささげつくす母親の愛情も過度にわたるということがあるものですからね。わたしも若いころ、両親をたいへん愛していましたけれど、一緒に暮らしているとずいぶんと腹に据えかねることもありましたよ。何時に帰るか、どこへ行くのかとしょっちゅううるさく訊かれるし、〝鍵を忘れないように〟、〝音を立てないようにそっと入っておくれ〟、〝ゆうべはホールの電灯がつけっぱなしだったよ〟、〝今夜も出かけるのかね？　わたしたちがおまえのためにさんざん苦労をしたのに、おまえは自分の家庭のことをこれっぽっちも気にかけていないようだね〟とまあ、こんな調子で」リチャードは、さらに続けた。「わたしだって、人並みに自分の家庭は愛していましたよ――しかし、自由を味わいたいという気持ちは強かったですね」

「それはもちろん、わたしにも理解できますわ」

「だから、たとえセアラがあなたの思っている以上に、親から独立した自分自身の生活というものに憧れているとしても、気を悪くしてはいけないと思うんです。このごろは女の子にもいろいろな職業が開放されているんですからね」

「セアラは職業を生き甲斐とするようなタイプではありませんわ」

「それはあなたの見解でしょう――しかし、このごろの女の子はずいぶんいろいろな職業についているじゃないですか？」

「主として経済的必要に迫られてじゃありませんの？」

「どういう意味です、それは？」

アンはいらいらといった。

「あなたはね、リチャード、世の中から十五年後れていらっしゃるのよ。そりゃ昔は、独立した生活を営むことや、世の中に出て行くことが一種の流行になっていましたわ。女の子は今でもそれをやりますけれど、かつての魅力はもうすっかり薄れていますのよ。所得税だの、相続税だのと面倒なことがいろいろありますから、何かの技能を身につけておくのはたいていの場合、賢明といえるでしょう。でもセアラは、とくに何にむいているというふうでもありませんの。フランス語やドイツ語はかなりできますし、少し前からフラワー・デザインのコースも受けています。わたしの友だちに花卉《かき》装飾のお店を持っている人がいて、働く気があるならきてみたらといってくれましたの。やってみればそれなりに面白いでしょうけれど、ただ仕事をもつというだけで、それ以上の意味はないと思いますわ。独立した生活の何のと大仰にいいたてるのは見当違いですのよ。セアラは自分の家庭を愛していますし、今のままでこの上なく幸せなんですから」

「わたしのいったことが気に障ったのなら赦して下さい。しかし――」

このときイーディスがドアの蔭から頭を突き出したのでリチャードは口をつぐんだ。イーディスの顔には、わたしは何も申しませんが、話の次第は耳にはいってしまいましたというような取り澄ました表情が浮かんでいた。

「お話し中ですけど、奥さま、今何時だとお思いですか？」

アンは時計を見た。

「時間はまだあってよ。あら、さっき見たときと同じみたいだわ」と時計を耳に近づけて叫んだ。「リチャード——どうしましょう、時計が止まっていたんですわ。いま何時なの、イーディス？」

「もう二十分過ぎですよ」

「たいへん——駅で行き違うかもしれないわ。でもあの汽車はいつも遅れるから。バッグはどこ？　ああ、あったわ。このごろはタクシーを拾うのに苦労しないだけましだわ。いいえ、リチャード、一緒にきて下さらないでも大丈夫。でも、お帰りにならずに、わたしたちと一緒にお茶を召しあがっていらして下さいな。ええ、そのつもりですわ。いっそ、その方がいいと思いますから。さあ、出かけなくっちゃ」

アンは部屋から走って出た。玄関のドアがバタンと音を立てて閉まるのが聞こえた。毛皮の襟巻がかすったはずみで床に落ちた二本のチューリップを、イーディスは身をかがめて拾い、そっと花瓶にもどして活け直した。

「チューリップがお好きでございましてね、セアラさまは昔から——とくに藤色のチューリップが」

リチャードは少々いらいらしたようにいった。「どうやらこの家全体がセアラさん中心に動いているようだね」

イーディスはその顔にちらりと目を走らせた。彼女自身の顔は落ち着きはらっていた——どことなく非難がましい表情はいつもどおりだったが。無表情な単調な声で彼女はいった。

「ええ、人を否応なく思いどおりにさせるお方でしてね、セアラさまは。それだけはたしかでございますよ。世の中はいろいろでして、お若いお嬢さまにも何でも散らかしっぱなし、繕いものはさせる、後片づけは人任せという困ったお方があるものですわ。それでいてそのお方のためならどんなことでもしようって気になる、まあ、得な性分っていうんでしょうか。そうかと思うと、はたに何一つ迷惑をかけない。身のまわりはきちんとしているし、何一つ余計な用事を人に頼まない。だのにどういうものか、そう好かれないということもあるものでしてねえ。不公平にできていますです。機会均等なんて、イカレた政治家のいいぐさでございますよ。得をする者もあれば、ひどい目に遭う者もいる。仕方ありませんねえ、こればかしは」

ぶつぶつと呟きながらイーディスは部屋の中を一巡して、一つ二つの置物の位置を直し、クッションの一つを取りあげてふるった。

リチャードは煙草に火をつけて、親しげな口調でいった。

「あんたはここの家にはずいぶん長いんだろうね、イーディス？」

「二十年以上になります。二十二年でございますね、正確には。奥さまがプレンティスさまとご結婚なさる以前には、お母さまにお仕えしておりました。プレンティスさまはご立派な紳士でいらっしゃいましたが」

リチャードはきっとした目ざしでイーディスを見やった。人並みはずれて感じやすい彼は、イーディスが〝プレンティスさまは〟というところにかすかに力をこめたように思ったのだった。

「近々わたしたちが結婚するつもりでいるということは、奥さまから聞いたろうね？」

イーディスは頷いた。

「もっとも、伺うまでもありませんでしたけれども」

リチャードは自意識に悩まされながら、勿体ぶった口調でいった。実はきまりが悪かったからなのだが。

「あんたとも――仲よくやって行きたいと思うがね」

イーディスはいささか陰気な口調で答えた。

「わたしもそう願っております」

あいかわらずぎごちない口調で、リチャードは言葉をついだ。

「あんたの仕事が少しふえることになるが、通いの手伝いも頼もうと思うし——」

「わたしは通いの手伝いというのが大嫌いでございましてね。自分でやる方が勝手が違わないし、安心なんです。殿がたが一人ふえると、万事変わってくるのはたしかでございますね。まず、料理のお好みから違いますから」

「わたしはあまりたくさん食べる方ではないから」その点は安心してほしいといわんばかりにリチャードはいった。

「わたしの申しますのは料理の種類のことでございますよ。殿がたはあまりやかましくおっしゃいませんが」

「女の人はまた少々やかましすぎるようだね」とリチャードは感想をもらした。

「そうかもしれませんですねえ」とイーディスは同意し、それから奇妙に物悲しげな声で付け加えた。「とにかく殿がたがお一人いらっしゃると、どことなく家中に活気が感じられるというのは本当でございますよ」

リチャードはこの言葉をほとんど大袈裟《おおげさ》なくらいありがたく思った。

「うれしいことをいってくれるね、イーディス」と彼は心からいった。

「わたしについては安心していらして下さいまし。奥さまをおいて出て行くようなことは、金輪際いたしませんから。それに、揉めごとが起こりそうなときに逃げだすなんて、昔からやったためしがありませんし」

「揉めごと？　どういう意味だね？」

「ひと悶着あるということでございますよ」

リチャードはまた繰り返した。

「ひと悶着？」

イーディスは悪びれもせずに相手の顔をじっと見つめていった。

「どなたもわたしの意見を求めたりはなさいませんでした。頼まれもしないのに余計なことをいうのはわたしの性に合っていないんですが、でもこれだけは申しあげておきますよ。セアラさまがお帰りになったときにはもう結婚式も何もかもちゃんとすんでいたという方がどんなによかったかと思うんですよ。わたしのいう意味がおわかりになればですがね」

玄関のベルが鳴り、ほとんど間を置かずにボタンが何度も何度も押された。

「どなただか、あの押しかたでわかりますわ」とイーディスがいった。

彼女がホールに行ってドアをあけるとすぐ、男と女の話声が聞こえた。賑やかな笑い声と歓声。

「イーディス、ただいま」暖かいコントラルトの、少女の声であった。「お母さまはどこ？　ジェリー、お入りなさいよ、そのスキーは台所に突っこんでおいて」

「台所はいけませんよ。困りますわ」

「お母さまはどこなの？」とセアラ・プレンティスは繰り返して、肩ごしに振り返ってなおも話し続けながら居間に入ってきた。

それはすらりと背の高い、黒髪の少女で、一瞬リチャード・コールドフィールドは、その溌剌たる物腰と全身にみなぎる一種の活力に目を見はった。このアパートのあちこちに置かれているセアラの写真は見ていたが、写真と実物は同一ではない。リチャードはアンを若くしたような——もう少しドライで現代風な——しかし同じタイプを想像していたのである。けれどもセアラ・プレンティスは、陽気で魅力に富む彼女の亡くなった父親に似ていたのだった。どことなく異国的な、一途《いちず》らしいところがあって、彼女が部屋に入ってきただけでアパートの雰囲気が一変したような感じさえ受けた。

「ああ、チューリップね、すてき！」とセアラは叫んで、花瓶の上に身をかがめた。「春らしい、レモンのような匂いがする。あたし——」

身を起こしたとたんにコールドフィールドに気づき、セアラはびっくりして見つめた。

リチャードは進み出ていった。

「リチャード・コールドフィールドです」

セアラは優雅な物腰でその手を握り、慇懃《いんぎん》に訊ねた。

「母をお待ちですの？」

「お母さまはあなたを迎えに今しがた駅に行かれました——五分ほど前に」

「まあ、何て間が抜けているんでしょう！　イーディスったら、どうして時間に間に合うように、お母さまを急《せ》きたてなかったのかしら？　イーディス！」

「時計が止まっていたんですよ」

「お母さまの時計ときたら！　ジェリー、ジェリーはどこ？」

ハンサムではあるが、どこか不満げな顔つきの青年が、両手にスーツケースを持って戸口から顔を出した。

「こちらはジェリー、人間ロボットであります。さてこの荷物はどこへ置くの、セアラ？　このアパートには守衛はいないのかな？」

「もちろんいるわ。でも大荷物を持って帰ってくるときに限って、たいてい姿が見えないのよ。そのスーツケースはみんな、あたしの部屋に持って行ってちょうだい。ジェリー。そうそう、こちら、ロイドさんですの。ジェリー、こちらは——」

「コールドフィールドです」とリチャードがいった。

イーディスが入ってきた。セアラはいきなりつかまえて、大きな音を立ててキスをした。

「イーディス、あなたのいつもの不機嫌そうな顔が見られて、あたし、とってもうれしいのよ」

「不機嫌そうな顔ですって？」とイーディスは憤然といった。「キスはもうたくさんですったら。少しはあなた、たしなみよくなさらなくてはいけません」

「ぶつぶついわないでよ、イーディス。あたしが帰ってきたんで、本当は大喜びしてるくせに。ああ、何もかも清潔ねえ、この家では。いつものとおりの更紗のカバーやカーテン、お母さまの貝殻をちりばめた箱。あら、ソファーの位置を変えたのね。机も。前にはあっちにあったのに」

「この方が広々とするって、お母さまがおっしゃいましてね」

「いやだわ。前のままがいいわ。ジェリー――ジェリー、どこにいるの？」

「今度は何ごとだい？」といいながらジェリーが入ってきたときには、セアラはもう机をぐいぐい引っ張っているところだった。リチャードが立って行って手伝おうとするのを、ジェリーが快活な口調で遮《さえぎ》った。

「大丈夫です。ぼくがやりますよ。どこに動かしたいの、セアラ？」

「前のとおりにあそこに置くわ」

　机を動かし、ソファーをもとどおりに直すと、
　セアラはほっと溜息をついていった。

「この方がずっといいわ」

「さあ、どうかな、そいつは」とジェリーは一歩後ろへさがって、ためつすがめついった。

「もちろん、この方がいいにきまっていてよ。あたしは何もかももとのままが好き。そうでなかったら、自分の家らしくないんですもの。小鳥のぬいとりのあるクッションはどこへやったの、イーディス？」

「クリーニングに出しましたわ」

「それならいいけど。さあ、あたしの部屋を見てこようっと」戸口で立ちどまって思い出したようにいった。「何か飲物を作って、コールドフィールドさんにも差しあげてちょうだい、ジェリー、どこに何があるか、わかっているでしょ？」

「ほいきた」と答えて、ジェリーはリチャードを見やって訊ねた。「何を召しあがりますか？　マティーニですか、オレンジ・ジンですか、それともピンク・ジンを？」

　リチャードはとっさに心を決めて立ちあがった。

「いや、ありがとう。わたしは結構です。もう失礼しなければならないし」

「ミセス・プレンティスがもどってこられるまでお待ちにならないんですか？」ジェリーは感じのよい、気持ちのいい態度で勧めた。「おっつけ帰っていらっしゃるでしょうし。列車が先に着いたとわかれば、その足で引き返してこられますよ」

「いや、失礼しましょう。ミセス・プレンティスに——あした、お約束どおり伺うとつたえて下さい」

ジェリーに向かって軽く頷いて、リチャードはホールに歩み出た。廊下ぞいのセアラの寝室から、イーディスを相手にたてつづけにしゃべっているセアラの声が聞こえてきた。

今日は帰った方がいい、と彼は考えていた。やっぱりはじめの計画どおりに、今日は訪ねない方がよかったのだ。今晩アンからセアラに話し、あす彼が昼食にやってきて、未来の継娘と親しくなるきっかけをつかむ。

現実のセアラが彼の思い描いた少女と違っていたことが、彼の心を何となく騒がせていた。彼はアンに甘やかされ、彼女に頼りきっている過保護の少女を想像していたのだった。セアラの潑剌たる美しさ、そしてその溢れるほどの自信が彼を戸惑わせた。

今の今まで彼にとってセアラ・プレンティスは抽象的存在に過ぎなかった。しかし、今や彼女は現実であった。

第六章

セアラは紋織のハウスガウンのボタンを留めながら居間にもどってきた。

「スキー・スーツを脱いでいたのよ。お風呂に入りたいわ。汽車って、ひどく汚れっぽいんですもの。あたしの飲物、作ってくれた、ジェリー？」

「ここにあるよ」

差し出されたグラスを受けとってセアラはいった。「ありがとう。あの人、もう帰っちゃったの？　よかった」

「どこの誰なんだい、あれは？」

「会ったことないわ」こういってふと笑った。「たぶん、お母さまがまたどこかで拾ってきたのよ」

イーディスが入ってきてカーテンを引いた。

「あの人、誰なの、イーディス？」

「お母さまのお友だちですわ、セアラさま」

じゃけんにカーテンを引っぱると、イーディスは隣りの窓の前に移動した。

セアラは快活にいった。

「あたしが帰ってきたんだから、これからはあたしがお母さまのお友だちを選んであげるわ」

「すると、あのお方が気に入らなかったんですね？」

「へえ」カーテンをもう一つ引き、イーディスはまじまじとセアラの顔を見つめた。

「そうよ」

イーディスは口の中で何やらぶつぶつ呟きながら出て行った。

「イーディスは今、何ていったの、ジェリー？」

「それは残念なことだとか何とか」

「おかしな話」

「意味深長だね」

「いつものイーディスの癖よ、知っているでしょ？　それにしてもお母さまったら、なぜ、早く帰ってこないのかしら？　本当にぼんやりしているんだから」

「普段はそんなことないじゃないか。少なくともぼくはそうは思わなかったよ」

「あなたが迎えにきてくれて助かったわ、ジェリー。手紙を書かなくてごめんなさいね。でもわかっているでしょ、生きているってたまらなく忙しいことなんだもの。ヴィクトリア駅までよく出てこられたわね。退社時間までまだ間があったでしょう？　どうしたの？」

ちょっと黙っていたが、ジェリーはようやく答えた。

「べつに面倒なこともなかったよ。どうせ、まずいことになってるんだから」

セアラはきっとなって相手を見つめた。

「いったい、どうしたの、ジェリー？　白状しておしまいなさいよ」

「何でもないよ。ただうまくないんだ」

セアラは咎めるようにいった。

「今度こそ、我慢してなるべくおとなしくするって、あなた、約束したのに」

ジェリーは眉を寄せた。

「わかっているよ。でもきみにはわかりゃしないよ、ああいった生活がどんなにたまらないか。そりゃ、朝鮮もいい加減ひどかったけれど、仲間は大体においていいやつばかりだったし、我慢はできた。それが復員するとすぐ、勘定高いロンドンのオフィスに釘づけさ。ルーク叔父がどんなにやりきれない人間か、きみはぜんぜん知らないんだからね。しょっちゅうぜえぜえ喘いでいる、でぶの年寄りで、やたらときよろきょろ動く、豚みたいな目をもっているんだぜ。〃おうおう、よく帰ってきた〃なんて、猫撫で声でさ」ジェリーは物真似がひどくうまかった。いかにも喘息もちらしく、ひと言ひと言ハアハアと区切って彼は続けた。「あはん、その――帰った当座の興奮というやつがおさまったら、まあ、事務所にきなさい。そして――その――本気で仕事に身をいれるんじゃな。うちの事務所も手が足りん――本気になりさえすれば、まあ、前途は洋々たるものじゃ。はじめはむろん、下からやりあげにゃいかん。甥だからって――特別扱いはしない。これがわしのモットーじゃ。おまえはこれまでずいぶん長いこと、すこぶる呑気に遊びまわってきた――その気になれば仕事に打ちこめる男かどうか――まあ、見せてもらおう」立ちあがって歩きまわりながらジェリーは続けた。「呑気に遊びまわってきたって――あのでぶの爺さん、軍隊のことをそういうんだからね。奴さんが中共軍に狙い打ちされるところを見てやりたいよ。事務所にぬくぬくと坐っているああいった守銭奴ときた日にゃ、金のことしか――自分の出世のことしか念頭にないんだから」

「おやめなさいったら、ジェリー」とセアラはいらいらと遮った。「あなたの叔父さんにはね、想像力がないのよ、それだけの話だわ。あなたは自分でもいってたじゃないの、ちゃんとした仕事についてお金を作るんだって。そりゃ、不愉快なことばかりでしょうよ。でも、ほかにどんな道があるっていうの？　金持ちの叔父さんがロンドンに事務所を構えているなんて、むしろ運がいいと思うべきよ。目の玉をくりぬかれてもいいから、そんな結構な叔父さんがほしいと、たいていの人は思うでしょうよ」

「しかしね、あいつはなぜ、金持ちになったんだい？」とジェリーはいった。「ぼくのところにくるはずの金を横あいからさらったんじゃないか。ハリー大伯父はなぜ、ぼくの親爺に金を遺さなかったのかなあ。ぼくの親爺の方がルーク叔父より年上なのに」

「そんなこと、どうでもいいじゃないの。それにね、あなたのお父さまがもらったとしても、あなたが受けつぐころにはすっからかんになっていたでしょうよ、相続税で」

「でも不公平だよ。それはきみも認めるだろう？」

「不公平にできているのよ、世の中は」とセアラはいった。「ぶつぶついってたってはじまらないいじゃないの。第一、そんなことばかりいってると、とても退屈だわ。愚痴話ばかり聞かされると、うんざりしてくるものよ」

「あまり思いやりがないんだなあ、セアラ」

「そうよ。あたしはね、何でもずばっといってしまう方がいいと思ってるの。思いきって事務所をやめるか、それとももうぶつぶつこぼすのはやめにして、たとえ豚のような目の喘息持ちのお爺さんにしろ、お金持ちの叔父さんがいるってことをせめても幸運と思って感謝するか、二つに一つじゃなくて？　あら、お母さまがやっと帰ってきたらしいわ」

アンは自分の鍵で玄関のドアをあけて居間に駆けこんだ。

「セアラ、お帰りなさい！」

「お母さまったら――やっともどってきたのね」とセアラは母親をいきなり抱きしめた。

「いったい、どうしたの？」

「時計が止まっていたのよ」

「ジェリーが迎えにきてくれたの。お蔭で助かったわ」

「ああ、ジェリー、いらっしゃい。気がつかなかったわ」

快活に声をかけはしたが、アンは内心腹立たしかった。今度のスイス行きでセアラとジェリーのつきあいが自然消滅することを期待していたのに。

「ちょっとそこに立って、こっちを向いて」とセアラはいった。「とてもスマートに見えるわ、お母さま。その帽子は新しいのね？　それにずいぶん元気そうだわ」

「あなたもよ。まあ、よく日に焼けて」

「雪に日光があたると反射して、とてもギラつくのよ。イーディスはひどくがっかりしていたわ。あたしが包帯でぐるぐる巻きにされて帰ってくるとでも思っていたんでしょう。骨を二、三本折って帰ってくればいっそ満足だったのよね、イーディス」

お茶の支度をして入ってきたイーディスはこれには答えずにいった。

「カップは三つ持ってまいりましたよ。セアラさまとロイドさまはジンをお飲みになっていましたから、お茶なんてあがらないと思いましたけど」

「まるで酔っぱらい扱いねえ、イーディス」とセアラは嘆いた。「あたしたち、あの何とかさんにも飲物を一応勧めたわ。あの人、いったい誰なの、お母さま？　カリフラワーさんっていったかしら」

イーディスがアンに向かっていった。

「コールドフィールドさまは、お帰りをお待ちするわけにいかないから、前々からのお約束どおり、あしたくるといいおいてお帰りになりました」

「コールドフィールドって、誰よ、お母さま？　なぜ、その人、あした、またやってくるの？　あたしたち、きてほしくなんかないのに」

アンはいそいでいった。

「もう一ぱい、ジンをいかが、ジェリー？」

「いや、もう結構です、ミセス・プレンティス。ぼく、もう行かなくちゃなりませんから。さようなら、セアラ」

　セアラはジェリーを送ってホールに出た。

「今晩、一緒に映画に行かないかな？　〈アカデミー〉でいいフランス映画をやってるよ」

「面白そうね。でも――そうね、やめておくわ。家に帰った晩ですもの。お母さまと一緒にいるべきだと思うのよ。帰ってきてすぐとび出したりしたら、かわいそうに、きっとがっかりするわ」

「まったくセアラ、君は親孝行だよ」

「だって、うちのお母さま、本当にかわいい人なんですもの」

「そりゃ、ぼくも認めるけどさ」

「うるさくいろいろな質問をされるわ、もちろん。あっちで誰に会ったかとか、どんなことをしたかとか。でも大体において、母親としてはとてもものわかりのいい部類よ。そうね、ジェリー、行けそうだったら後で電話するわ」

　セアラはジェリーを送り出すと、居間にもどってむしゃむしゃとケーキを食べはじめた。

「イーディスのご自慢のケーキね。びっくりするほど、こってりしてるわ。いったいこんな材料、どうやって手にいれるんでしょうねえ。お母さまはあたしの留守の間、何をしてらしたの？　グラント大佐や、ほかのボーイフレンドと出かけたりして、結構楽しかった？」

「いいえ——そうねえ、まあ……」とアンは口ごもった。セアラはその顔を見つめていった。

「どうかしたの、お母さま？」

「どうかしたって、べつに。どうして？」

「何だか、とても変よ」

「変ですって？　わたしが？」

「お母さま、何かあるのね。本当にとてもおかしいわ。さあ、話してちょうだい。何か悪いことでもしたような顔よ。ねえ、どうしたのよ？」

「どうってべつに——ああ、セアラ——これからも何一つ変わるわけじゃないんですからね。何もかも今のままよ、ただ——」

アンはまた口ごもって言葉を切った。「わたしって、よくよく臆病なんだわ」と情なかった。「娘に説明するのが、どうしてこうも気恥ずかしいのかしら？」

セアラはまじまじとその顔を見つめていたが、急ににこっと笑った。いかにもやさしい笑顔だった。

「わかったわ……さあ、お母さま、白状しておしまいなさいよ。あたしに義理のお父さんができるっていうんじゃないの？　あたしがびっくりしないようにやんわりと打ち明けようっていうのね？」

「ああ、セアラ」とアンはほっとしたように溜息をついた。「どうしてわかったの？」

「そんなこと、何も名探偵でなくてもわかるわ。お母さまったらひどくもじもじして落ち着かないんですもの。あたしが気を悪くするとでも思った？」

「ちょっとね。あなた、気にしないこと？　本当に？」

「ちっとも」とセアラは真面目な口調でいった。「それどころか、よかったと思うくらいよ。結局、お父さまが亡くなってからもう十六年にもなるんですもの。手遅れにならないうちにお母さまなりの性生活を持つ必要があるわ。ちょうどいわゆる危険な年齢ですものね。お母さまは昔気質《かたぎ》だから、かりそめの情事なんて器用なことはできっこないし」

アンは少々途方に暮れたように娘の顔を見やった。予想していたのとはおよそ違う風向きだった。

「そうね」とセアラは頷いていった。「お母さまの場合は、当然結婚という形をとることになるわ」

〝この子ったら、まだほんの赤ん坊のくせに偉そうな口をきくこと〟とアンは思ったが、気を悪くさせるようなことは何もいわないようにした。

「お母さまって今でもずいぶん美人だし」とセアラはいった。若者の特権というのか、ひどくあけすけな口調であった。「一つには肌がきれいなんだわ。少し眉毛を抜いて恰好をつけると、もっといいんだけど」

「わたしは自分の眉毛が好きなの」とアンはかたくなにいった。

「実際、お母さまって、とてもチャーミングよ。もっと前に再婚しなかったのがふしぎなくらいだわ。ところでお相手はだあれ？　いいわ、あたし、三問で当ててみせるわね。ひとつ、グラント大佐、ふたつ、フェイン教授、三つ、あの発音しにくい名前の憂鬱そうなポーランド人。でもグラント大佐だと思うなあ、やっぱり。もう何年も前からお母さまの気を引いてたんですもの」

アンは少し息をはずませていった。

「ジェームズ・グラントじゃあないわ。あのね――リチャード・コールドフィールドなの」

「だれ、そのリチャード・コールド――お母さま、まさか、さっき帰ってったあの男じゃないでしょうね？」

アンは頷いた。

「まあ——いくら何でもひどすぎるわ——あんな——あんな勿体ぶった、嫌らしい男」

「嫌らしくなんかありませんよ」とアンは鋭い口調でいった。

「だって、あんな男を選ぶくらいなら、もっとましな人がいくらでもいたでしょうに」

「セアラ、あなたにはわかっていないのよ。わたし——わたし、あの人が好きなの、とても」

「愛しているの？」とセアラは信じられないといった表情を明らさまに示した。「あの人に情熱を感じるっていうの？」

アンはもう一度頷いた。

「まったく、呆れてものもいえないわ」とセアラは呟いた。

アンは肩を張っていった。

「あなたはリチャードとほんのちょっと顔を合わせただけじゃなくて？　あの人をもっとよく知ったら、きっと好きになると思うけれど」

「あの人、とても図々しそうなんだもの」

「内気だから、かえってそう見えるのよ」

「まあね」とセアラはゆっくりいった。「お母さまの結婚なんだから、あたしが口を出すことじゃないけれど」

　母親と娘はしばらく黙って向かい合っていた。二人ともばつの悪いものを感じていたのだった。

「とにかく、お母さま」とセアラは沈黙を破っていった。「誰かお母さまの面倒を見る人が必要なのはたしかだわ。だってあたしがほんの二、三週間留守をしただけなのに、たちまち馬鹿なことをするんだもの」

「セアラ！」とアンはかっとなって叫んだ。「あなたって、ひどいことをいうのね！」

「ごめんなさい。でもあたし、ものははっきりいった方がいいと思ってるの」

「わたしはそうは思わなくてよ」

「いったい、いつごろから始まったの、このことは？」とセアラは詰問した。

　腹を立てながらも、アンは思わず笑ってしまった。

「まあ、セアラ、あなたったら、まるでヴィクトリア朝の劇に出てくる厳格な父親みたいないいかたねえ。リチャードとは三週間前に会ったのよ」

「どこで？」

「ジェームズ・グラントの晩餐会で。ジェームズとは、何年も前からのお友だちなんですって。ビルマから帰ってきたばかりなの」

「お金は持ってるの？」

アンは腹立たしく思う一方、そんなセアラをいとしくも思った。本当にこの子ったら——母親の一大事とばかり大真面目でわたしを問いつめている。苛だちを押し隠して、アンは素っ気ない、皮肉な声でいった。

「リチャードには、独立の生計を営むだけの収入はあるし、私を充分養っていけるわ。ロンドンの有力な会社であるヘルナー兄弟商会につとめていて——まったく、セアラ、人が聞いたら、わたしがあなたの娘で、あなたがわたしのお母さんみたいじゃありませんか」

セアラは真面目な口調でいった。

「だって、誰かがお母さまのことを気をつけてあげなくっちゃ。お母さまって、自分で自分の面倒がよく見られない人なんだもの。あたし、お母さまが大好きなの。お母さまが馬鹿なことをするのを見ていられないのよ。あの人、独身なの？　離婚したの？　それとも奥さんに死なれたの？」

「何年も前に奥さんが亡くなったのよ、はじめての赤ちゃんを産んだときに。赤ちゃんも亡くなったんですって」

セアラは溜息をついて頭を振った。

「それでわかった。それがあの人の手だったのよ。お母さまって、身につまされる話を聞くと、すぐころりとまいっちゃうんだから」

「おかしなこと、いわないでちょうだい、セアラ！」

「姉妹とか、お母さんは――そういうことはどうなの？」

「身内はいないらしいわ」

「その点はまあまあね。家はあるの？　どこに住むつもり？」

「この家だと思うわ。ここなら部屋数はあるし、リチャードの勤め先もロンドン市内だから。あなたはいや、セアラ？」

「あたし？　あたしのことなんか。お母さまのことだけを考えていってるのよ」

「それはありがたいこと。でも本当いって、わたしのことはわたし自身が一番よく心得ているのよ。リチャードとだったら、幸せに暮らしていけると確信しているの」

「いつ、結婚するつもり？」

「三週間後に」

「三週間後？　そんな急な話って――」

「待たなきゃいけないわけもないと思うのよ」

「お母さまったら！　お願いよ、もう少し先へ延ばしてちょうだい。あたしが慣れるように、少し時間を貸して、ねえ」

「さあ……どうかしら、それは……」

「せめて六週間後にして。後生だから」

「まだきまったわけではないのよ、何一つ。リチャードはあしたのランチにくることになってるわ。セアラ――あなた、リチャードに感じよくしてくれるわねえ」

「もちろんよ。きまっているじゃありませんか」

「ありがとう。よかったわ」

「元気を出して。何も心配することはなくてよ」

「あなたがた、今にきっと仲よくなると思うわ」とアンは自信なげにいった。

セアラは答えなかった。

急に腹立たしくなってアンは思わず口走った。「セアラ、少しは努力してみてくれたって――」

「だから、心配いらないっていったでしょう?」セアラは少し間を置いて言葉をついだ。

「お母さまは今夜あたしが出かけない方がよくって?」

「どうして? 出かけたいの?」

「出かけようかとも思ったの――でも、お母さまをひとりにして出かける気はしないわ」

アンは娘にほほえみかけた。二人はまたいつものとおりの仲のよい親子にもどりつつあった。

「わたしのことなら大丈夫、さびしくなんかないわ。ローラが講演に行かないかって誘ってくれたし――」

「元気、ローラは？　あの威勢のいいおばさま、あいかわらず精力的に動きまわってるの？」

「ええ、ええ、あいかわらずよ。講演会には行かないって一応断わったんだけど、電話をかけて、気が変わったといえばいいんだし」

電話なら、リチャードにかけたっていいはずだった……でも、まあ、やめておこうとアンは考えた。あした、セアラと彼が会うまでは、リチャードのことにはふれない方が無難だろう。

「じゃあ、いいのね？　だったらあたし、ジェリーに電話するわ」

「ああ、出かけるって、ジェリーとだったの？」

セアラは挑戦するようにいった。

「そうよ、いけない？」

けれどもアンは相手にならずにおとなしくいったのだった。

「ただ、誰と出かけるのかしらと思っただけ」

第七章

1

「ジェリー」

「何だい、セアラ？」

「本当はあたし、この映画あんまり見たくないの。どこかゆっくり話のできるところはないかしら？」

「いいとも。何か食べようか？」

「あら、お腹はもういっぱいよ。イーディスにやたらと食べさせられたんですもの」

「だったら何か飲もう」

ジェリーはセアラをちらっと見て、何があったのだろう、ひどく動揺しているようだがとふしぎに思った。しかし、とある喫茶店の一隅に飲物を前にして落ち着くまで、セアラはひと言もしゃべらなかった。坐るとすぐ、彼女は唐突に切りだした。

「ジェリー、お母さまが再婚するっていうのよ」

「へえ！」とジェリーは心から驚いていった。

「前からわかってはいなかったのかい？」

「どうしてわかるはずがあって？　お母さまだって、あたしの留守中にはじめて会ったのよ、その男と」

「そりゃまた早業だね」

「早業もいいとこよ。ある意味ではうちのお母さまって、まるで分別がないんだから！」

「相手は誰だい？」

「さっき家にきていた人よ。カリフラワーとか何とかいう」

「ああ、あの男か」

「そうなの。あんな男、とても我慢できないわ。そうじゃない？」

「さあ、あまり注意して見なかったけど」とジェリーは考え考えいった。「ごくありふれた人間だと思ったがね」

「お母さまにはふさわしくないわ、あんな人。ぜったいに」

「それはしかし、お母さん自身が決めることだと思うよ」とジェリーは穏やかにいった。

「そうじゃないわ。うちのお母さまで困るのは気が弱いことなのよ。すぐ相手に同情するの。誰かが気をつけてあげなくちゃだめなのよ」

「どうやら今回、自分でもそう考えたんだろうな」とジェリーはにやりと笑った。

「笑いごとじゃないわ、ジェリー。真面目な話なのよ、これは。カリフラワーは、お母さまの相手としてまったくふさわしくないわ」

「だって、それはお母さん自身の問題じゃないのかい？」

「お母さまって人はね、万事あたしが気をつけてあげなくちゃ、どうにもやっていけないのよ。それはもともとわかっていたわ。人生についてはあたしの方がよっぽどよく知っているくらいよ。それにあたし、お母さまの二倍はタフだし」

ジェリーもこれには反対しなかった。大体において同意見でさえあった。にも拘らず、何かひっかかるものを感じて彼はゆっくりいった。

「しかしねえ、セアラ、お母さんが再婚したいっていうなら――」

セアラはすぐに遮った。

「ああ、そのことなら、あたしだって賛成よ。再婚した方がいいって、何度もいったくらいですもの。いわば、ちゃんとした性生活を奪われてきたわけだし。でもカリフラワーは問題外よ」

「きみはひょっとして――」とジェリーはいいかけて言葉を濁した。

「ひょっとして?」

「相手が――そう――相手が誰でも同じように感じるんじゃないのかな」いささかおっかなびっくり、しかし、思いきってジェリーはいった。「だって結局のところ、カリフラワーがお母さんにとってふさわしくないかどうか、きみに本当にわかるわけはないんだからね。ろくすっぽ話もしなかったんだし。正直なところ――」いいにくかったが、勇を鼓していった。「きみ、嫉妬しているんじゃないかなあ?」

セアラはたちまちいきりたった。

「嫉妬ですって? あたしが? よくあるひがみっぽい継っ子《まま》みたいに? ジェリーったら! あたし、前にもそういったじゃありませんか――スイスに行く前に――うちのお母さまは再婚すべきだって」

「ああ。でも、口でいうのと、実際に事が起こるのとでは大違いだからね」とジェリーは穿《うが》ったことをいった。

「あたしは嫉妬ぶかくなんかないわ。お母さまの幸せを考えるからこそ、心配するんじゃありませんか」とセアラはいかにも孝行娘らしい口ぶりだった。

「ぼくがきみだったら、ほかの人の人生にちょっかいは出さないがね」とジェリーはきっぱりいった。

「だってあたしのお母さまのことなのよ」

「だからこそ、お母さん自身には一番よくわかっているんじゃないのかい？」

「さっきもいったでしょ？　お母さまは気が弱いのよ」

「とにかくね、きみがじたばたしたって、どうにもなるこっちゃないよ」

何を下らないことで大騒ぎするんだろう、とジェリーはふしぎに思った。アンのこと、アンに好きな男ができたことなど、どうでもいい。この自分のことを聞いてもらいたかった。

彼は唐突にいった。

「ぼくは今の生活に見切りをつけようかと思っているんだよ」

「見切りをつけるって、叔父さまの事務所をやめるっていうの？　ジェリーったら！」

「これ以上もう我慢できないんだよ、本当に。十五分遅刻しようものなら、とんでもない悪事でもやらかしたような騒ぎさ」

「時間は守らなくっちゃ。当然じゃないの」

「事務所の連中ときたら、そろいもそろって融通のきかない哀れなやつばかりなんだよ。

後生大事と帳簿をいじくりまわして、四六時中、金のことしか頭にないんだから」

「でも、やめて何をするつもり？」

「何とでもなるさ」とジェリーは軽く受け流した。

「今までにもずいぶんいろいろなことをやってみたんじゃなくて？」とセアラは心もとなげにいった。

「あげくはいつもクビを切られるのがおちだっていいたいんだろう。でも今度はクビになるまで待っちゃあいないよ」

「だけどジェリー、現実的にいって、それ、賢明なことかしら？」とセアラは気遣わしげな、まるで苦労性の母親のような顔で相手を見つめた。「雇い主はあなたの叔父さまなんだし、頼りになる親類って、ほかにあまりいないんでしょ？　それにその叔父さまはお金を唸るほど持っているって、あなた、いったじゃないの」

「ぼくがおとなしくしていたら、叔父が財産をそっくりぼくに遺してくれるだろうって、そういう意味かい？」

「何とかいう名の大伯父さんがあなたのお父さまに遺産を遺さなかったって、あなた、いつもぶつぶついってるじゃないの？」

「大伯父が家族の連帯感というものを持っていたら、ぼくだってあんな威張りくさった実業家連中にぺこぺこすることなんかないんだ。この国はまったく芯まで腐りきっているよ。ぼくはいっそ、イギリスからきれいさっぱりおさらばしたいと思っているんだ」

「どこか外国へ行こうっていうの？」

「ああ、もっと発展の余地のあるところへね」

二人はそうした発展の余地のある、しかし、雲をつかむような生活を思い描いてしばらく黙りこくっていた。

いつもジェリーより数段足が地についた考えかたをするセアラはすぐに痛いところをついた。

「でも資本なしで、何かまとまったことができるもの？　あなた、お金なんて、持ってやしないでしょう？」

「きみも知ってのとおりさ。でも、金がなくたってやれることはいくらもあるからね」

「そうかしら――実際問題として、どんなこと？」

「何だってそう、悲観的なことばかりいわなきゃならないんだい？」

「ごめんなさい。あたしのいいたいのはね、あなたが何一つ特別な訓練を受けていないってことなのよ」

「ぼくは人を使うのは得手だよ。戸外生活にも適応できるし。事務所に閉じこめられるのとは大違いだからね」

「ああ、ジェリー」とセアラは呟いて、ほっと嘆息した。

「どうしたの？」

「何でもないわ。ただ、生きていくって、ひどくむずかしいと思って。戦争が続いたお蔭で、何もかもガタガタになってしまったのね」

二人は憂鬱そうな表情でぼんやりと前方に目を放って坐っていた。

しばらくしてジェリーが、まあ、叔父貴にもういっぺんだけ、反省の機会を与えてやることにしようと鷹揚《おうよう》な口調でいうと、セアラは双手《もろて》をあげてこの決断を歓迎したのだった。

「さあ、あたし、もう帰らなくっちゃ。そろそろお母さまが講演会からもどるころだわ」

「何の講演？」

「さあ。『我ら、いずこに行くべきか。そも何の故に？』といった式の話でしょう、どうせ」セアラは立ちあがった。「ありがとう、ジェリー、お蔭で気持ちがすっきりしたわ」

「偏見を持っちゃいけないよ、セアラ。きみのお母さんがその男が好きで、結婚して幸せになれるっていうなら、それが何より肝心なことだからね」

「それでお母さまが幸せになれるなら、もちろん結構なことだと思うわ」

「いずれはきみだって結婚するんだろうし——つまり、その——いつかはね……」

ジェリーは目をそらしながら呟いた。セアラはハンドバッグを見つめながらぼんやり答えた。

「そう、いつかはね。べつにあたし、結婚したいとも思わないけど……」

何か楽しい、しかし、ばつの悪いものが二人の間に漂ったのだった。

2

翌日、リチャードとセアラとともに昼食の食卓をかこんだアンは、重荷をおろしたような気持ちだった。セアラは非の打ちどころのない態度でリチャードに愛想よく挨拶し、しごく礼儀正しく彼と会話をまじえていたのだったから。

表情の生き生きと動く、それでいていかにも上品な物腰の娘をアンは誇りに思った。セアラが頼りになること、けっして自分を裏切らないということははじめからわかっていたのだ。

アンはむしろ、リチャードがもっと彼のいい面を発揮してくれればいいのにと歯がゆく思ったのだった。彼はたしかに神経質になっていた。いい印象を与えようとつとめているのだが、こういうときにありがちなように、それがことごとく裏目に出ている感じだった。何となく上からものをいっているようで、横柄という感じさえ与えた。くつろいでいるように見せようとするあまり、ひとりよがりに見えた。セアラが慇懃なだけに、彼のそんな挙措がいっそう目立つのだった。何かいうと、妙に断定的に響き、自分の考えだけが唯一の傾聴すべき意見だとでも思っているように聞こえた。それもこれも、実は自信がないからなのだということをよく知っているアンはやきもきした。

しかし、そんなことがセアラにわかるわけはなかった。彼女はリチャードの一番好ましくない面ばかり見ていた。最初だからこそ、一番いい面を知ってほしいのにとアンはいらいらと落ち着かず、リチャードがまたそれに気づいて腹を立てているのがわかった。

食事が終わってイーディスがコーヒーを運んできたとき、アンは電話をかける用事があるからと席を立った。電話は寝室に切り替えられる。リチャードもセアラと二人だけになったら、もっとくつろいで彼らしい一面を見せるかもしれない、アンはこう思ったのだった。たぶんわたしの存在がリチャードをいらだたせているのだろう。わたしが席をはずせばうまくいくかもしれないと。

セアラはリチャードの前にコーヒーを置いて当たり障りのない会話を二言三言まじえた。しかし、それっきり話は何となくとだえてしまった。

さあ、とリチャードは身構えた。率直な態度をとることだ。セアラは大体において彼に好印象を与えた。とくに敵意をいだいているようでもないし。何よりもまず自分があらゆる事情をよく理解しているということをわからせるのだ。彼はこの娘にこれだけはいっておこうと思うことをあらかじめ胸の中で何度か下稽古していた。こういう場合によくあることだが、いざ口にすると、それはいかにも無味乾燥に、わざとらしく聞こえた。何とか気楽にしゃべりたかったので、いかにも自信ありげな、気さくな態度を装ったのだが、それは彼を悩ましていたひそかな気後れと、とてつもなくかけ隔たっていたのだった。

「さてと、お嬢さん、一つ二つわたしから折り入って話しておきたいことがあるんですが」とリチャードは切りだした。

「まあ、何でしょう？」とセアラは魅力のある、しかし、一瞬表情を消した顔を彼の方に向けた。そしてそのままつつましく彼の次の言葉を待つ様子に、リチャードはいっそうどぎまぎと落ち着かない気持ちにさせられた。

「ほかでもないが、あなたの気持ちはよくわかるように思う」とリチャードはいった。「今度のことはあなたにはちょっとしたショックだったろう。あなた方二人はこれまでずっとたいそう仲よく暮らしてきた。お母さんの生活にほかの人間が入りこむことをあなたが快く思わないのはごく自然な感情といえる。少々傷つけられたような、嫉ましい気持ちをいだくのは当然だと思いますよ」

セアラはすぐ、愛想のよい、しかしいかにもとり澄ました口調でいった。「そんなこと、ぜんぜん」

この口調は一種の警告だったのだが、リチャードはうかつにも何も気づかずに続けた。「いや、今もいったように、それはきわめてノーマルな反応です。わたしを早く好きになってくれとはいわない。冷淡にして下さって結構。あなたがわたしと折れあってもいいと考えたときに、わたしも喜んで応じよう、こう思うんです。今あなたが考えなければならないのはお母さんの幸福ですよ」

「それは考えていますわ、もちろん」

「これまでお母さんはあなたのためにあらゆることをして下さった。今度はあなたがお母さんのことを考えてあげなくてはいけない。あなたはもちろん、お母さんの幸福を願っているでしょう。それにこういうことも考える必要がある。あなたはこれからは自分自身の生活というものを持たなくてはいけないのです。道はあなたの前に開けている。あなたには友だちもいるし、あなたなりの希望も野心もあるでしょう。もしもあなたが結婚したら、あるいは職業についたら、お母さんはひとりぼっちになってしまう。ひどく淋しい思いをなさるでしょう。今こそあなたはお母さんのことを真っ先に考え、自分についての配慮は後まわしにしなければいけないのですよ」

彼は言葉を切った。我ながらなかなか雄弁だと心中得意であった。

セアラの慇懃な、しかしほとんど気づかぬくらいに冷笑的な声がその耳もとに響いた。

「あなたは演説をよくなさいますの？」

思いもよらぬ質問にたじろいで彼は訊き返した。「なぜです？」

「たぶん演説がお得意なんでしょうと思いましたの」

セアラは椅子に背をもたせかけて、興味ありげに自分の手の爪を打ち眺めていた。その爪が彼の嫌悪する真っ赤な色に彩られているということが、リチャードをいっそういらだたせた。彼はようやく、この相手が自分に対して激しい敵意をいだいていることに気づいたのだった。

リチャードは冷静になろうと努力した。そしてその結果、ほとんど恩着せがましい声音でいった。

「お説教されたように思われたかもしれませんがね、お嬢さん、わたしはあなたが見逃しているんじゃないかと思う二、三の点にあなたの注意をひきたいと思ったんです。一つのことだけははっきりいえます。お母さんがわたしを愛するようになられたからといってあなたに対する愛が減じるわけではないのですからね。よくわかっておいでだろうが」

「まあ、そうですの？　ご親切に教えて下さって感謝しますわ」

敵意は今やあらわであった。

もしもリチャードが虚勢をなげうち、率直な態度をとって「下らないことばかりいったようですね、セアラ。わたしは内気で、それを情なく思っているんですよ。だからつい見当違いなことをいってしまうんです。だがわたしはアンをとても愛している。できればあなたにもわたしを好きになってもらいたいのですがね」といったとしたら、セアラは武装を解いたかもしれない。彼女とて、本来は狭量な人間ではなかったのだから。

けれどもリチャードはそうする代わりに、不自然に硬い声でいったのだった。

「若い人はとかく自分中心になりがちです。たいていは自分のことしか考えない。しかし、あなたはお母さんの幸せを考えてあげなければいけませんよ。お母さんにも自分自身の人生を生きる権利——幸福を見出してそれをつかむ権利があるはずでしょう。誰かがお母さんのことに気をつけて、守ってあげる必要があるのです」

セアラは目をあげて、まじまじと相手の顔を見つめた。その目に表われた表情をリチャードは解しかねた。それは辛辣で、一種抜け目のない計算をしている目つきであった。

「それについては、あたくしもまったく同意見でしてよ」と彼女は思いがけない返事をした。

このとき、アンがそわそわと落ち着かない様子で部屋にもどってきた。

「コーヒーはまだ残っていて？」

セアラはことさらに時間をかけてカップにコーヒーをつぎ、立ちあがってそれをアンに手渡した。

「はい、お母さま。ちょうどいいときにもどっていらしたわ。あたしたち、いま話しあいをすませたところ」

部屋を出て行く娘の後ろ姿を見やり、アンは怪訝《けげん》そうにリチャードを見返った。彼の頬は少し、紅潮していた。

「お嬢さんはどうやら、わたしを嫌い抜こうと決意されたようだ」と彼はいった。

「辛抱して下さいな、リチャード、お願いですわ」

「心配は要りませんよ、アン。わたしはどこまでも忍耐するつもりだから」

「わかって下さるでしょう、あの子にはちょっとショックでしたのよ、今度のことは」

「そうでしょうね」

「セアラは本当はやさしい心持ちの子ですのよ。とてもかわいい性質なんですから」

リチャードは答えなかった。セアラのことを鼻もちならぬ小娘と考えていたのだが、実の母親にそんなことをいうのは憚《はばか》られた。

「そのうちには何とかわかってもらえますよ」と彼は慰め顔にいった。

「もちろんですわ。少し時がたてばねえ」

二人ともみじめな気持ちで、それっきり言葉もなく黙って向かいあっていたのだった。

3

セアラは自分の寝室にこもって、放心したように目を据えて衣裳戸棚から何着かの服を取り出してはベッドの上にひろげていた。イーディスが入ってきて訊ねた。

「何をしていらっしゃるんです?」

「服を調べていたの。クリーニング屋に出す必要があるんじゃないかと思って。繕わなきゃならないのもあるかもしれないし」

「わたしがこの間、ちゃんと目を通しておきましたよ。調べる必要はありませんわ」

セアラは答えなかった。イーディスはちらっと覗いて、その目に涙が溢れているのを見てとった。

「おやおや、何を泣くことがあります？」

「あいつ、嫌な男だわ、イーディス、とっても嫌なやつよ。お母さまったら、どうしてあんな人を？　ああ、何もかもめちゃめちゃだわ！　これまでとは何もかも大違いよ！」

「泣くのはおやめなさいまし。そんなに興奮するものじゃありませんて。口は禍いのもと、ならぬ堪忍、するが堪忍」

セアラはヒステリックな笑い声を立てた。

「今日の一針はあすの十針！　転石、苔を生ぜず！　もうたくさんよ、諺《ことわざ》なんて！　あっちへ行って！　あっちへ行ってちょうだい！」

イーディスは同情に堪えぬというように首を振り振り、ドアを閉めて立ち去った。

セアラは小さな子どものように激しく号泣した。どうしようもなくみじめで、真っ暗闇の中にほうり出された子どものような、絶望的な気持ちに落ちこんでいたのだった。

声を忍んで彼女はすすり泣いた。

「ああ、お母さま、お母さま……」

第八章

1

「ああ、ローラ、うれしいわ、きて下さったのね」

ローラ・ホイスタブルは固い椅子に腰をおろした。安楽椅子にゆっくりともたれるということはしないたちだったのだ。

「ねえ、アン、その後はどんな具合？」

アンは溜息をついた。

「ええ、セアラがちょっと問題なの」

「そう、でもそれはまあ、予期したことともいえるわね」

気軽な口調でさりげなくいったものの、ローラ・ホイスタブルは少し気遣わしげにアンの顔を眺めた。

「あまり元気がないようねえ？」

「そうなの。よく眠れないし、頭痛がして」

「思いつめるのはよくないわ」

「そういってかたづけられれば簡単なんだけど、あなたには想像もつかないでしょうよ、どんなにやりきれない状態が続いているか」とアンはいらいらした口調でいった。「セアラとリチャードをちょっとでも二人だけにすると、たちまちいい合いがはじまるんですもの」

「セアラはやきもちを焼いているんだわ」

「そうらしいの」

「さっきもいったように、それは当然ともいえるわ。セアラにはまだひどく子どもっぽいところがあるから。子どもって、お母さんが自分以外の人に時間と関心をささげるのを嫌がるものだからね。それはあなただって覚悟していたでしょう？」

「ええ、ある程度はね。でもセアラはわたしにべたべたつきまとうなんてことをしたことがなかったし、もうおとなだと思っていたわ。そりゃ、少々の嫉妬は覚悟していたのよ。わたしが予想しなかったのは、リチャードの方でもセアラに対して嫉妬心をいだくということだったの」

「セアラは馬鹿なことをするかもしれないけど、リチャードはもう少し分別があるだろう、そう思っていたのね？」

「ええ」

「リチャードは根本的に自信のない人だわ。もう少し自信があれば、何もかも笑いとばして、勝手にしろとセアラにいってやったでしょうがね」

アンはいらだった様子で額をこすった。

「あなたにはわからないのよ、どんなにひどい状態かが。あの二人ときたら、およそつまらないことでいがみあって、そのあげく、さあ、どっちの肩を持つかというように、いっせいにわたしの顔を見るんですもの」

「なかなか面白いわね」

「面白いでしょうよ、あなたには――でもわたしはあまり面白くないわ」

「で、どっちの肩を持つの？」

「できればどっちの味方もしないわ。でもときには――」

「ときには？」

アンは一瞬押し黙り、それからいった。

「それがねえ、ローラ、セアラはリチャードより役者が上なのよ、何につけても」

「どういうこと、それは？」

「つまり、セアラの態度はいつも申し分ないの——表面的にはね。丁寧で、文句のつけようがないのよ。でもあの子はどうしたらリチャードを怒らすことができるか、よく承知しているの。何ていうか——ひどくじらすのね。リチャードはこらえきれなくなって怒鳴りだし、前後の見さかいもなく癇癪を起こすことになる。本当に、どうしてお互いに好きになれないのかしら？」

「それは、二人が生まれつき反目しあうタイプだからでしょうね。あなたはどう思って？　何もかも、ただあなたをめぐって嫉妬しているからじゃなくて？」

「そうね、あなたのいうとおりかもしれないわ」

「いったいどんなことで喧嘩するの？」

「馬鹿げたことなのよ、それが。たとえばね、覚えているでしょう、あなたも？　わたしがいつか家具の位置を変えたのを？　そら、机やソファーをあちこち動かしたことがあったわね？　それをセアラが元の位置にもどしたのよ。見慣れたものを勝手に変えられるのが、あの子は大嫌いだから……ところがリチャードがある日突然いいだしたの、〝あなたはこの机をあそこに置きたかったんだね、アン？〟居間が広くなるかと思って、とわたしは答えたわ。するとセアラが口を出したの、〝あたしは元のとおりが好き〟って。リチャードはすぐ、あの人がときどき出す高飛車な声でいったわ、〝あなたが好きかどうかは問題ではないんですよ、セアラ、お母さんの意見が肝心なんですからね。お母さんの好みどおりにしましょう、今すぐ〟、こういって机をどんどん一人で動かして、わたしにいうの、〝これでいいんですね？〟って。わたしも行きがかり上、〝ええ〟とか何とか、答えなければならなかったわ。するとリチャードはセアラの方に向き直っていったの、〝ご異議がおありですか、お嬢さん？〟セアラはあの人の顔をじっと見て、物静かな口調で丁寧にいったわ、〝いいえ、ぜんぜん。大事なのはお母さまの意見ですもの。あたくしは問題じゃありませんわ〟って。そういわれると、ローラ、それまでリチャードの肩を持っていたのに、あたし、セアラが急にかわいそうでたまらなくなってしまうのよ。あの子はこの家や家具や、家の中のあらゆるものに深い愛着をもっているのに――リチャードにはあの子の気持ちがまったくわからないんですからね。あたし、本当に、どうしたらいいか、わからないわ」

「そう、あなたにとっては堪まらないわね」

「時がたてば、この状態も少しは好転するでしょうか？」とアンは期待するように友人を見つめた。

「わたしがあなただったら、それはあてにしないわね」

「もっといいことをいって下さるかと思ったのに！」

「夢物語を思い描いても何にもならないでしょう？」

「二人とも思いやりがなさすぎると思うのよ。わたしがそのためにどんなに情ない気持ちにさせられているか、察してくれてもいいはずだわ。わたし、本当にもう、病気になりそう」

「自分を憐れんでもはじまらないわ、アン。自己憐憫は誰の役にも立たないのよ」

「でもわたし、とてもみじめな気持ちなの」

「それはあの二人も同じでしょうよ。あなたの同情を示してあげなさい。セアラはかわいそうに、どんなにみじめでしょう。リチャードだって同じだと思うわ」

「情ないわ、セアラが帰ってくるまでは、リチャードとわたしは本当に幸せだったのに」

デーム・ローラはちょっと眉をあげて黙り、それからいった。

「あなたがた——いつ結婚するつもり？」

「三月十三日よ」

「まだ二週間近くあるわね。式の日取りを延ばしたのは——なぜ？」

「セアラがどうしてもそうしてくれといったからなの。わたしが結婚するということにもっと慣れる必要がある、時をくれって、あまりうるさくいうもので、とうとう負けてしまったのよ」

「セアラが……そうだったの。リチャードはさぞ気を悪くしたでしょうね？」

「もちろんよ。とても腹を立てたわ。わたしがセアラを甘やかして育てたから悪いんだって、今でもいい続けよ。ローラ、あなたもそう思って？」

「いいえ、そうは思わないわ。あなたはセアラを深く愛しているけれど、過度に甘やかすなんてことはしたことがなかったわ。それにセアラもこれまではいつもあなたに対して、なかなか思いやりのある娘だったじゃありませんか――若い娘はいったいに利己主義なものだけれど、それなりにはね」

「ローラ、あたし、いっそ――」といいかけてアンは黙った。

「いっそ？」

「何でもないの。でもときどきわたし、もうこれ以上我慢できないと……」

玄関のドアの開く音がしたのでアンはそれっきり黙ってしまった。入ってきたセアラはローラを見るとうれしそうにいった。

「ああ、ローラ、きていらしたってこと、知らなかったわ」

「どう、元気ですか、わたしの名づけ子は？」

セアラは近づいてローラにキスをした。その頬は外気のせいでひんやりと新鮮な感じがした。

「ええ、元気よ」

何か呟きながらアンは急いで部屋から出て行った。目で母親を追ったセアラは、デーム・ローラが見つめているのに気づいて、後ろめたげに頬を染めた。

ローラ・ホイスタブルは大きく頷いていった。

「そうよ、お母さんは泣いていたわ」

セアラは心外らしく、憤然といった。

「何もあたしのせいじゃないわ」

「へえ、そうじゃなかったの？　あなたはお母さんが好きなんでしょう？」

「大好きよ。そんなこと、ご存じでしょう？」

「だったらどうしてお母さんを悲しませるの？」

「あら、あたし、何もしやしないわ」

「リチャードと喧嘩するじゃないの？」

「ああ、そのこと！　仕方がないわ。たまらなく嫌な人なんですもの！　お母さまにもそれがわかればねえ。いつかはきっとわかってくれると思うけれど」

ローラ・ホイスタブルはいった。

「あなたはなぜ、ほかの人の人生に口を出さなきゃならないの？　わたしの若いころには、子どもの人生に口を出しすぎるって、親たちを責めたものよ。近ごろではどうやらまるで逆のようねえ」

セアラはローラ・ホイスタブルの椅子の肘掛けにそっと腰をおろした。打ち明けるような口調で彼女はいった。

「でもあたし、とても心配なのよ。お母さまはあの人と結婚したら幸せになんかなれないと思うの」

「だからってセアラ、あなたが口を出すことじゃないでしょう？」

「でも気にしないわけにはいかないわ。お母さまがみすみす不幸せになるのを見るのはいや。不幸せになるにきまっているんですもの。お母さまって、本当にとっても——頼りない人なのよ。誰かが面倒を見てあげる必要があるわ」

ローラ・ホイスタブルはセアラの日焼けした両手を握りしめて語りだした。その声音の激しさにセアラはびっくりして、狼狽さえ覚えながら知らず知らず耳を傾けた。

「聞いてちょうだい、セアラ、わたしのいうことを聞いて。あなたはね、よほど気をつけなくてはだめよ。自分のすることによく気をつけなくては」

「何のこと、おっしゃってるの？」

ふたたびローラは一語一語に力をこめていった。

「一生の間後悔し続けるような道にお母さんを追いこまないように、あなたはよく気をつける必要があるわ」

「あたしだって、もちろんそれを——」

ローラは構わずに続けた。

「わたしはあなたに警告しているのよ、セアラ、ほかに誰もする人がいないから」ローラは息を吸いこんで、突然ふうっと大きく鼻を鳴らした。

「臭いわ、セアラ、生贄を焼く臭いよ——わたしは嫌いだわね、生贄なんていう不自然なことは」

ちょっと沈黙が続いた。どちらもまだ口を開かないうちにイーディスがドアを開けていった。

「ロイドさまがおいでです」

セアラはぱっととびあがった。

「いらっしゃい、ジェリー」ローラを振り返って彼女はいった。「ジェリー・ロイドよ。ジェリー、こちらはあたしの名親のデーム・ローラ・ホイスタブル」

ジェリーはローラと握手しながらいった。

「ゆうべ、あなたの講演をラジオで聞いたと思いますが」

「それはありがとう」

「『今日の世界に生きる道』というシリーズの第二夜でした。たいへん面白く伺いました」

「生意気いって年寄りをからかわないで下さいな」とデーム・ローラはふとおかしそうに目を光らせていった。

「いや、本当に。あなたはいろいろな問題点に見事な解答を与えていらっしゃいました」

「そう、自分でお菓子を作るより、作りかたを人に教える方がやさしいものですからね。それにその方がずっと楽しいし。しかし、講演なんて、講演者当人の性格形成には害があるわ。毎日ますます嫌みな人間になるのがよくわかりますからね」

「あら、そんなこと、ちっともないのに」とセアラがいった。

「そうなのよ。わたしったら、近ごろでは人に忠告までするようになってねえ——赦しがたい罪悪だわ。さあ、ちょっとあなたのお母さんのところに行ってきましょうかね」

2

ローラ・ホイスタブルが部屋を出るとすぐジェリーはいった。

「ぼく、イギリスを離れることにしたよ、セアラ」

セアラは茫然と相手の顔を見つめた。

「まあ、ジェリー——いつ？」

「じきなんだ。来週の木曜日に」

「どこへ行くの？」

「南アフリカだよ」

「ずいぶん遠くね」

「まあね」

「何年も何年も帰ってこないんでしょう？」

「たぶん」

「向こうへ行って、何をするつもり？」

「オレンジの栽培だ。ほかに二人一緒に行くやつがいるんだ。結構楽しくやれると思うよ」

「ジェリー、どうしても行かなきゃだめなの？」

「だめってことはないけど、イギリスにもいい加減うんざりしたからね。なまぬるくて、やけに気取ってて。イギリスはぼくに用がない。ぼくもイギリスに用がないのさ」

「叔父さまはどうおっしゃって？」

「近ごろはろくすっぽ口もきいていないんでね。でもリーナ叔母はかなり親切でね、小切手と、それから何か特効薬をくれたよ。蛇に嚙まれたら塗りなさいって」とにやりとした。

「オレンジのことなんて、あなた、何か知ってるの、ジェリー？」

「何一つ。でもじき覚えるだろうよ」

セアラは溜息をついた。

「あなたがいなくなったら、淋しいわ……」

「そんなことはないと思うよ――すぐ忘れちまうさ」ジェリーはセアラの顔を見ないようにして、わざと素っ気なくいった。「地球の裏っ側に行ってしまえば、どうせ誰からも忘れられるよ」

「いいえ、忘れやしないわ……」

ジェリーはちらっとセアラの顔を見た。

「そうかなあ……」

本当よ、というようにセアラは首を振った。

二人はきまり悪そうに目をそらした。

「いろいろ楽しい思いもしたね――一緒にあちこち行って」とジェリーがいった。

「ほんと……」

「でもオレンジ園でひと儲けするやつもいるからね」

「そうね」

ジェリーは一語一語、言葉を選んでいった。

「なかなかおつな暮らしができるらしいよ――女にとっても。気候はいいし、メイドやなんかも使えるし」

「ええ」

「でも、きみはきっと誰かと結婚しちまうんだろうから」

「そんなことなくてよ」とセアラはまた首を振った。「早婚はたいへんな間違いですもの。あたし、結婚なんて、ずっと後までしないつもり」

「今はそう思っているけど――そのうちにきっと誰か現われて気が変わるよ」とジェリ

ーはうかない口調でいった。

「大丈夫、あたし、とても冷たい女なんですもの」とセアラは請け合った。

二人は顔をそむけたまま、ぎごちない姿勢で立っていた。ややあって、ジェリーは蒼白な顔で、声をつまらせながらいった。

「セアラ――ぼく、きみが好きで好きでたまらないんだよ。わかってるだろうね、きみにも？」

「本当？」

まるで不承不承のように二人はそろそろと歩みよった。ジェリーがセアラの体に両腕をまわして引きよせると、二人はおずおずとまぶしそうにくちづけをかわした。

ジェリーはふしぎでならなかった。どうしてこんなにぎごちないのだろう？　彼は遊び好きな青年だったし、女の子とつきあった経験もずいぶんあった。しかし、ここにいるのはただの〝女の子〟ではなかった。彼の大切なセアラだった……

「ジェリー」

「セアラ……」二人はもう一度くちづけをかわした。

「セアラ、きみ、ぼくのことを忘れないでいてくれるね？　ぼくらが一緒にどんなに楽しいときを過ごしたか――何もかも？」

「もちろん、忘れないわ」

「手紙をくれるかい？」

「手紙書きは、苦手なんだけど」

「でも書いてくれるだろう？　お願いだよ。あっちに行ったら、きっと淋しいと思うんだ……」

セアラはぱっと身を引いて、震える声で小さく笑った。

「淋しいなんてことはないでしょ。つきあってくれる女の子には不自由しないでしょうから」

「いたとしても、およそつまらない連中だろうよ。というより、オレンジのほか、何もないらしいよ」

「ときどきあたしのところへも、一箱送ってほしいわ」

「いいとも。ねえ、セアラ、ぼく、きみのためなら何でもする」

「だったら、せいぜいせっせと働いて、そのオレンジ園とかを成功させてちょうだい」

「させるとも。誓って成功させるよ」

セアラはまた嘆息した。

「こんなときにあなたが行ってしまうのは悲しいわ。これまでもあなたといろいろなことを話すと、気持ちがすうっとしたんですもの」

「カリフラワーはどうしてる？　少しは我慢できるようになったかい？」

「いいえ、ぜんぜん。会えばいつでも喧嘩よ。でも」と彼女は勝ち誇ったようにいった。

「あたしの方がきっと勝つと思うわ、ジェリー」

ジェリーは落ち着かない表情で彼女を見つめた。

「するときみのお母さんが――」

「あいつがどんなに嫌な男か、お母さまにもやっとわかってきたらしいの」

セアラは得意そうに頷いて見せた。

ジェリーはいっそう落ち着かない様子でいった。

「セアラ、ぼくはどうかと思うんだよ、きみがいつまでも――」

「カリフラワーをやっつけるのはやめた方がいいっていうの？　いいえ、あたし、徹底的に戦うわよ。断じて諦めないわ。お母さまを救わなくっちゃならないんだもの」

「人のことには口だしをしない方がいいと思うけどなあ、セアラ、お母さんのことは、お母さん自身が一番よく知ってるに違いないんだから」

「うちのお母さまは気が弱いのよ、前にもあたし、そういったでしょう？　すぐ人に同情して、判断力を失うの。お母さまが不幸な結婚をしないように、あたし、一生懸命なのよ」

ジェリーは思いきっていった。

「ほくはやっぱりきみは嫉妬しているだけだと思うよ」

セアラは憤然と睨みつけた。

「いやな人！　勝手にそう思っていたらいいわ。もう帰ってちょうだい」

「まあ、そう怒らないでくれたまえよ。きみは自分のやっていることをよく承知しているんだろうからね」

「もちろん、承知していてよ」とセアラは答えたのだった。

3

ローラ・ホイスタブルが寝室に入って行ったとき、アンは化粧台の前に坐っていた。

「少しは気分が晴れた？」

「ええ。本当にわたしって馬鹿ねえ。こんな下らないことで神経がまいってしまうなんて」

「セアラのところに男の子がきてるわ。ジェラルド・ロイドとかって。あれが例の――」

「そうなの。あの人のこと、どうお思いになった？」

「セアラはあの青年を愛しているわ、もちろん」

アンは顔を曇らせていった。「ああ、それは困るわ」

「あなたがいくら困っても、好きなものは好きなんだからね」

「だって、およそ実りのない結びつきなのよ」

「つまり、どこから見てもセアラの相手として不足だっていうの？」

アンは嘆息した。「ええ、まあね、どんな仕事も長続きしないのよ、ジェリーは。魅力はあるし、人好きがするんだけど、でも――」

「安定性を欠くっていうのね？」

「何をやっても大したものにはなれないって気がするの。運が悪いんだって、セアラはしょっちゅういうけれど、そればかりじゃないと思うのよ。あの子はほかにいくらもいい青年を知っているのにねえ」

「いい青年イコール退屈な青年てわけなんでしょう。有能で、魅力的な女の子って――セアラもひどく有能だけれど――そういう子に限って、とかく好ましくない求婚者にひかれるものなのよ。自然法則みたいなものらしいわ。わたしもあの青年にひかれるものを感じたからね」

「あなたまで、ローラ?」

「わたしだって、女性特有の弱点は持っているのよ、アン。さようなら、幸運を祈ってるわ」

4

リチャードは八時ちょっと前にやってきた。アンと一緒に食事をすることになっていたのである。セアラは友人に招かれて出かけるはずだった。晩餐の後でダンスという趣向で、リチャードがきたとき、セアラは爪を磨いている最中で、室内にはマニキュア液の匂いがたちこめていた。ちょっと顔をあげて、「こんにちは、リチャード」というと、セアラはそのまま爪磨きを続けた。リチャードはいらいらしながらその様子を見守った。近ごろますますセアラに対して嫌悪を感じるようになっているのが自分でもわかるだけに何となく狼狽を覚えていた。こんなつもりではなかったのだ。彼はやさしい、親切な継父としての自分を思い描いていたのだった。寛大で――ほとんど甘すぎるほどの父親。最初は猜疑の目で見られるかもしれないが、子どもらしい偏見はたやすく克服できる――そう楽観的に考えていたのである。

ところが事態は彼でなく、セアラの支配下にあるようだった。セアラが彼に対していだいている冷たい軽蔑と嫌悪の情が彼の感じやすい皮膚をことごとに突き刺し、彼を傷つけ、屈辱を感じさせた。リチャードはもともと自分をあまり高く評価していなかったが、セアラにないがしろに扱われるので、いっそう自信を失った。最初彼はセアラの機嫌をとろうとし、それから高飛車に押さえつけようとした。結果は惨憺たるものだった。彼のいうことなすこと、またその言葉の一つ一つが場違いのように思われた。セアラに対してますます反感をいだく一方、彼はアンに対してひそかないらだちを覚えはじめた。アンは自分を支持すべきだ。セアラをきめつけ、身のほどを悟らせて、自分の味方をするのが本筋ではないか――彼はこう思った。アンが二人の間に立ってどっちつかずにしているのが彼を怒らせた。そんなことをしたって、何の役にも立ちはしないのに。アンだって、そのことを悟っていいころだ。

さてセアラは爪を乾かすために片手を伸ばしてひらひらと動かした。

何もいわないに越したことはないと充分承知しながらも、リチャードは黙っていられなかった。「その手はまるで血の中にとっぷり浸したように見えますね。あなた方女の子がどうしてそんなものを爪に塗るのか、わたしにはどうしても合点がいかないが」

「そうですの？」

もう少し安全な話題を求めて、彼は言葉を続けた。

「さっき、あなたの友だちのロイド君に会いましたよ。南アフリカに行くとかいってたが」

「ええ、木曜日に」

「あっちで成功しようと思うなら、せいぜい仕事に打ちこまなくてはね。仕事の嫌いな男には用のないところだから」

「南アフリカのこと、よくご存じのようですわね？」

「ああいった場所はみんな同じようなものですよ。どこでも胆っ玉のすわった、しっかりした人間を求めているんです」

「ジェリーはしっかりしていますわ」といってセアラはふと付け加えた。「そんないいかた、なさらなきゃならないんでしたらね」

「何がいけない？」

セアラは顔をあげて、冷ややかに相手を見つめた。

「胆っ玉なんて、ちょっと聞き苦しいと思いましたの、それだけ」

リチャードは顔を真っ赤にした。

「あなたのお母さんがあなたをもう少し礼儀正しい女の子に育てなかったのは、残念なことですね」

「あら、あたくし、何か失礼なこと、申しまして？」と無邪気そうに目をまるくしてセアラはいった。「ごめん遊ばせ」

大仰な謝りようは、彼の怒りをなだめる役には立たなかった。彼は唐突にいった。

「お母さんはどこです？」

「着替えをしていますわ。すぐまいりますでしょう」

セアラはバッグをあけて鏡を取り出し、自分の顔をためつすがめつ眺めて化粧を直し、口紅を塗り、眉を描いた。化粧は先刻すんでいたのだが、リチャードを怒らせようという魂胆だった。女性が人前で化粧するのを、昔者の彼は毛嫌いしていたのである。

冗談めかしく響かせようとつとめながら、リチャードはいった。

「さあさあ、セアラ、もうそのぐらいにしておいてもらいたいな」

鏡を持った手をおろして彼女は訊ねた。

「どういう意味ですの、それ？」

「その白粉や紅ですよ。男は実際にはそんな厚化粧は好みませんよ。あなたの化粧はまるで――」

「まるで淫売のようだ、そうおっしゃるんでしょう?」

リチャードは怒ったようにいった。

「そんなことはいっていませんよ」

「でも、そう思っていらしたんですわ」こういってセアラは化粧道具をざらっとバッグの中に落としこんで、それからいった。「でもねえ、それ、あなたの知ったことですの?」

「セアラ――わたしは――」

「あたしが自分の顔に何を塗ろうと、勝手じゃありませんか、嫌らしいおせっかい爺さんたらありゃしない!」

セアラは怒りのあまり身を震わせ、半泣きになっていた。

リチャードもまたかっとして完全に我を忘れ、大声で怒鳴った。

「世の中には、鼻もちならない性悪女がたくさんいるが、あんたのようなのも珍しいな!」

ちょうどこのときアンが入ってきたのだった。戸口で立ちどまってアンは疲れきったようにいった。

「まあ、今度はいったい、何のことですの？」

セアラはぱっと母親の脇をかすめて部屋からとび出した。アンはリチャードの顔を見た。

「わたしはただ、化粧が濃すぎるといっただけなのに」とリチャードはいった。

アンはいらだたしげにほっと吐息をついた。

「本当にリチャード、もう少し考えてものをおっしゃって下さったらよかったのに。第一、セアラがどんなお化粧をしようと、あなたの知ったことではないでしょう？」

リチャードはぷりぷりと歩きまわりながら答えた。

「そりゃ、どうってことはないですよ。自分の娘が娼婦のような厚化粧で歩きまわっても何とも思わないってあなたがいうなら」

「セアラはそんな女とは違いますわ。何てひどいことをおっしゃるの？　このごろではお化粧くらい、誰だってしますのよ。あなたはとっても古くさいのねえ、リチャード」

「古くさいって！　時代遅れだというんですね！　あなたはわたしのことをあまり高く買っていないようだな、アン」

「リチャード、わたしたち、どうして口争いしなければいけませんの？　セアラのことをそんなふうにおっしゃるのは、わたしを非難しているようなものだってことが、あなたにはおわかりにならないのかしら？」

「そう、あなたはあまり分別のある母親ではないと思いますよ、残念ながら。あなたの教育の成果がセアラのような娘だとするとね」

「ひどいことをおっしゃるのね。それに、それは本当じゃありませんわ。セアラには後ろ指を指されるようなことは一つもありませんもの」

リチャードは身を投げだすようにソファーに腰をおろした。

「やれやれ、ひとり娘を持っている女性と結婚する男を、神よ、守りたまえだ！」

アンの目には涙が溢れた。

「結婚してくれっておっしゃったとき、あなたはわたしにセアラがいることをよくご存じだったじゃありませんか？　わたしがどんなにあの子を愛しているか、あの子がわたしにとってどんなに大切か、何もかもお話ししたと思いますけれど？」

「セアラのこととなると、あなたがこんなにもたあいがないなんて、夢にも知りませんでしたからね。まったくセアラでなくては夜も日も明けないんだから」

「ああ、堪まらないわ」とアンは歩みよって彼の隣りに腰をおろしながらいった。「リチャード、お願いですからわかってちょうだい。セアラがやきもちを焼くかもしれないとは考えましたけれど、まさかあなたがセアラに嫉妬なさるとは思いませんでしたのに」

「嫉妬なんかしていませんよ」とリチャードはむっつりといった。

「でも、そうですわ」

「あなたは何かにつけてセアラを立てる」

「ああ」とアンは力なく椅子の背にもたれて目を閉じた。「わたし、どうしたらいいか、わからないわ」

「わたしはどこに位置を占めるのです？　わたしの場所はどこにもない。あなたはわたしのことなど眼中にないんだ。結婚式を延期したのも――セアラがせがんだからでしょう」

「わたし、ただ、あの子がわたしの再婚ということに慣れるように、少し時間を与えてやりたかったんですの」

「それで？　少しは慣れたっていうんですか？　セアラは暇さえあればわたしを怒らせるようなことばかり、やっているじゃないですか」

「あの子が扱いにくいということは知っていますわ――でもリチャード、本当いって、あなたはおおげさにお考えになっていらっしゃるのよ。セアラだってかわいそうに、あなたがかっとならなければ、そう口答えもしませんのに」

「かわいそうに、かわいそうにって——ねえ、それがあなたの本音なんだからね」

「結局のところ、セアラはまだほんの子どもみたいなものですわ。子どもだから仕方がない点もありますけれど、あなたは男ですわ——立派なおとなじゃありませんか」

リチャードはだしぬけに率直な口調でいって、アンをふと感動させた。

「それもこれも、あなたを愛しているからなんだ、アン」

「ええ、わかっていますわ」

「わたしたちはとても幸せだった——セアラが帰ってくるまでは」

「本当に……」

「それが今では——わたしは日に日にあなたを失いつつあるような気がする」

「そんなことはありませんわ、リチャード」

「アン、わたしの大事なアン——今でもわたしを愛してくれますか？」

突然火のように燃えあがるものを覚えつつアンはいった。

「愛していますわ、リチャード、前よりずっとずっと」

5

晩餐は大成功だった。イーディスは手をかけておいしい料理を作ってくれたし、セアラという嵐の目がなくなったので、家の中はふたたび以前と同じように平和なたたずまいにかえっていた。

リチャードとアンは、楽しかったころの出来事をかわるがわる口にしてはにぎやかに談笑した。どちらにとってもそれはこの上なくありがたい、ひとときの凪《なぎ》のようなものだった。

食事の後、コーヒーとベネディクティン酒を前に応接間にくつろいだとき、リチャードはいった。「実にすばらしかった、今夜は。実に心が休まった。ねえ、アン、いつもこんなだったらどんなにいいか」

「これからはいつもこうだと思いますわ、リチャード」

「まさか本気でそういっているんじゃないでしょうね、アン？　わたしはね、いろいろなことを考えてみたんです。真相は不愉快なものだが、しかし、直視しないわけにはいかない。率直にいってわたしは、セアラとわたしはこれからもけっしてしっくりいかないだろうと思っている。三人がひとつ屋根の下で暮らそうとしたら、お互いにとても我慢できっこない。とすると、たった一つの道しかないでしょう」

「つまり？」

「はっきりいえば、セアラにこの家を出てもらうということです」

「そんな、リチャード、そんなこと、とてもできっこありませんわ」

「家が面白くなければ、女の子だってどんどん家を出て、独立した生活をしますよ」

「だって、セアラはやっと十九ですのよ」

「女の子の泊まれるようなところはいくらもある。ホステルなんていう施設もあるし。どこか適当な家に下宿させてもらうことも考えられるし」

アンはきっぱり首を振った。

「あなたはご自分のいっていらっしゃることがとてもできない相談だということがおわかりにならないの？　それはわたしに、もしも再婚したいなら、自分の娘を追い出せ——あの子自身の家から追い出せとおっしゃるようなものですわ」

「女の子は独立した、自由な生活をしたがっていますよ」

「セアラは違います。それに、あの子が独立したがっているかどうかということは、これとはまったく別な問題ですわ。ここはあの子の家ですのよ、リチャード。それにあの子はまだ成年に達してもいないのですし」

「分別のある、賢明な策だとわたしは思うんですがね。月々手当を充分に送れば——わたしも応分のことはするつもりです——けちけちすることはないんだから。セアラはセアラで楽しくやり、我々は我々なりに幸せに暮らす。何も四の五のいうことはないと思いますがね」

「セアラがひとりになって楽しく暮らせると、本当にそう思っていらっしゃるの？」

「結構楽しくやりますよ。女の子は独立した生活に憧れているんだから」

「女の子のことなんて、あなたは何一つご存じないんですわ、リチャード。あなたはご自分がこうあってほしいと思うことしか、頭にないんだわ」

「わたしはこれならどこからも文句は出まいと思われる、筋の通った解決案を示しているつもりですがね」

アンはゆっくりいった。

「さっきあなたは食事の前に、わたしがセアラのことをあなたのことより先に考えると苦情をおっしゃいましたわね。ある意味ではそのとおりですわ……でもそれは、あなたとセアラとどっちを余計に愛しているかという問題ではないのです。あなたがた二人のことを考えるとき——たしかにわたし、セアラのためにどうかということを真っ先に考慮しなければと思っていますわ。それはね、リチャード、セアラがわたしに託された責任だからですのよ。セアラが本当におとなになるまでは、わたしはその責任を免れないのですわ――あの子はまだおとなになりきっていないのですから」

「母親というものは子どもが成人するのをけっして喜ばないものですがね」

「そういう場合もありますわね。でも正直いって、わたしとセアラの場合は違うと思いますの。わたしにはっきり見えることで、あなたにおそらくおわかりにならないのは――セアラはまだとても若くて、傷つきやすいってことですの」

リチャードは鼻を鳴らした。

「傷つきやすいですって！」

「ええ、そのとおりですわ。あの子は自分自身にも、人生にもまだ自信がないんですの。世の中に出て行く準備ができさえすれば、自分から出て行こうと思うでしょう――そのときがきたら、わたしもむろん喜んで力ぞえをしますわ。でもそのときはまだきていないのです」

リチャードは嘆息した。

「母親相手じゃ、議論をしてみてもはじまらないでしょうね」

アンは思いもよらぬほどかたくなにいいはるのだった。

「とにかくわたし、娘を家から追い出すようなことはしませんから。セアラ自身が望んでもいないのにそんな仕打ちをするなんて、いけないと思いますし」

「あなたがそんなに強硬に反対するなら、仕方ないでしょう」

「ええ、反対ですわ。でもリチャード、あなたが忍耐して下さりさえすれば。おわかりにならない？　アウトサイダーはあなたではなく、セアラですのよ。あの子はそれを身にしみて感じているんですわ。でもやがてはあの子もきっとあなたに親しむようになります。だって、セアラはわたしを心から愛しているんですし、わたしが不幸になるのはあの子の本意ではありませんもの」

リチャードはかすかに奇妙な笑いを浮かべてアンを見た。

「ああ、アン、あなたはどうしようもない楽天家なんだなあ」

アンは彼の腕の中に身を委ねていった。

「リチャード、本当にわたし、あなたを愛していますのよ……ああ、でもひどく頭がずきずきして」

「アスピリンを取ってきてあげますよ」

こういいながらリチャードはふと、近ごろではアンとの会話はいつもアスピリンで幕になると思ったのだった。

第九章

1

ありがたいことにそれから二日ばかりは思いがけぬ平和のうちに過ぎて、アンはもしかしたらという希望をいだきはじめたのだった。結局のところ、そう心配することはなかったのだ。彼女がいったように、やがては何もかも納まるべきところに自然と納まるだろう。リチャードに心をこめて訴えたのがよかったのだ。あと一週間で彼女とリチャードは結婚する——式がすめば生活は正常な軌道に乗るだろう。セアラもリチャードのことを今ほど目の敵にしなくなり、外の世界のことにもっと関心を持つようになる。

「今日はいつもよりずっと気分がいいわ」とアンはイーディスにいった。

一日中頭痛を感じないなんて、近ごろではめったにないことだと思ったのだった。

「こういうのを、嵐の中の凪っていうんでしょうかねえ」とイーディスも相槌を打った。

「セアラさまとコールドフィールドさまはまさに犬猿の何とやらですからね。お互いに頭から毛嫌いなさって」

「でもセアラは近ごろ、少しはましになってきたように思うけど？」

「わたしが奥さまだったら、当てにもならない望みはいだきませんがねえ」とイーディスは陰鬱な口調でいった。

「だって、いつまでもあんなひどい状態が続くってことはあり得ないと思うわ」

「まあ、当てにしない方が無難でしょうね」

イーディスときたらいつもこうなんだから、とアンは心の中で呟いた。好きこのんで最悪の事態を予言するのが癖なのだ。

「たしかにこのごろはずっとましだわ」と彼女はなおもいいはった。

「それはコールドフィールドさまがお見えになるのが、たいていセアラさまのお留守の日中に限られているからですわ。セアラさまは昼間はあの花屋に行っておいでですけれど、夜は奥さまをひとり占めになさってますからね。それにあのジェリーさまが外地にいらっしゃるっていうんで、今はそのことで頭がいっぱいなんですから。でもねえ、お式がすめば、コールドフィールドさまとセアラさまは一つ屋根の下でお暮らしになることになります。間にはさまって奥さまはそれこそ八つ裂きにされてしまうでしょうよ」

「ああ、どうしよう、イーディス」とアンは怖気をふるった。なんてぞっとするような比喩なんだろう！

しかし彼女自身もまさにそれを危惧していたのだった。

アンは狂おしげにいった。

「わたし、そんなの、とても耐えられそうにないわ。いがみあいや喧嘩はいや。昔からわたし、喧嘩は嫌いなんですもの」

「そうでしたねえ。あなたはいつもひっそりと静かに暮らしておいでになりましたし、またそれが一番お似合いなんですから」

「だけど、いったいわたしに何ができて？　あなただったらどうすること、イーディス？」

イーディスは得々といった。

「くよくよしたってはじまりませんよ。子どものころ、母からよくいわれたものですが、まったく〝涙の谷なり、ここは〟ですからね」

「もっと慰めになるようなことをいってくれないの？」

「こうしたことはみんな、わたしどもを試すために神さまがお下しになったことなんですから」とイーディスは勿体ぶっていうのだった。「奥さまもいっそ揉めごとがお好きなたちですとねえ。そういう奥さまがたも世の中にはたくさんいらっしゃるのに。わたしの伯父の後添いなんか、そうでしたね。口争いなら三度の食事より好きだというふうで。そりゃ口が悪いの何のって――でも、いいたいことをみんなぶちまけてしまうと、後はもうけろっとして、それっきり忘れちまいましてね。もやもやを一掃するとでもいいましょうか。たぶん、アイルランドの血統からきてるんですわ。お母さんがリマリクの出でした。おなかの中はまるで悪気がないんですが、喧嘩早くて、いつも事あれかしとむずむずしているんですよ。セアラさまはちょっとその気味がおありですわ。亡くなったプレンティスさまが半分アイルランドの血を引いておいでだったといつか奥さまから伺いましたけど。セアラさまは気にいらないことがあるとかっとなって、ずいぶんとひどいことをおっしゃいますが、あんなに気のいいお嬢さんも類がありませんからね。わたしなんぞのかれこれ申すことじゃありませんけれど、ジェリーさまが海の向こうにいらっしゃるっていうのはいいことでございますよ。あの方はどこかにじっくり腰を落ち着けるってたちじゃありません。セアラさまにはもっといいお相手が見つかるでしょうよ」

「あの子はジェリーがひどく好きなんじゃないかしらねえ、イーディス」

「わたしなら心配はしませんね。〝離れて暮らせば恋しさつのる〟なんてこともいいますが、わたしのジューン叔母はこんな言葉をその後に付け加えていましたっけ、〝つのり過ぎれば、あだ心湧く〟って。〝去る者日々にうとし〟っていう諺の方が穿ってますわ。とにかく、セアラさまのことにしろ、ほかのどなたのことにしろ、やきもきなさることはありませんよ。ここにそら、以前から読みたいといってらしたご本があるじゃありませんか。つい先だって図書館から借りておいでになったんでしょう？　今、おいしいコーヒーにビスケットを一つ二つ添えて持ってまいりますからね。楽しめるうちにせいぜい楽しんでおおきなさいまし」

楽しめるうちにという、いささか気になるほのめかしをアンは気にかけずにいった。

「あなたのお蔭で助かるわ、イーディス」

ジェリー・ロイドは予定どおり木曜日に出発した。その晩帰ってきたセアラはリチャードとこれまでに輪をかけてはげしい口争いをした。

アンは二人を残して自分の部屋に逃げこみ、両の目を掌で覆い、ずきずきする額を指先で押さえて、暗闇の中に横たわっていた。涙が頰をつたった。

アンは何度も囁くように繰り返した。「わたし、もういや……本当にいや」

リチャードの声が聞こえてきた。荒々しい音を立てて居間から出て行きながら、彼は口走った。「あなたのお母さんにしても、そういつまでも頭痛を口実に逃げだして、それで事が落着すると思ったら大間違いだからね」

そして玄関のドアのバタンとしまる音。

やがて廊下にセアラの足音がした。のろのろとためらいがちにこちらに近づいてくる。アンは声を張りあげて呼んだ。「セアラ！」

ドアが開いて、いささか後ろめたげなセアラの声が響いた。

「暗くしたまま、寝てらっしゃるの？」

「頭がずきずきして。あの隅の小さな明かりをつけてちょうだい」

セアラは明かりをともすと、目をそらしつつのろのろとベッドに近づいた。つい二、三分前までセアラに対してはげしい怒りを覚えていたアンだったが、何か淋しげな、子どもらしいその姿に心を打たれた。

「セアラ、あなた、どうしても――？」

「どうしてもって？」

「どうしてもリチャードと喧嘩しなければいられないの？　わたしのことを何とも思わないの？　そのためにわたしがどんなに不幸せな気持ちになっているか、あなたにはわからないのかしら？　わたしが幸せになるのがいやなの？」

「もちろん、わたし、お母さまに幸せになってほしいわ。だからこそ――」

「あなたが何を考えているのか、わたしにはちっともわからないわ。あなたはわたしをどうしようもなく惨めな気持ちにしているのよ。ときどきわたし、もうこれ以上我慢できないと……この家は前とは大違いだわ」

「そうよ。それもみんな、あいつのせいじゃなくて？　おまけにあいつ、あたしをこの家から追い出そうとしているのよ。でも、お母さまはそんなことさせないわね？」

アンは腹を立てていた。

「きまってるじゃありませんか！　誰がそんなことをいったの？」

「あいつよ。たった今。でもそんなこと、させないでしょ？　まるで嫌な夢でも見てるみたい」

突然セアラはさめざめと涙を流しはじめた。

「何もかもめちゃめちゃだわ、あたしがスイスから帰って以来。ジェリーはアフリカへ行って——たぶんもう二度と会えないでしょうし。お母さままであたしを裏切って——

——」

「わたしがあなたを裏切ったなんて！　妙なこと、いわないでちょうだい」

「ああ、お母さま——お母さま」

セアラはベッドの脇にいきなり膝をついて身も世もなく泣きくずれた。

時々しゃくりあげては彼女は繰り返し口走った。「お母さま……」

2

翌朝アンの朝食のトレイの脇にリチャードの短い手紙が置かれていた。

愛するアン、こんな状態を際限なく続けるわけにはいきません。何とか計画を立てなくてはどうにもならないと思うのです。あなたがことをわけて話せば、セアラも案外あっさりわかってくれるのではないでしょうか。

リチャード拝

アンは眉を寄せた。リチャードはことさらに真相から目をそらしているのかしら？　それともゆうべセアラが示したあの激しい感情は、一時的な、ヒステリカルなものだったのだろうか？　そうとも考えられる。セアラは子どもらしい恋の結末のみじめさと、愛する者との人生最初の訣別の悲しみに暮れているのだ。あんなにもリチャードを嫌っているのだから、実際のところ、家を出て暮らす方が幸せかもしれない。

ふと衝動的に電話に手を伸ばして、アンはローラ・ホイスタブルの番号を回した。

「ローラ？　わたし、アンよ」

「おはよう。ずいぶん早いことね」

「わたし、もう何が何だかわからなくなってしまって。頭がひっきりなしにずきずきして、ひどく気分が悪いの。こんな状態が続くんじゃ、堪まらないわ。あなたの忠告を聞きたいのよ」

「忠告はしないことにしているのよ、わたしは。忠告なんて危険な代物ですからね」

アンは耳にもいれずに続けた。

「聞いて、ローラ、どうかしら――ひょっとして――セアラがひとりで暮らすことにでもなったら――誰か友だちと部屋を借りるとか――」

ちょっと沈黙した後、デーム・ローラは答えた。

「セアラがそうしたいっていうの？」

「いいえ――べつに――はっきりとは。ちょっと思いついただけなんだけど」

「誰の思いつき？　リチャードの？」

「まあ――そうね」

「なるほど。もっともしごくだわね」

「そう思う？」とアンは勢いこんで訊きかえした。

「といっても、リチャードの観点からしてってことだけど。リチャードは自分の欲するものをよくよく承知しているわ——是が非でも手にいれるつもりでいるのね」

「でも、あなたはどう思って？」

「何度もいったでしょう、アン。わたしは忠告はしないことにしているのよ。セアラはどういってるの？」

アンはためらった。

「本当いって、このことについてはあの子とは話しあっていないのよ——まだ」

「でも、大体の見当はつくんでしょ？」

アンはしぶしぶいった。

「セアラはそんなことといっときだって考えないと思うわ」

「なるほどねえ！」

「でも、もしかしたらわたし——それを強硬に主張すべきなのかもしれないわね？」

「何のために？　あなたの頭痛を治すため？」

「まさか！」とアンは心外そうに叫んだ。「あの子自身の幸せのためによ」

「見あげた考えだわね！　でもわたしはね、高潔な感情は信用しないことにしているの。とにかく、あなたの考えていることをくわしくいってごらんなさい」

「わたしねえ、近ごろ、もしかしたら子どもにべたべたしすぎているんじゃないかしらと反省しているの。セアラのためには、わたしからこのあたりで離れる方がいいんじゃないかと。あの子が自分の個性を伸ばしていけるように」

「ふむ、ふむ、なかなか現代的だわね」

「実際問題として、あの子も乗り気になるかとも思うのよ。はじめのうちはわたしもそんなこと、考えなかったけれど、今はね。ねえ、ローラ、何とかいってちょうだい！」

「かわいそうなアン」

「どうして、かわいそうだなんておっしゃるの？」

「何とかいえって、いうからよ」

「あんまり助けになるようなこと、いってくれないのねえ、ローラ」

「あなたの考えている意味では、助けたいとは思わないわ」

「ねえ、ローラ、リチャードは本当に近ごろとても扱いにくくなっているの。けさ、一種の最後通牒《つうちょう》みたいな手紙があの人から届いたのよ……そのうちに、自分とセアラとどっちかを選べっていいだすと思うわ」

「で、どっちを選ぶの？」

「ああ、そんなこと、いわないで、後生だから、ローラ。それほどのっぴきならないことになったと、本気で考えているわけではないのよ、わたし」

「そうなる可能性も充分あるわ」

「本当に、あなたって、気になることばかりいうのねえ。助けてやろうって親切気もないんだから」

アンは怒ったようにガチャリと受話器を置いた。

3

夕方の六時にリチャード・コールドフィールドから電話がかかった。

イーディスが出た。

「奥さまはおいでですか？」

「いいえ、いつものあの老人ホームか何か、施設の委員会にお出かけになりました。七時前にはおもどりにならないと思いますが」

「セアラさんは？」

「たった今帰っていらっしゃいました。お呼びしましょうか？」

「いや、わたしがそっちに行く」

リチャードは自分の独身者用アパートからアンのアパートの所在する区域まで、決然とした足どりで大股に歩いた。前夜まんじりともせずに考えたあげく、はっきりした結論に達したのだった。彼はこうと決めるまではいつも少々手間どるたちだったが、いったん決心するとなかなか頑固だった。

こんな状態ではどうにもならない。まずセアラ、それからアンにも事態を直視してもらう必要がある。あの娘がじれたり、いいはったりするので母親はすっかり参っている。かわいそうな、気のやさしいアン。こう呟きながらもリチャードは、そんなアンをいとしいとばかりは思わなかった。ほとんど意識にはのぼらなかったが、リチャードはアンに対して一種腹立たしい気持ちを覚えていた。女らしい術策というのか、アンはいつも逃げの一手で問題を回避してばかりいる——二人がいがみあうと、きまって頭痛がするとか、耐えられないとかいって引っこんでしまう……アンにも事態を正視してもらわなければ！

アンとセアラ……まったく女という代物は……ああした、いかにも女らしい世迷言はいい加減に打ちきりにしてもらわなければ！

呼鈴を押し、イーディスに迎えられて居間に入って行くと、セアラがグラスを手にしたまま、暖炉の前から振り返った。

「こんばんは、リチャード」

「こんばんは、セアラ」

セアラは努力していった。

「ゆうべは悪かったと思いますわ、リチャード。あたし、ちょっといいすぎたかもしれません」

「いやいや」とリチャードは寛大らしく手を振った。「その話はやめましょう」

「何かお飲みになります？」

「いや、結構」

「母はまだしばらく帰ってこないと思いますわ。あの――」

リチャードは遮った。

「いいんだ。あなたに会いにきたんだから」

「あたしに？」

セアラは一瞬目を暗くして心持ち細めた。それからゆっくりと進み出て、疑いぶかげな目ざしでリチャードを見守りながら椅子に腰をおろした。

「この際、いろいろなことをあなたと話し合いたいと思ってね」とリチャードは続けた。「このままではどうしようもないということはわかりきっていると思うんですよ。いつまでも口論やいさかいを続けていては、第一、あなたのお母さんに気の毒だ。あなただってお母さんを愛しているんでしょうからね」

「当然ですわね、それは」とセアラは無感動な声でいった。

「とすると、我々二人で何とか局面を打開しなければならないでしょう。あと一週間で、お母さんとわたしは結婚する。旅行から帰ってから、このアパートでわれわれ三人が暮らすとしたら、どんなことになるか、想像がつきますか？」

「ひどいことになるでしょうねえ」

「そう、あなたにもそれはわかっているんですね。そこでまずわたしは、あなただけが悪いとは思っていないということをはっきりいっておきたいんです」

「それはご親切ですこと、リチャード」とセアラはいった。

その口調は真面目で慇懃だった。リチャードはまだセアラをよく知らなかったので、これが危険信号だということに気づいていなかった。

「われわれ二人が仲よく折りあえないのは残念なことだ。率直にいって、あなたはわたしを嫌っている」

「どうでも本当のことをいわせたいとお思いなら、仕方ありませんわね。そのとおり、あたし、あなたが嫌いですわ」

「それは構わない。わたしとしても、あなたが大好きとはいえないのだし」

「というより、毛虫みたいに嫌っておいででしょう?」

「いや、そうはいわないが」

「ところが、あたしはそうなんですの」

「とにかく、わたしのいいたいのはこういうことです。われわれはお互いに嫌いあっている。あなたがわたしを好こうと好くまいと、わたしにとっては大した問題ではない。わたしが結婚しようとしているのはあなたのお母さんで、あなたではないんだから。わたしとしてはできるだけあなたと仲よくなろうと努力したんだが、あなたが受けつけてくれなかった……とすると何とか解決策を考える必要がある。わたしはね、ほかの形でできるだけの埋め合わせはつけるつもりでいる」

セアラはうろんげに問い返した。

「ほかの形で?」

「家での生活にあなたが我慢できない以上、どこかほかのところであなたが暮らしていけるように、わたしとしてもできるだけのことをします。その方があなたもずっと幸せでしょう。アンがわたしの妻になれば、生活の方はいっさいわたしが面倒を見るつもりだ。あなたには充分なだけの金額を渡してあげられる。どこかに気のきいた小さなアパートメントを借りて、友だちと一緒に暮らしてもいいだろうし。家具や造作も——何もかもあなたの好きにしたらいい」

目をいっそう細めてセアラはいった。

「あなたって本当に物惜しみしない方なのね、リチャード。すてきだわ」

リチャードはこの言葉を皮肉とはとらなかった。内心我ながらなかなかの外交手腕だと感心していたのだった。結局のところ、ことは簡単しごくだ。自分にとってどっちが得か、この子にはよくわかっているのだから。これで万事三方めでたく落着するだろう。

リチャードは上機嫌でほほえみかけた。

「わたしとしても、人の不幸せそうな顔を見たくはありませんからね。お母さんはいざ知らず、わたしには若い人が自由な独立した生活に憧れているということがよくわかっているんですよ、あなたにしても、ここでわたしと角突きあいをしながら暮らすより、はるかに愉快な生活ができるだろうし」

「それがあなたのご提案ですのね？」

「いい思いつきでしょう、誰にとっても満足のゆく」

セアラは声をあげて笑った。

「そうお手軽にあたしが厄介払いできると思ったら大間違いよ」

リチャードはきっとなって振り返った。

「しかし――」

「家を出ることなんか、お断わりだわ。あたしは、ぜったいに出て行きませんからね――」

どちらも玄関で鍵がガチャガチャいったのに気づかなかった。アンがドアをあけたとき、二人は立ったまま、睨み合っていた。セアラはぶるぶると身を震わし、ヒステリックに繰り返した。「嫌よ、ぜったいに出て行かないわ、ぜったいに――」

「セアラ」

二人は同時にぱっと振り向いた。セアラはいきなり母親のところに駆けよった。

「お母さま、お母さま、この人にあたしを追い出させたりしないわね？ そんなこと、しないでしょう？ アパートを借りて、誰か女の友だちと暮らせって。あたし、女の友だちなんて大嫌い。独立なんかしたくないわ。お母さまと暮らしたいんですもの。あたしを追い出さないで。お願いよ、お母さま。ねえ――ねえ」

アンは宥《なだ》めるように口早にいった。

「もちろんよ。大丈夫、そんなこと、しませんとも」リチャードに向かって、彼女は鋭い口調でいった。「この子に何をおっしゃったの？」

「どこから見ても分別のある提案をしていたんですよ」

「あたしを嫌っているのよ。お母さまにもあたしを嫌わせようとしているんだわ」

セアラは狂気のようにすすり泣いていた。もともと感情の起伏のはげしい娘だったのだ。

アンはまたいった。

「いい子だから、セアラ、馬鹿なことをいうのはやめてちょうだい」彼女はリチャードに目くばせをした。「改めてお話ししましょう、これについては。今日のところはこれだけにして下さいな」

「いや、いけない」とリチャードはぐっと顎を突き出した。「ここで話をつけてしまいましょう。この辺で事をはっきりさせる必要がある」

「後生ですわ」とアンは片手で頭を押さえながら、近くのソファーにぐったり腰を落とした。

「頭痛をたてにとって、逃げだそうとしても何にもなりませんよ、アン。問題はわたしとセアラとどっちをあなたが大切に考えるかということなんだから」

「それとこれとは別問題ですわ」

「いや、同じことですよ。今日こそ、はっきり決着をつけてしまわなければ。わたしの忍耐にも限度がある」

リチャードの大声がずきずきする頭に突き刺さり、神経の一つ一つに火がついて責めさいなまれているようだった。その日の委員会が紛糾し、疲れて帰ってきたらこの騒ぎだ。ああ、もうこんなことばかり続くようでは耐えられないと思いながら、アンは弱々しくいった。

「今はだめ、とても落ち着いて話なんか、できませんわ、リチャード。わたし、もう——

——」

「しかし、この辺で何とか解決しなければね。セアラが出て行くか、わたしが去るか、どっちかですよ」

セアラはもう一度かすかに身震いして、顎をぐっとあげ、リチャードに目を注いだ。

「わたしの提案はいたって分別のあるものと思いますがね。セアラだってあなたが帰ってくるまでは、とりたてて反対するふうでもなかったのに」

「あたしは出て行かないわ」とセアラはいった。

「お母さんに会いたければ、いつでも好きなときに会いにこられますよ」

セアラはアンの方にくるっと向き直って、その傍らにいきなり身を投げだした。

「お母さま、お母さまはあたしを追い出さないわね？　まさか、そんなことしないわね？　だって、お母さんなんですもの。あたしのお母さんなんですもの」

アンは頬を燃やし、突然きっぱりといった。

「セアラ自身が望んでもいないのに、たった一人しかいない、血をわけた自分の娘に出て行けなんて、わたし、そんなことをいうつもりはありませんわ」

リチャードは大声でいった。

「さっきまでは出て行くつもりは充分あったんだ。嫌がらせですよ、わたしへの」

「あなたらしい卑怯な考えかたださと！」とセアラは吐きだすようにいった。

「いい加減にしたまえ！」とリチャードも怒鳴り返した。

アンは頭を両手でかかえこんだ。

「わたし、もう我慢できないわ。二人とも、ねえ、よくって？　わたし、もうこれ以上……」

セアラが訴えるようにいった。

「お母さま……」

リチャードは怒った顔でアンの方に向き直った。

「だめですよ、アン、あなたの頭痛にもいい加減飽き飽きした。さあ、どっちかを選ぶんです。はっきりして下さい」

「お母さま」セアラはもう半狂乱だった。怯えきっている子どものようにアンにすがりついて、彼女は囁いた。「この人のいうことを聞かないで。お母さまをあたしと敵対させようとしているのよ。お母さま……お願いよ……」

頭をかかえたまま、アンは呟いた。

「わたし、もう本当に我慢できないわ。お帰りになって下さいな、リチャード」

「何ですって？」とリチャードは茫然とアンを見つめた。

「どうぞ、お帰りになって。わたしのことは忘れてください……どうにも……なりませんもの……」

ふたたび激怒がリチャードをとらえていた。彼は苦りきっていった。

「あなたには、自分が何をいっているのか、本当にわかっているんですか？」

アンは気もそぞろにいった。

「わたし、ただもう……落ち着きたいんですの……もう……これ以上、とても……」

セアラがふたたび囁くようにいった。

「お母さま……」

「アン……」リチャードの声には、信じられないといった苦しげな響きがあった。

アンは狂おしく叫んだ。

「だめですわ……もうだめなのよ、リチャード」

セアラはぱっと彼の方に向き直って、激しい、子どもっぽい口調で叫んだ。

「帰ってちょうだい！　あたしたち、あなたなんかには用がないのよ。聞こえて？　あなたなんかには用がないの、あたしたち……」

その勝ち誇った声音は、もしもひどく子どもじみていなかったとしたら、醜悪に聞こえたことだったろう。

セアラには何の注意も払わずに、リチャードはアンの顔をじっと見つめていた。

彼は静かにいった。

「本気なんですね？　行ってしまったら、もう二度と――もどってはきませんよ」

疲れきった声でアンはいった。

「わかっていますわ。どうにも――仕方のない――ことですから、リチャード、さようなら……」

彼はゆっくりと部屋から出て行った。

セアラはひと声、「お母さま！」と叫んで彼女の膝に顔を埋めた。

機械的にアンは片手で娘の頭をさすった。しかしその目は、たった今リチャードが姿を消した戸口に注がれていた。

玄関のドアがバタンと決定的な音をたててしまるのが聞こえた。

あの日、ヴィクトリア駅で胸を襲ったのと同じ、心の凍るような侘《わび》しさと何か荒涼たる思いをアンはひしひしと感じていた。

リチャードは今階段をおりている。中庭から通りに出て、そして……

彼女の生活から永久に遠ざかりつつあるのだった……

第二部

第一章

1

ローラ・ホイスタブルは空港バスの窓ごしに、見慣れたロンドンの街路をなつかしそうに眺めていた。王室委嘱の調査団の一員としてロンドンを留守にしていた彼女は、長期にわたる興味深い世界一周旅行の末に、今ようやくイギリスに帰りついたところだった。最後の目的地はアメリカで、ここでのスケジュールはきつかった。講演、司会、昼食会、晩餐会。親しい友人に会う暇もほとんどないほど、ぎっしりつまった日程だった。

それもようやく終わり、しばらくぶりに彼女は故国の土を踏んだのである。スーツケースの中にはメモや、統計表や、関係書類がぎっしりつまり、それをまとめて公《おおやけ》にするまでには、さらにいっそう多忙な日々が予想された。

ローラ・ホイスタブルは活力に富んだ、タフな女性だった。レジャーを楽しむよりは仕事に打ちこむ方にはるかに魅力を感ずるたちだったが、多くの婦人たちとは違って、彼女はこのことを自慢にしてはいなかった。仕事熱心は長所というより短所かもしれないと、彼女はおりおり人好きのする口調で述懐した。仕事は自分自身から逃避する有効な手だてだ。嘘偽りなく、またへりくだって、かつ満足して、自分自身と折りあって暮らして行くことこそ、真に調和ある人生を送る唯一の秘訣なのだから、こう彼女はいうのだった。

ローラ・ホイスタブルは一時にひとつことにしか集中しない女性だった。さまざまなニュースを長々と書いて友人たちに書き送るなどということはついぞせず、イギリスを留守にするときは、それこそ身も心もそっくり故国を遠く離れてしまうのだった。

女主人からたよりがないと少なからず心を傷つけられるであろう留守宅の使用人たちには、旅行先から良心的に極彩色の絵葉書を送った。けれども彼女の友人や、身内の人々はみな、ローラの消息を知るのは、帰国を告げる彼女自らの少ししゃがれた低い声を受話器の奥に聞くときだと心得ているのだった。

それからしばらく後にローラは居心地のよい、しかし男の部屋のように簡素なしつらえの居間を見回して、留守中に起こった一家内のささやかな出来事について述べたてるメイドのバセットの憂鬱そうな単調な声を聞き流しながら、やっぱりわが家はいいとしみじみ感じていた。

「ありがとう、いろいろ聞かせてくれて」とバセットをさがらせてから、ローラは大きな、古ぼけた革張りの肘掛椅子に深々と身を埋めた。サイド・テーブルの上には手紙や雑誌が山積みにされていたが、それには目もくれなかった。緊急を要するものは、有能な秘書がすでに処理してくれたはずだった。

ローラは葉巻に火をつけると、半眼を閉じて椅子に背をもたせかけた。

一つの時期が終わり、新たな一時期がはじまろうとしているのだった。

ローラ・ホイスタブルはいま、脳のエンジンをゆるめて、それが新しいリズムに乗るまでのしばしのくつろぎのときをすごしていた。同僚の委員たち。当面のさまざまな問題。臆測や見解。アメリカ人の国民性。アメリカの友人たち……それらはみな静かに、しかし確実に背後に退き、影のようにぼやけつつあった……

ロンドン。彼女が会わなければならない人々。悩まそうと思うお偉方。あの手この手で責めたてるであろう閣僚たち。取ろうと思う現実的方策。書かねばならぬ報告書……すべてがはっきりと彼女の頭に畳みこまれていた。予想される闘争。煩雑な毎日の仕事。

しかし、そうした生活にとびこむ前に、ひとときの空白期間があった。それは故国での生活にふたたび落ち着くために必要な、しばしの小休止であった。個人的な友誼を暖めるべきとき。私的な楽しみにふけるとき。友だちに会ったり、その悩みや喜びにふたたび関心を持ち、気に入りの場所を訪ね、みやげものを分配し……こんなことを次から次へと考えているうちに、ローラのいかつい顔はふと和らぎ、微笑がひろがった。いくつかの名前が頭に浮かんだ。シャーロット——デヴィッド青年、ジェラルディンとその子どもたち——ウォルター・エムリン老人——アンとセアラ、パークス教授……

わたしがイギリスを離れてから、みんな変わりはないかしら？

サセックスのジェラルディンのところに行ってみよう——できればたぶんあさって。電話に手を伸ばし、通じるとすぐ日時を決めた。次にパークス教授。教授は盲目で、耳もよく聞こえなかったが、健康状態は上々らしく、意気さかんだった。長年の友人であるローラと激論を戦わせようとうずうずしているのがその声音からわかった。

次にローラが回したのは、アン・プレンティスの番号だった。

イーディスが電話に出た。

「まあ、びっくりいたしましたよ。ずいぶん長いことお留守でいらっしゃいましたね。新聞の記事でご消息を知りましたが。一、二カ月前のことでございます。いえ、それが——奥さまは今お留守でして。あいすみませんでございます。近ごろは夜分はほとんどお出かけで。はい、セアラさまも。お電話をいただいたことや、ロンドンにおもどりになったことは、たしかにお伝えいたしておきます」

もどったからこそ、電話ができたんじゃないのと揚げ足をとりたくなるのをこらえて、ローラは受話器をかけると、次の番号を回した。

出てきた相手と久闊《きゅうかつ》を叙し、会う約束をしながらもローラ・ホイスタブルは何か心にひっかかることがあるのを感じていた。後でゆっくり考えてみよう、こう思って彼女はそのちょっとした気がかりをそっと胸の奥にしまったのだった。

彼女の分析的な頭脳がこのことについてあれこれと考えはじめたのは、その夜、床にはいってからだった。イーディスのいったことがどうして意外な感じを与えたのだろうか？　すぐには思い当たらなかったが、しばらくして彼女ははっと悟った。「近ごろ、奥さまは夜分はほとんどいつもお出かけで」――イーディスはこういった。

ローラは眉をしかめた。とするとアンは、日常的な習慣の面でずいぶん変わったに違いない。セアラが毎晩遊んで歩いてもふしぎはないだろう。しかしアンは物静かなタイプで――ときどき外で誰かと夕食をしたり――映画に行ったり――芝居に行ったり――ということはあったが、毎晩外出するということは考えられなかった。

ベッドに横たわったまま、ローラ・ホイスタブルはアン・プレンティスについてあれこれと思いめぐらした。

2

デーム・ローラがアン・プレンティスのフラットの呼鈴を押したのは、それから二週間後のことだった。

ドアをあけたイーディスの気むずかしげな顔は、客を見てほんのかすかながら明るくなった。うれしかったのだろう。

彼女は脇によけてデーム・ローラを招じいれた。

「奥さまは今お出かけの支度をしていらっしゃいますが、もちろんお目にかかりたいとお思いでしょうとも」

客を居間に案内すると、イーディスの足音は廊下づたいにずしんずしんとアンの寝室の方へと遠ざかった。

ローラは少し驚いた表情で部屋の中を見回した。まるで変わってしまった。同じ部屋とは思えないくらいだ。一瞬、別な家にきたのではないかと馬鹿げたことまで考えかけたほどだった。

もとの家具も二つ三つは残っているが、一隅に大きなカクテル・バーがしつらえられているのがまず目についた。部屋全体がフランス帝政時代風の現代的な飾りつけで、窓にはスマートな縞模様のサテンのカーテンがかかり、あちこちに金メッキがギラギラしていた。壁にかかっている絵も当世風のもので、誰かの居室というよりは、芝居のセットのような感じだった。

イーディスが顔を覗かせていった。

「奥さまはすぐおいでになります」

「ここはまるで様子が変わってしまったのね」とデーム・ローラは手を大きく振り回していった。

「たいそうなものいりでございましてね」とイーディスが非難がましくいった。「妙な風体の若い男が二人ばかりやってきて、おおかたの宰領をしましたんです。そんなに手がかかっているなんて信じられませんが」

「それだけのことはあるわ。なかなか凝ってるじゃありませんか」

「安ぴか物でございますよ」とイーディスは鼻を鳴らした。

「時勢が変わっているんだからね、イーディス。セアラは大喜びしたでしょう？」

「いいえ、それがセアラさまのご趣味じゃございませんのですよ。セアラさまは、見慣れたものを変えられるのがお嫌いでして、昔からそうでした。ソファーの向きがちょっと変わっても、文句をおっしゃったのを、あなたさまも覚えていらっしゃいましょう？　奥さまなんでございますよ、模様替えに夢中におなりになったのは」

デーム・ローラは少し眉をあげた。そうとすると、アン・プレンティス自身もだいぶ変わったに違いないとふたたび彼女は思った。そのとき廊下にせかせかと足音が響いたと思うと、当のアンが両手を差し伸べながら駆けこんできた。

「しばらくね、ローラ、よくきて下さったわ。とてもお目にかかりたかったのよ」こういいながら、いかにも忙しげに形ばかりのキスをした彼女を、ローラは少々びっくりして見つめたのだった。

なるほど、アン・プレンティスはたしかに二年前の彼女ではなかった。白髪の一筋二筋まじった柔らかい朽葉色の髪の毛は今はどぎつい色に染められて、流行の最尖端といえるようなひどく変わったスタイルに刈りあげられていた。眉毛は抜かれ、念入りな化粧を施した顔は別人のようだったし、ばかに大きな宝石をごたごたとつけた短いカクテルドレスをまとった身のこなしは何となく落ち着きがなく、わざとらしかった。その様子こそ何よりもローラに、アンに生じた意味深長な変化を印象づけたのだった。彼女がかつて知っていたアン・プレンティスは、いかにもおとなしやかな、ゆったりとした物腰が魅力的だったのに。

アンはたてつづけにしゃべりまくりながら部屋の中をあちこちと歩きまわっていた。落ち着かぬ様子で置物をいじくり、返事も待たずに次から次へと話し続けるのだった。

「ずいぶん久しぶりねえ――本当に長いこと会わなかったわ――もちろん、あなたのことはときどき新聞で読んだけれど。インドはどうだった？　アメリカではたいへんな歓迎攻めだったようね。ご馳走をたくさん召しあがったんでしょ？　ビフテキとか、いろいろ。いつお帰りになったの？」

「二週間前に。電話をしたんだけど、あなたは留守だったわ。イーディスはあなたにいわなかったらしいわね」

「イーディスもかわいそうに、以前と違って物忘れがひどいのよ。でも、たぶん、その伝言は聞いたと思うわ。すぐ電話するつもりだったんだけど――ついね」とくすりと笑った。「目がまわりそうに気忙しくて」

「あなた、以前はそんなふうじゃなかったわね？」

「そうかしら？」とアンはぼんやりいった。「この節じゃ追いかけられるように忙しく暮らすのも、まあ、仕方のないことなんでしょうね。何かお飲みになる？　ライムのジンでも？」

「いいえ、ありがとう。わたしはカクテルは飲まないことにしているの」

「そうそう、あなたはもっぱらブランデー・ソーダだったわね。じゃあ、これ」とブランデー・ソーダを作って渡し、バーのところにもどって自分の分を作りにかかった。

「セアラは元気？」

アンは曖昧にいった。

「ええ、とても。元気で賑やかにやってるわ。もっともこのごろはめったに顔を合わせないわ。あら、ジンはどこかしら？　イーディス！　イーディス！」

入ってきたイーディスをアンはきめつけた。「ジンがちっともないじゃないの？」

「届いていないんですよ」

「予備に一本余計に置いておくようにって、わたし、いったはずよ。いやになっちゃうわねえ！　お酒はいろいろ取り揃えておくように気をつけてくれなくっちゃ、困るわ」

「お酒ならいくらもございますよ」とイーディスはいった。「これでも充分過ぎるほどだとわたしは思いますけれど」

「口答えはたくさんよ、イーディス」とアンは怒ったようにいった。「とにかく、ジンがないなら、少し買ってきてもらいたいわ」

「今すぐにですか？」

「そう、今すぐに」

渋い顔でイーディスがひきさがると、アンはぷりぷりした口調でいった。

「何でもかたっぱしから忘れるのよ、イーディスは。しょうがないったら！」

「まあまあ、そう興奮するのはおよしなさいよ。ここへきて坐って、あなたの近況をすっかり聞かせてちょうだい」

「べつに話すようなこともないのよ」とアンは笑った。

「アン、あなた、出かけるところだったんじゃない？　わたしがきたんで、出にくくなったんじゃないかしら？」

「いいえ、ボーイフレンドが迎えにくることになっているの」

「ボーイフレンドって、あのグラント大佐？」とローラは微笑しながら訊いた。

「ジェームズですって？　いいえ、とんでもない。あの人とはもう、ほとんど会っていないわ」

「どうして？」

「ああいったお爺さんたち、みんなひどく退屈なんですもの。ジェームズは、たしかにいい人よ——でも面白くもない長話をするでしょう……我慢できなくって」とアンは肩をそびやかした。「不人情かしらね、こんないいかた。でも本当なのよ」

「セアラのことをまだ訊かなかったわ。セアラにはボーイフレンドがいて？」

「ええ、たくさん。ありがたいことにとても人気があるのよ、あの子は……もてない娘を持っている母親なんて、どうしようもないけど」

「でも、セアラはとくに誰が好きってこともないのね？」

「さあ、よくはわからないけど。このごろの女の子って、母親には何もいわないから」

「あのジェラルド・ロイドはどうして？　あなた、だいぶ気を揉んでいたじゃないの？」

「ああ、あの人は南米かどこかへ行ってしまったわ。あのことはすっかりかたづいたのよ、ありがたいことに。でもそんなことをあなたがまだ覚えているなんてねえ！」

「セアラのことはいろいろと覚えているわ、わたし、あの子が大好きだから」

「あなたって、やさしいのねえ。でもセアラのことはご心配なく。あの子はひどく自分勝手だし、いろいろと癪に障ることもあるけど、でもたぶん――あの年ごろには仕方ないんでしょうね、きっと。そのうち、帰ってきますわ。あの子が帰ってきたら――」

電話が鳴った。アンは話を中断して受話器を取った。

「もしもし……ああ、あなただったの。ええ、もちろんよ、大喜びだわ……そう、でもちょっと手帳を見るわ……あら、どこに置いたのかしら？　いやになっちゃう、見つからないのよ。ええ、大丈夫よ……じゃあ、木曜日にね、そう、〈小猫亭〉で……ええ、本当におかしかったわね、あのときは……ジョニーったら、まるで正体もなくなって……そりゃ誰もかれも少しは酔っていたけど……そうよ、あなたのいうとおりだわ……」

受話器を置くと、アンはローラに向かって満足げな声音で、しかしうわべはいかにも不服らしくいった。

「まったくうるさいわね、電話って！　一日中、鳴りづめよ」

「このごろはみんな電話で用を足すからね」とローラ・ホイスタブルは素っ気なくいって、それからふと付け加えた。「あなた、なかなか陽気にやっているようね、アン？」

「だって、植物みたいな暮らしかたをしてもいられないでしょ？　あら、セアラが帰ってきたようね」

ホールでセアラの声がした。

「どなた、お客さまは？　まあ、デーム・ローラですって？　うれしいわ！」

次の瞬間、ぱっとドアがあいて、セアラが居間に入ってきた。その美しさに、デーム・ローラは息を呑んだ。かつての、子馬のようなぎすぎすしたぎごちなさはまったくなくなり、セアラは今やまれに見る美貌と水際だったスタイルの、実に魅力的な女性に成長していた。

名親のデーム・ローラの姿を見出して、セアラはぱっとうれしげに顔を輝かし、暖かく彼女にキスをした。

「ローラ、なんてうれしいんでしょう。その帽子、とてもお似合いよ。まるで女王さまか、そうね、チロルの戦士みたい」

「この子ったら、生意気いうものじゃないわ」とローラはにっこりした。

「いいえ、本当よ。あなたはどう見てもただものじゃなくてよ」

「あなたはセアラ、とてもすてきな女性になったわね」

「あら、お化粧をしているからよ、いろいろと高い化粧品を使って」

このときまた電話が鳴りだしたので、セアラが受話器を取った。

「もしもし、どなたですか？　ええ、ここにいますわ。お母さま、電話よ。あいかわらずお母さまにばかりね」

アンに受話器を渡すと、セアラはローラの椅子の肘掛けに腰をおろした。

「一日中本当に鳴りづめなの、この電話。それがみんなお母さまにかかってくるのよ」

アンはきんきんした声でいった。

「少し静かにしてちょうだいったら、セアラ、ちっとも聞こえないじゃないの！　もしもし……ええ、そう、でも来週はずっとふさがっているの……ちょっと手帳を見るわ」

と振り返ってセアラにいった。「セアラ、わたしの手帳を見つけてきてくれない？ベッドの脇にあると思うわ……」セアラが部屋から出て行くと、アンは電話に向かってしゃべり続けた。「もちろん、わかるわ、あなたのいう意味は……そういうことって、本当におそろしく退屈よね……ああ、そうなの？……わたしはよくてよ、エドワードが一緒に行ってくれるし……ただわたし……ああ、手帳が見つかったわ……ええ……」とセアラの手から手帳を取ってぱらぱらと繰った。「金曜はだめだわ……そう、その後でなら……じゃあ、ラムリー・スミスの家で会いましょう……そうよ、あの人、根っから間が抜けているけどね……」

電話を切ると、アンは声高にいった。

「まったくうんざりね、電話なんて。うるさくて、わたし、気でもおかしくなりそうよ……」

「そんなことといって、お母さまは本当は電話がなくっちゃ、夜も日も明けないんじゃない？　あちこちと出歩くのも大好きだし」といってローラを振り返り、セアラはいった。「ねえ、あの新しい髪形のせいで、お母さま、ものすごくスマートに見えるでしょう？ずっと若がえって見えやしない？」

アンはわざとらしく笑った。

「セアラはね、わたしを中年のおばさまという境地に落ち着かせたくないらしいの」

「あら、お母さまじゃない、陽気にやるのが好きなのは？　ねえ、ローラ、お母さまったら、あたしよりもよっぽどたくさんボーイフレンドがいるのよ。このごろは夜明け前に家へ帰ることなんて、ほとんどないくらい」

「馬鹿なこと、いわないでよ、セアラ」とアンは受け流した。

「今日は誰とお出かけ？　ジョニー？」

「いいえ、バズルよ」

「まあ、あの人、あたしよりお母さまの方にご執心なのね。でもバズルはデートの相手としてはちょっとねえ」

「何を下らないことをいってるの？」とアンは鋭い口調でいった。「とても愉快な人じゃないの。ところであなたはどうするの、セアラ？　出かけるんでしょう？」

「ええ、ロレンスがきてくれることになっているの。そうだわ、急いで着替えをしなくちゃ」

「じゃあ、早くなさいな。それから、セアラ、セアラったら！　ここを散らかしっぱなしにしておかないでちょうだい。毛皮のショールや手袋や。グラスも、そんなところに置いておくと割れてしまうわ」

「わかったわ。そんなにうるさくいわなくてもいいのに」

「誰かがうるさくいわなくっちゃ。あなたときたら、何でも出しっぱなしなんだから。本当にときどきわたし、自分でもどうして我慢していられるのか、ふしぎなくらいよ！さあさあ、みんな自分の部屋へ持って行ってちょうだい！」

セアラが出て行くと、アンはうんざりしたように溜息をついた。

「女の子って、まったく頭にくるわ。セアラがどんなにわたしの癇にさわるか、あなたにはとてもわからないでしょうよ、ローラ」

ローラはちらりと横目でアンの顔を見た。

アンの声音に、いかにも不機嫌な、いらいらしたものが感じられたからだった。

「そんなにせわしそうに出たり入ったりして、あなた、疲れないの？」

「もちろん、疲れるわ――へとへとになるわ。でも、せめても楽しくやらなくっちゃ、生きている甲斐があって？」

「以前のあなたは、ひとりで楽しむ手だてにこと欠かなかったのにね」

「じっと坐ってためになる本を読んだり、トレイに載せた食事をベッドに運んでもらったり？　人生にはそういった退屈な時期もあるけれど、わたしは今、息つぎをしているの。そういえばローラ、あなただったわね、新しい飛躍なんて言葉を使ったのは？　あなたの予言のとおりになって満足じゃないこと？」

「べつに社交的になれといったつもりもなかったんだけれど」

「もちろんよ。何か価値のある目的を持てっていったんでしょう？　でもね、みんながみんな、あなたのような名士になれるわけではないのよ。誰もが科学の方面で頭角を現わしたり、人生に対して真摯《しんし》な態度をとるということはあり得ないんだから。わたしは陽気に暮らすのが好き」

「セアラはどういうことが好きなの？　やっぱり面白おかしくやること？　近ごろはどうなの？　幸せなのかしら？」

「きまっているじゃありませんか。せいいっぱい楽しくやってるわ」

アンは軽い口調で無造作にいってのけたのだが、ローラ・ホイスタブルは眉を曇らせた。部屋から出て行ったセアラの顔に、一瞬いかにもやるせなげな表情が浮かんでいるのを見てとって心を痛めたのだった。一瞬まるで微笑の仮面が剝げ落ちて――その下に不安と、何か苦痛に似たものがちらりと覗いたように、ローラは思ったのだった。

セアラは本当に幸せなんだろうか？　アンはそう思っているらしいが。母親の彼女がそう思うのなら、心配することはないのだろう。

〝馬鹿げた想像をするものじゃないわ〟とローラ・ホイスタブルは厳しく自分にいって

聞かせた。

　けれどもその不安と動揺は打ち消しがたいものだった。このアパートの雰囲気にはどことなく尋常でないものが感じられる。アン、セアラ、イーディスですらも——それを意識している。それぞれが何か隠しているのだ。イーディスの苦りきった顔、アンのそわそわとした落ち着きのなさと、神経質な、わざとらしい態度。セアラの一見平静な、しかし、実はきわめて脆《もろ》いものの感じられる、あのポーズ……どこかで何かが間違っている。

　呼鈴が鳴った。イーディスがさっきよりいっそう苦りきった顔で、モーブレーさまがお見えになったと告げた。

　そしてモーブレー氏が部屋にとびこんできたのだった。とびこんできた——まさにそのとおりだった。何かきらびやかな色の昆虫が目の前をかすめたような感じで。デーム・ローラはこの男がオズリック（『ハムレット』に登場する、愚かしく流行を追いかける気取った宮廷人）を演じたらうってつけだろうと考えた。まだごく若いのに、その物腰はいかにも気取っていた。

「アン！　やあ、例のドレスを着ているんですね。うーん、じつにいいなあ！」

　立ちどまって首をかしげながら、感に堪えないようにアンの服を鑑賞しているモーブレー氏を、アンはローラにひきあわせた。

くだんの紳士は興奮したような叫び声を発して、つかつかと進み出た。

「カメオのブローチをつけておいでですね。何とすばらしい！　ぼくはカメオには目がないんでして。いや、とりつかれているとでもいうべきかな」

「バズルはヴィクトリア朝風のアクセサリーに目下熱をあげているのよ」とアンが説明した。

「想像力というものを持っていたんでしょうね、ああいう装身具を作った連中は。ロケットひとつにしても、たまらなくいい。二人の人間の髪の毛を付け巻き毛とか、しだれ柳、壺なんぞの形に編みあげる。近ごろじゃ、ああいったこまかい細工ものはできなくなりましたね。失われた芸術っていうんでしょうか。蠟細工の花——ぼくはあれにも夢中なんですよ——それから混凝紙《パピエ・マシエ》で作った小さなテーブル。アン、あなたにもいっぺん、そういった逸品のテーブルを見せに連れて行ってあげますよ。じつにいいんだなあ。蓋をあけるとひどく凝った茶筒なんかまではいっていましてね。ばかげた値段だけど、それだけのことはありますからねえ」

ローラ・ホイスタブルがこのおしゃべりの流れの中に口をはさんだ。

「わたし、そろそろ失礼しなくっちゃね。あなたがた、お出かけの予定なら、出かけて下さって結構よ」

「まだいいんじゃなくて？　セアラと少し話していらしてよ。ろくに顔も見ていらっしゃらないでしょう？　ロレンス・スティーンがくるまでにはまだ間がありそうだし」

「スティーン？　ロレンス・スティーンのこと？」とデーム・ローラは聞き咎めた。

「ええ、サー・ハリー・スティーンの息子さんよ。そりゃあ、すてきな人」

「へえ、あの男のことをすてきだと思われるんですか、あなたは？」とバズルが口をはさんだ。「あの男を見ていると、ぼくは何かこうメロドラマティックな感じを受けるんですがね、俗悪なメロドラマみたいな。ところがご婦人がたは揃いも揃ってあの男をもてはやされるんですねえ」

「お金は唸るほど持ってるっていうわね？」とアンがいった。

「そう、それはたしかですよ。金持ちってやつはおよそ魅力なんてものとは縁遠い連中ばかりなんだが、あの男は例外だ。金と魅力とふたつながら持っている。何とも不公平な話ですよ」

「さあ、わたしたち、もう出かけた方がよさそうね」とアンがいった。「いずれお電話するわね、ローラ。そのうちゆっくりおしゃべりをしましょうよ」

どことなくわざとらしい態度でローラにキスをして、アンはモーブレー氏と連れだって出て行った。

ホールでバズルがこういっているのが聞こえた。

「すばらしい時代ものですよね、あのおばさまは——にこりともしないところがいいなあ。どうしてぼくはこれまで拝顔の栄に浴さなかったのかしら？」
二、三分後にセアラが居間に駆けこんできた。
「早かったでしょう？　大急ぎで着替えをしたの。お化粧なんか、ろくにしなかったのよ」

「とてもきれいなドレスねえ、セアラ」

セアラはくるっと回って見せた。美しい体の線を目立たせる、ぴったりした仕立の、緑がかった薄青いサテンの服だった。

「いいとお思いになる？　物凄くかかったのよ、このドレス。お母さまはどこ？　バズルと出かけたの？　あの人、こっちが恥ずかしくなるほど、きざでしょ？　でもあれでなかなか面白いのよ、ちょっとひねくれたことをいったりして。ただおばさま趣味っていうのか、年上の女の人たちにつきまとう癖があってね」

「その方が割があうのかもしれないわね」とデーム・ローラはいってのけた。

「皮肉なのねえ、ローラ。それに当たってるわ、おそろしいほど。だけど考えてみればお母さまだって、少しは面白い目も見なくっちゃ、気の毒でしょう？　彼女、目下お楽しみ中なの。それにまだまだ捨てがたい魅力の持ちぬしだしね。年をとるって、とっても恐ろしいことなんでしょうねえ！」

「それどころか、なかなかいいものよ」とローラはいった。

「あなたは特別だわ——でも誰もが名士になるわけにはいかないんですもの。これまでずっと何をしてらしたの？　ずいぶん長いこと、お会いしなかったわね」

「えらそうなことをいってまわってたのよ——ほかの人の生活に首を突っこんで、わたしのいったとおりにすれば気楽に、楽しく、幸せいっぱいに暮らせるなんて、嘘八百を並べてね。つまり鼻もちならない図々しさで、まわりの人をうんざりさせてたってわけ」

セアラは愛情をこめて笑った。

「ねえ、あたしの生活についても助言して下さる？」

「そんな必要があって？」

「そうね、あたし、あまり賢い生き方をしているとも思えないから」

「何か気になることがあるの？」

「別に……結構楽しく暮らしているわ。ただね、このあたりで何か始めた方がいいんじゃないかと思って」

「たとえば？」

セアラは曖昧にいった。

「さあ、わからないけど、とにかく真剣に何か始めるのよ。特定の訓練を受けるの。考古学、速記、タイプ、マッサージ、建築……」

「ずいぶん範囲が広いのね。あなた自身がとくにやりたいことって、何かないの？」

「ううん――そうねえ――ないと思うわ……今の花屋の仕事だって悪かないけど、ちょっと飽きてきたの。自分でも本当に何がしたいのか、わからないのよ……」

こう呟きながらセアラは部屋の中をぶらぶらと歩きまわりはじめた。

「結婚する気はないの？」

「結婚？」とセアラは顔を思いきりしかめた。「結婚なんて、失敗例ばかり多いんじゃない？」

「そうとも限らないわ」

「あたしの友だちにも結婚した人が幾人かいるけれど、たいていはもう別れちゃったみたい。最初の一、二年はいいけど、その後よ、問題は。お金持ちが相手なら、それはそれでいいんでしょうけれど」

「というのがあなたの結婚観なの？」

「だって、ほかにどう考えようがあって？　恋愛も悪くないけど――一面ではね――でも結局は」とセアラは臆面もなくいうのだった。「性的魅力でしょう、ものをいうのは。長続きするわけはないわ」

「ははん、教科書みたいに何でもよくわかっているようね」とデーム・ローラは無表情にいった。

「だって、そのとおりでしょう？」

「まったくよ」とローラは言下に答えた。

セアラはちょっとがっかりしたような顔をしたが、「つまり、せいぜい誰か――本当にお金のある人をつかまえて結婚するほかないってことね」といった。

ローラ・ホイスタブルはかすかに唇をゆがめた。

「それだって長続きするとは限らないわね」

「そうよ、近ごろじゃ、お金の価値だって当てにできないんですもの」

「わたしがいうのはそういう意味じゃないのよ。自由に使えるお金があるっていうのも、それこそ性的魅力みたいなもので、そのうちには慣れっこになって新しみが薄れてしまうわ。お金に限ったことじゃないけれど」

「あたしは飽きたりなんかしないわ」とセアラは断言した。「うっとりとするようなすてきな服……毛皮……宝石……ヨット」

「あなたはまだ子どもなのねえ、セアラ」

「どういたしまして。あたし、このごろときどき、ひどく年をとったような気がするくらいよ。この世の中に幻滅して」

「へえ?」セアラの若々しい、愛らしい、一途な顔を見守りながら、デーム・ローラは思わず微笑を浮かべた。

「あたし、今真剣に考えてるの。何とかこの家を出なければって」とセアラはだしぬけにいった。「仕事につくなり、結婚するなり、とにかく家を出た方がいいと思うのよ。あたしがいると、お母さまの神経にひどく障るんですもの。やさしくしようと思うんだけど、なぜだか、思うようにいかないの。たぶんあたしって、扱いにくい娘なんでしょうね。人生っておかしいのね、ローラ、何もかも楽しいことずくめで面白おかしく暮らしていると、たちまちすべてが一変して、することなすことうまくいかないような気がしてくる、自分がどこにいるのか、何をしたいのかということさえわからなくなる。打ち明け話をする相手もいない。ときどきあたし、何かに怯えているような、妙な気持ちになるの。なぜ怖がっているのか、何を怖がっているのか、それすらはっきりしないんだけれど……ただ——むしょうに怖いの。精神分析でもしてもらうべきなのかしら」

玄関のベルが鳴った。セアラはぱっと立ちあがった。

「ロレンスだわ！」

「ロレンス・スティーン？」とローラは鋭い口調で訊ねた。

「ええ。ご存じ？」

「噂だけはね」といったローラの口調は苦々しげだった。

セアラは笑った。

「どうせ、芳しくない噂でしょう？」

このときドアがあいて、イーディスが「スティーンさまがお見えです」と告げた。

ロレンス・スティーンは黒い髪の背の高い男だった。年のころは四十前後だろう。年齢相応に見えた。いっぷう変わった目をほとんど眼瞼《まぶた》に覆い隠されているといった感じに細め、何かの動物のようにしなやかな、しかし、ものうげな挙措が目についた。女がすぐにその存在を意識せずにいられないたぐいの男だった。

「こんにちは、ロレンス」とセアラが声をかけた。「ロレンス・スティーンよ、ローラ。こちらはあたしの名親のデーム・ローラ・ホイスタブル」

ロレンス・スティーンはつかつかと歩みよってデーム・ローラの手を取った。少し芝居がかった物腰で、彼はその手の上に身をかがめた。相手を揶揄《やゆ》しているのかとさえ思われるような態度だった。

「お目にかかれて光栄に存じます」とスティーンはいった。

「ね、ローラ」と傍らからセアラがいった。「あなたって本当にやんごとないお方みたいなものなんだわ。デームに叙せられるって、さぞいい気持ちでしょうねえ。あたしもなれるかしら？」

「そんなことはまずないだろうね」とロレンスがいった。

「あら、どうして？」

「あなたの才能は別な方面にあるからだよ」

こういってロレンスは、デーム・ローラの方に向き直った。

「つい昨日、あなたのお書きになった論説を読みました。《コメンテイター》に寄稿なさったものです」

「ああ、あれ。『結婚の安定性について』っていう」

ロレンスは低い声でいった。

「あなたは結婚の安定性は誰もが願うものだときめておいでのようですが、ぼくにいわせれば、近ごろでは結婚の最大の魅力はその一時性にあるんでしてね」

「ロレンスは何べんも結婚したことがあるのよ」とセアラがいたずらっぽくいった。

「たった三回だよ、セアラ」

「おやおや」とデーム・ローラは答えた。「お嫁さんを次から次へと浴槽で殺してしまった、なんていうんじゃないでしょうね？」

「家庭裁判所で解消したのよ。殺すより、ずっと簡便だわ」とセアラがいった。

「残念なことに、格段に高くついたがね」とロレンスはうそぶいた。

「たしか、あなたの二人目の奥さんを子どもの時分に知っていたと思うんですけどね」とローラがいった。「モイラ・デナム、そうでしょう？」

「ええ、そのとおりです」

「かわいい子でしたがねえ」

「まったくです。かわいい女でした。ひどくうぶで」

「うぶも結構だけれど、とかく高い代価を払わされますねえ」こういってローラは立ちあがった。「さあ、失礼しようかしら」

「よかったら、いっしょに乗っていらっしゃらない？　途中でおろしてあげるけれど」とセアラがいった。

「ありがとう。いいのよ。せっせと歩きたいような気分だからね。じゃあ、さようなら、セアラ」

勢いよくドアをしめて、ローラは立ち去った。

「はっきりお気に召さなかったらしいね、ぼくという男が」とロレンスはいった。「きみによくない感化を及ぼしているからね。もっともあのイーディスなんぞ、ぼくを案内するときには、竜《ドラゴン》よろしく、鼻から火を噴かんばかりだが」

「しっ、聞こえるわ」

「アパートというやつはこれだから困る。プライバシーがまったくないんだから」

こういいながら、ロレンスはぐっとセアラに近よっていた。セアラは彼から少し身を引き離して、はすっぱにいった。

「そうよ、アパートにはプライバシーはないわ。鉛管も音を立てるくらいですもの」

「きみのお母さんは今夜はどこへ行ったの？」

「外で食事をするとかって」

「ぼくの知っている中で一番賢明な女性だよ、お母さんは」

「どういう意味で？」

「けっして干渉しないからさ。そうだろう？」

「ええ——そうね……」

「そこが賢明な所以さ……さ、出かけようか」一歩後ろにさがってつくづくとセアラの顔を打ち眺めてロレンスはいった。「今夜のきみはとくに水際だった美しさだ。今夜にふさわしく」

「今夜がどうかしたの？　何か特別なことでもあるの？」

「お祝いだよ。何のお祝いかって、そのことは後で話す」

第二章

数時間後、セアラはロレンスに向かって同じ質問を繰り返していた。

二人はロンドン有数の贅沢《ぜいたく》なナイトクラブの、何となく煙ったように薄暗い一隅に坐っていた。やたらと混みあい、換気装置も不完全で、ほかのナイトクラブととりたててどこが違うというわけでもないのに、目下人気絶頂の娯楽場だった。

「何のお祝いなの？」とセアラは最前の話題を一、二度蒸し返そうとしたのだが、そのつどスティーンに軽く受け流されていた。スティーンという男は女の好奇心をそそりたてるのにひどく妙を得ていたのである。

煙草をくゆらしながらあたりを見回して、セアラはいった。

「うちのお母さまの友だちの堅苦しいおじさまやおばさまは、こんな場所にあたしが出入りするのを許すなんてもってのほかだと思っているのよ」

「それも、ぼくのような男と一緒なんだからますますもってけしからんというわけだ」

セアラは笑っていった。

「なぜ、あなたは危険人物ということになっているの、ラリー？　純真無垢な娘をかたっぱしから誘惑するから？」

ロレンスはわざとらしく身震いしていった。

「そんな野暮くさいことはしないよ」

「だったら何をするの？」

「新聞記者のいういかがわしい乱痴気騒ぎに一役買っているということらしいね」

セアラは率直にいった。

「あなたが妙なパーティーを主催するって話は聞いてるわ」

「そんないいかたをするやつもいるだろうね。ひと口でいえば、ぼくは世間の慣習を無視するたちの人間なんだよ。新奇なことを実験するだけの勇気さえもっていれば、人生はいろいろな形で楽しめるものさ」

セアラは勢いこんでいった。

「あたしもそう思うわ」

スティーンは言葉を続けた。

「若い女の子なんて、本当はぼくの趣味じゃないんだ。ふわふわした、幼稚な、阿呆な連中ばかりだからね。しかし、きみは違う、セアラ、きみには勇気と炎がある――燃えさかる、正真正銘の炎がね」愛撫するようにゆっくりとセアラの全身に目を走らせて、彼はまたいった。「それに、きみはじつに美しい肢体をもっている。官能を楽しみ、味わい、感じることができる人だ……きみにはまだ自分にひそんでいる可能性がわかっていないんだよ」

その言葉に答えるように彼女を内から動かした衝動を隠そうとして、セアラはわざと軽い口調でいった。

「それは殺し文句だわ、ラリー。いつでも成功するんでしょうね、その手で」

「セアラ――たいていの女の子は退屈だよ、やりきれないくらい。しかし、きみは違う。だから――」とグラスを彼女のそれに近づけていった。「お祝いをしようというわけだ」

「でも――何のお祝い？　なぜ、そんなに秘密めかしたいいかたをするの？」

ロレンスは微笑した。

「秘密じゃあないさ。それどころか、しごく簡単明瞭だ。ぼくの離婚が今日正式に認められたんだよ」

「そう――」とセアラはびっくりしたようにいった。スティーンはその顔にじっと目を注いでいた。

「これで万事やりやすくなる。きみは——このことについてどう思う、セアラ？」

「このことって？」

スティーンは急に妙に荒々しい口調になっていった。

「目をぱちくりさせて無邪気な顔をしてみせてもだめだ、セアラ。きみだって——ぼくがきみを欲しがっていることくらい、よく知っているはずだ。それもかなり前からね」

セアラは目をそらしたが、その胸は喜びに高鳴っていた。ラリーには女をわくわくさせるものがあった。

「だけどあなたって、たいていの女の人に魅力を感じるんじゃなくて？」と彼女はさらりといった。

「このごろじゃ、そんな女は数えるほどしかいないよ。目下のところは——きみだけだ」彼はちょっと言葉を切って、それから静かな、ほとんどさりげない声音でいった。

「きみはぼくと結婚するんだよ、セアラ」

「あたし、結婚なんてしたくないの。それにあなただってせっかく自由の身になるんですもの。そんなにすぐ束縛されるのはまっぴらじゃなくて？」

「自由なんて、幻想に過ぎないよ」

「あなたにはあまり立派な求妻広告は書けそうにないわね。前の奥さまなんか、ずいぶん悲しい思いをなさったんじゃないこと？」

　ロレンスは平然といった。

「一緒に暮らした二カ月の間、ほとんど泣きの涙だったよ」

「あなたを愛していらしたからでしょう？」

「そうらしいね。当初からお話にもならないくらい馬鹿な女だった」

「だったらなぜ、結婚したの？」

「中世初期のマドンナ像にそっくりだったからさ。ぼくが好きな時代でね。しかし、芸術品てやつは、家に置くと飽きがくるものだからね」

「冷酷なのねえ、ラリー、あなたって」とセアラは半ば反発を感じながらも、そんな彼に知らず知らずひきつけられていた。

「しかし、まさにぼくのそういうところが好きなんじゃないかなあ、きみは？　善良で、実のある、品行方正な夫というタイプだったら、はじめっから洟《はな》もひっかけやしないだろう」

「あなたは、まあ、隠しだてをしないだけましね」

「きみは平凡きわまる、退屈な生活をしたいのかい、セアラ？　危険を承知で思いきって生きてみる気はないの?」

セアラはそれには答えずに、皿の上の小さなパンきれをぐるっと指で押しまわして、やおらいった。

「あなたの二度目の奥さん――モイラ・デナムって人――デーム・ローラがさっきいった――その人はどんなふうだったの?」

「デーム・ローラに聞いた方が早いね」とにやりと笑い、「きっとくわしく話してくれるだろうよ。かわいらしい純真無垢な娘――その柔らかい心を踏みにじったのがこのぼくだったというわけさ――ロマンティックないいかたをすればね」

「奥さんにはちょっとした脅威なんだわ、あなたのようなご主人はきっと」

「最初の妻の場合は、報われぬ愛に絶望したなんていうんじゃなかったよ。背徳者とは暮らせないというのが離婚の理由だったからね。高いモラルを持った女だった。実際、セアラ、女はありのままの夫じゃ、けっして満足しないんだよ。夫にいわば別人のようになってほしいんだな。だが少なくとも、ぼくが自分の本当の性格をきみから隠していないということだけは認めてくれるだろうね。ぼくは危険な生きかたが好きだ。禁じられた快楽に憧れる。高い道徳的水準なんてものはまったく持ちあわせていない。本当の自分を偽ろうなんて、さらさら考えない」

少し声を低めて彼は続けた。

「ぼくはきみにたくさんのものを提供できる。金で買えるもの——きみのそのすばらしい体を包む毛皮、白い肌をひきたたせる宝石——そんなものだけをいうんじゃない。ありとあらゆる感覚をきみに提供できるんだよ。きみを本当の意味で生かし——感じさせることができるんだ。生きるってことは、経験することなんだ。覚えておきたまえ」

「そうねえ——そうなんでしょうね」

セアラは半ば嫌悪を感じながらも、強くひきつけられるものを覚えてロレンスを見つめた。彼はぐっと身をかがめて囁いた。

「きみは本当いって、人生について何を知っているんだい、セアラ？　何もわかっちゃいないじゃないか！　ぼくはきみをいろいろな場所に連れて行くことができる。嫌らしい、汚らわしい場所、生そのものがはげしく暗く流れている場所。きみはそこで感じる——感覚でとらえるんだ——生きているということが暗い恍惚感となるまでね！」

ロレンスは目を細めて、自分の言葉が彼女にどんな影響をおよぼしたかを窺《うかが》っていた。

それから自分からことさらに呪文を破った。

「さて」と彼は快活な口調でいった。「もう、ここを出ようか」

勘定書を持ってくるように給仕に合図して、彼は少々よそよそしくセアラにほほえみかけた。

「きみの家まで送りますよ」

薄暗い高級車の一隅にセアラは警戒心をあらわに身を固くして坐っていたが、ロレンスは彼女に触れようともしなかった。セアラはひそかな失望を味わっていた。ロレンスは心中ほくそえみつつ、この失望に気づいていた。彼は女性についてはまったくのベテランだったのだ。

ロレンスはセアラと一緒にアパートの階段をあがった。玄関の鍵をあけて居間の明かりをつけると、セアラはいった。

「何かお飲みになる、ラリー？」

「いや、結構。じゃあ、おやすみ、セアラ」

セアラが彼を呼びもどしたいという衝動に駆られることを、ロレンスは計算していたのだった。

「ラリー？」

「何だい？」

彼は戸口に立って、肩ごしに振り返った。

鑑賞家の目で、彼は舐めまわすように、じっと彼女を見守っていた。じつにすばらしい――非の打ちどころもない姿だ。おれはどうしてもこの女を手に入れてやる。脈搏《みゃくはく》がわずかに速くなったが、しごく無表情に彼は立っていた。

「あのね――あたし――」

「何だい？」

彼は踵《きびす》を返して彼女に近づいた。母親とイーディスがあまり離れていないところで眠っていることを意識して、二人とも声を低めていた。

セアラは口早にいった。

「あのねえ、あたし、あなたのこと、本当には愛していないのよ、ラリー」

「本当かい？」

その声音の何かが彼女をいっそう動揺させた。セアラは少し口ごもりながらいった。

「そうなの――本当には。つまり、自分で納得のいく気持ちではないってこと。たとえばあなたが財産を残らずすってしまって――どこかでオレンジ園か何かをはじめるなんてことになったら、あたし、あなたのことなんて、きれいさっぱり考えないと思うの」

「もっともしごくじゃないか」

「だったら、やっぱり、あなたを愛していないってことになるわね」

「ロマンティックな、献身的愛情ほど、ぼくを退屈させるものはないんだ。そんなものをきみに期待する気はないよ、セアラ」

「だったら——何が欲しいの？」

それは賢いとはいえぬ問いだった——しかしどうしても訊きたかった。踏みこみたかった。ためしてみたかった。しかし、いったい何を——

彼は彼女のすぐ脇に近々と立っていた。突然彼は身をかがめて、彼女のうなじに接吻した。その手がするっと回され、ぐっと彼女の乳房をつかんだ。

セアラはいったん身を引き離そうと抗ったが——すぐその抱擁に身を委ねた。その息づかいは荒かった。

一瞬後、彼は彼女を放した。

「ぼくに対して何の感情も覚えないというなら、セアラ」と彼は低く囁いた。「きみは大嘘つきだ」

こういい残して彼は立ち去ったのであった。

第三章

アンはセアラより四、五十分ほど前に帰宅していた。自分の鍵でドアをあけて中に入ると、古めかしいカールピンをやまあらしのように突きたてたイーディスの頭が自室からひょいと覗いたので、むしょうに腹が立った。

近ごろ彼女は、イーディスの存在がますます癇に障るようになっていた。

イーディスはいきなりいった。

「セアラさまがまだお帰りになっていませんが」

この言葉の背後にある無言の非難がアンをむっとさせた。彼女は嚙みつくようにいった。

「それがどうしたっていうの?」

「こんなとんでもない時刻まで遊び歩くなんて。それもまだ若いお嬢さんが」

「下らないことをつべこべいわないでよ、イーディス。わたしの若いころとは何もかも違うんですからね。女の子でも近ごろは、自分のことは自分で気をつけるように育てられているのよ」

「残念なことですよ。それだから身を滅ぼすことにもなるんですわ」

「身を滅ぼす女の子は、わたしの若いころにだっていましたよ」とアンは素っ気なくいった。「そういう娘たちは、疑うということを知らない無知な連中なのよ。おとなが付きっきりで気をつけていたって、馬鹿な真似をしますからね。近ごろの女の子はどんな本でも読むし、平気で何だってやるし、どんなところへでも臆面もなく行くわ」

「本当に」とイーディスは陰気な口調でいった。「経験は本で得た知識の数倍の値打ちがあるっていいますからね。奥さまがかまわないとおっしゃるなら、わたしなんぞの口をはさむことじゃありませんが——男の方にもピンからキリまであって、今晩セアラさまが一緒にお出かけになったような方は、わたしはあんまり好きませんねえ。わたしの妹のノラの次女と妙なかかわりあいになったのが、ちょうどああいったタイプの男でしてねえ——何か事が起こってから悔やんでも取り返しがつかないんですから」

腹立たしく思いながらも、アンは思わず笑いを誘われた。イーディスときたら、しょっちゅう親類を引き合いに出すんだから！　自信にみちあふれたセアラと純情をむげに踏みにじられた村娘ではあまりにもかけ離れていて、何となくユーモアを感じた。

くれて？」

「さあ、もうくどくどいうのはやめておやすみなさいよ。睡眠薬の調合を頼んでおいて
　イーディスはぶつくさと答えた。

「薬は枕もとに置いてありますわ。でもああいった妙なものを服《の》むのは、褒めたことじゃありませんね。そのうちにそれなしじゃ眠れないってことになりかねませんし。そんなことを続けているうちに今まで以上に神経が昂ぶることはわかりきっているじゃありませんか」

　アンは激昂して向き直った。

「神経が昂ぶる？　そんなことありゃしないわ」

　イーディスは返事をせずに、ただ口の端をぐっと下げてはあっと大きく一つ息を吸いこむと、ぷいと自分の部屋にひっこんでしまった。

　アンは腹立たしげに自室に足を向けた。

　まったくイーディスときたら、日ましに扱いにくくなっていく。あんなひどいことをいわれてどうして我慢していられるのか、ふしぎなくらいだ。

　神経が昂ぶっているって？　もちろん、そんなことがあるわけはない。近ごろではあまり眠らずに夜をすごす習慣がついてしまった――それだけのことなのだ。誰だって一

度や二度は不眠症にかかった経験を持っている。何か薬を服んで一晩ぐっすり眠る方が、まんじりともせずに同じことばかり——まるで籠の中のリスのようにクルクルと——考えながら、いたずらに時計が時を打つ音に聞き耳を立てるよりどんなによいかしれない。マッキーン博士はものわかりのいいところを示し、いうがままに薬をくれた——あまり強くない、副作用のないもので、たぶんブロマイドだろう。精神を落ち着かせ、無用な思い煩いを打ち切ってくれる……

誰も彼も煩わしいばかりだ。イーディスもセアラも、あのローラすらも。ローラのことを考えて、アンは少々後ろめたいものを覚えた。当然一週間前に電話すべきだったのだ。ローラはいちばん古い友だちの一人なのだから。といっても別に他意はなく、ただ今のところ、何となく関わりを持ちたくなかったからなのだが——ローラは時として煙たい存在だ……

セアラとロレンス・スティーン？　何かあるのだろうか、本当に？　女の子って評判のよくない男と出歩くのが好きだから……心配するようなことはおそらくないだろう。あったところで……

ブロマイドがきいて、アンはいつしか眠りに落ちた。しかし、眠りながらもひっきりなしに体をもじもじと動かし、落ち着かずに寝返りを打ち続けていた。

翌朝、ベッドの上に起き直ってコーヒーを飲んでいると、ベッドの脇の電話が鳴った。受話器を取りあげてローラ・ホイスタブルのしゃがれた声を聞いたとき、アンは、何をこんなに早くからと腹立たしい思いに駆られた。

「ねえ、アン、セアラはロレンス・スティーンとしょっちゅう出歩いているの？」

「まあ、ローラ、こんなに朝早くからどうしてそんな下らないことを電話で訊かなきゃならないの？　そんなこと、わたしにわかるわけはないでしょう」

「だって、あなたはあの子のお母さんじゃないの」

「いくら母親だって、どこへ、誰と行ったかなんて、しょっちゅう問いつめることはできないわ。第一、そんなこと、セアラが受けつけやしないでしょうよ」

「ねえ、アン、はぐらかすのはやめて真面目に聞いてちょうだい。ロレンスはセアラにご執心なんでしょう？」

「それほどでもないと思うわ。前の奥さんとの離婚問題もかたづいていないらしいし」

「それが昨日、認められたのよ。新聞に出ていたわ。あの人のこと、あなた、どのぐらい知ってるの？」

「サー・ハリー・スティーンの一人息子で、たいへんな金持ちよ」

「悪名の高い男ね？」

「ああ、そのこと！　女の子って、そういう男にひかれるのよ。バイロン卿の時代からずっとそうだったわ。だからって、別にどうってことはないんだけれど」

「わたし、あなたと少し話がしたいのよ、アン。今晩は家にいる？」

アンは言下に答えた。

「いいえ、今晩は出かけることになっているの」

「だったら、六時ごろにそっちに行くわ」

「ごめんなさいね、ローラ、カクテル・パーティーに招かれているものだから……」

「五時ごろならいいでしょう――それともあなたは――」とローラ・ホイスタブルの声には有無をいわさぬ響きがあった。「今すぐでなければだめだっていうの？」

アンはあっさり折れた。

「五時なら――結構だわ」

ほっと腹立たしげに溜息をついてアンは受話器を置いた。まったくローラときたら！　調査団だの、ユネスコだの、国連だのと、偉そうな機関に名を連ねると、女はすぐいい気になる！

「何かっていうとすぐ駆けつけてくるんだから、いやになってしまうわ」とアンはいらいらとひとりごとをいった。

けれどもローラがやってきたとき、アンは少なくともうわべだけはいそいそとこの友人を迎えた。そしてイーディスが茶を運んでくるといかにも陽気に、しかし神経質ないらだちを隠しきれぬ様子で、客と四方山の話をかわした。ローラ・ホイスタブルはいつになく言葉少なだった。アンのいうことにじっと耳を傾け、おりおり受け答えをするだけで、黙っていた。

会話が弾まなくなったころ、デーム・ローラはカップを置いて、彼女特有の率直な口調でいった。「あなたに心配をかけたくはないけれど、アン、実をいうと、わたし、アメリカから帰る途中でラリー・スティーンの噂を耳にしたのよ。二人の男があの人のことを話していたんだけれど——あまり愉快な噂じゃなかったの」

アンは肩をそびやかした。

「ちょっと小耳にはさんだ噂話なんて——」

「でも時にはなかなか興味があるわ」とデーム・ローラはいった。「二人とも、いい加減なことをいうような人じゃなかったし。スティーンについてかなりひどいことをいっていたのよ。それにあの人の二度目の奥さんのモイラ・デナムをわたし、結婚前から知っていたんだけれど、すっかり神経がまいってしまってね」

「つまりあなたはセアラが——」

「セアラもロレンス・スティーンと結婚したら神経症になってしまうとか、そんなことをいってるんじゃないのよ。あの子はもっと弾力性に富んでいるからね。苛酷な運命に弄ばれる美女なんてところは、あの子にはまったくないわ」

「だったら――」

「ただね、わたし、セアラがとても苦しむんじゃないかと思うの。問題はもう一つあるわ。あなたは新聞でシーラ・ヴォーン・ライトっていう女の子の話を読んだ?」

「何か麻薬と関係のある事件かしら?」

「そうなの。シーラが裁判沙汰になったのはこれで二度日よ。あの子はロレンス・スティーンの昔馴染みだったわ。わたしがいいたいのはね、アン、ロレンス・スティーンがひどい破廉恥漢だってこと――もしもあなたが知らないのなら、この際はっきりいっておくわ。それともあなたは万事承知しているのかしら?」

「あの人についてとかくの噂があることは知っているわ」とアンはしぶしぶいった。「でもわたしに何ができるというの? セアラがロレンスと外出するのを禁止するわけにはいかないわ。止めたりしたら、かえって逆効果になるかもしれないでしょう。あなたもよくご存じのように、女の子は人に命令されるなんて、我慢できないのよ。止めたりすれば、その行動自体に意味を持たせることになるわ。今のところ、二人の間には本気で心配するようなことは何もないとわたしは思ってるの。ロレンスがちやほやするので、あの子はいい気持ちになっている、それだけよ。悪名高き男の心をとらえたというのでね。でもあなたはロレンスがセアラとの結婚を希望していると――」

「ええ、結婚を望んでいると思うわ。わたしにいわせれば、あの男は一種の収集狂よ」

「どういう意味なの？　わたしにはわからないわ」

「そういったタイプの男がいるのよ――あまりぞっとしないタイプだわ。セアラ自身、ロレンスとの結婚を望んでいるとしたら――あなたはどう思って？」

アンは憤ろしくいった。

「わたしがどう思おうが何の役に立つの？　女の子はどうせ、自分のしたいようにするだけ、自分の結婚したい男と結婚するだけだわ」

「でもセアラはあなたのいうことにかなりの影響を受けるでしょう？」

「まあ、いいえ、ローラ、そんなことあるもんですか。セアラは自分の思いどおりの道を行くだけよ。わたしは干渉しないわ」

ローラ・ホイスタブルはアンの顔をつくづくと見た。

「ねえ、アン、わたしにはあなたって人がよくわからない。あの男とセアラが結婚してもあなたは平気だっていうの？」

アンは煙草に火をつけて、せかせかと煙を吐きだした。

「そこが判断のむずかしいところね。ひどく評判の悪い男が模範的な夫になる例もたくさんあるし――若気のいたりで放蕩の限りをしつくしてしまえばね。もっぱら世間的な観点からすれば、ロレンス・スティーンは結構な旦那さまだわ」

「でもあなたはそうした観点に動かされやしないでしょう？　あなたが願っているのはセアラの幸福で、あの子が財産を持つことではないはずよ」

「もちろんよ。でも、もしもあなたがまだ気づいていないならいっておくけれど、セアラはきれいなものには目がないの。贅沢な暮らしが好きなのよ。わたしなんかと較べものにならないくらい」

「だって、まさか、それだけの理由で結婚しやしないでしょう？」

「まあね」とアンはさあどうだかというような口調でいった。「ただ実際のところ、あの子はロレンスに強くひかれているんだと思うの」

「魅力がある上にお金を持っているということで、セアラの心がロレンスに傾きかねないと思うわけね」

「わからないわ、そんなこと！　セアラが――貧乏な男との結婚を躊躇《ちゅうちょ》することだけは――まあ、たしかでしょうけど」

「そういいきれるかしら?」とデーム・ローラは考えこんだ様子でいった。

「だってこのごろの女の子の考えることや、いうことときたら、お金のことばかりのようじゃありませんか?」

「口ではね。セアラにしても、たしかにいっぱしの口はきくわ。ごもっともな、非情な、およそ感傷とは縁がないようなことをね。でも言葉の効用というのは考えていることを表現するだけでなく、隠すことにもあるのよ。どの時代にも若い女の子は、型にはまったことをいうものだわ。問題は、セアラが本当に何を望んでいるかということよ」

「さあねえ」とアンは答えた。「楽しく暮らすこと――ただそれだけだと思うけど」

デーム・ローラはちらっと相手の顔に目を走らせた。

「それで幸せだと思うの?」

「きまってるじゃありませんか。本当よ、ローラ、とても楽しそうにやってるわ」

ローラはしみじみといった。

「わたしにはあの子があまり幸せとは思えないのよ」

アンは鋭い口調でいった。

「近ごろの女の子はみんな不平らしい顔をしてるのよ。あれは一種のポーズに過ぎないわ」

「たぶんね。で、つまるところ、あなたはロレンス・スティーンについては山の出しようもないと思っているのね？」

「実際問題として何ができて？　いっそ、あなたから話して下さればいいのに。なぜ、そうしないの？」

「わたしの出る幕じゃないからよ。わたしはセアラの名親に過ぎないんですもの。これでわたし、自分の立場は心得ていますからね」

アンはむっとしたように顔を赤らめた。

「わたしがあの子にいって聞かせるべきだと思ってるのね？」

「そうは思わないわ。あなたもいうように、いって聞かせたところで、大した役にも立たないでしょうから」

「でもわたしが何とかすべきだと思ってるんでしょう？」

「いいえ、必ずしもそうは思わないわ」

「だったらあなたは何がいいたいのよ？」

ローラ・ホイスタブルは部屋の隅に目を放ちながらいった。

「あなたの心の中には、いったいどんな考えがもやもやしているのかとふしぎに思っただけ」

「わたしの心の中ですって？」

「ええ」

「どうってことはないわ。本当よ」

ローラ・ホイスタブルは部屋の向こう側に注いでいた目をちらっとアンに向けた。鳥が様子を窺うようなまなざしだった。

「そうでしょうね。たぶんそうだろうと思っていたのよ」

「いったい、何のこと？　さっぱりわからないわ」

「あなたの中にあるのは、心の中というより、もっと根の深い問題なのよ」

「潜在意識がどうのこうのっていうたわごとなら、ごめんだわ。あなた、何だかわたしを非難しているようねえ」

「非難なんかしていないわ」

アンは立ちあがって部屋の中を行ったりきたり、落ち着きなく歩きまわりはじめた。

「あなたが何をいいたいのか、わたしにはちっともわからないわ。わたしはこれで、献身的な母親よ……あの子がわたしにとっていつもどんなに大切だったか、それはあなたもご存じでしょう？　わたし、あの子のためにすべてを犠牲にしたのよ」

ローラは真面目な口調でいった。

「あなたがセアラのために二年前に大きな犠牲を払ったことは、わたしも知っていてよ」

「だったら、あなたにもわかるでしょう？」

「わかるって何が？」

「わたしがどんなに献身的にあの子を愛しているか」

「そうじゃないなんて、わたしはいわなかったわ！　あなたがひとり相撲をとっているのよ。わたしが非難しているわけでもないのに」ローラは立ちあがった。「さあ、もう帰らなければ。わたし、あまり利口じゃなかったかもしれないわね。頼まれもしないのにやってきたりして」

アンは戸口まで見送っていった。

「とにかく何もかもまだはっきりしていないんですもの。口の出しようもないわ」

「まあね」といいかけて急にローラは、はっとするほど力をこめていった。「犠牲で厄介なのはね、そのとき限りで終わらずに、いつまでも尾を引くことよ……」

アンは驚いて友人の顔を見つめた。

「どういう意味、それは？」

「何でもないの。心配することはなくてよ。それはそれとして、あなたに一つ忠告があるわ。神経科の専門医としての忠告よ。考える暇もないほど、気忙しい生きかたをしてはだめ」

アンはふと機嫌を直して笑った。

「ほかのことが何もできないくらいお婆さんになったら、じっと坐ってせいぜい考えごとでもしましょう」彼女はこう陽気な口調でいったのだった。

ローラが帰ると、イーディスがカップをさげにきた。アンは時計をちらっと見て、びっくりしたような叫び声をあげて寝室に行った。

鏡をじっと覗きこみながら、アンはいつもよりいっそう念入りに化粧をした。新しいヘアカットは成功だった。たしかにずっと若く見える。玄関のドアをノックする音に、彼女はイーディスに声をかけた。「何か郵便がきていて?」

手紙を調べていたらしくちょっと間を置いて、イーディスの声が答えた。

「請求書ばかりですわ――それからセアラさまに一通――南アフリカからです」

い、い、い、い

南アフリカからと少々力をいれていったのだが、アンは気づかなかった。彼女が居間にもどったとき、セアラが自分の鍵で玄関のドアをあけて入ってきた。

「あたしが菊が嫌いなのは、この匂いがたまらないのよ」とセアラはぶつぶついった。

「ノリーンのところをやめてファッションモデルになろうかと思うんだけど、どうかしら？　サンドラがやいやい誘うのよ。お給料もずっといいし。あら、お茶の会でもあったの？」

イーディスが入ってきて、さっきかたづけ忘れたカップを取りあげるのを見て、セアラはこう訊ねた。

「ローラがきていたのよ」とアンが答えた。

「あら、つい昨日、きたばかりなのに？」

「ええ」ちょっとためらってから、アンはいった。「あなたがラリー・スティーンと出かけるのをわたしが黙認しているのはよくないっていいにきたの」

「まあ、ずいぶん気をまわしてくれるのね。あたしが大きな悪い狼に食べられるとでも思っているのかしら？」

「そうらしいわ」とアンはわざとらしくゆっくりいった。「ロレンス・スティーンの評判はすこぶるよくないらしいから」

「そんなことぐらい、誰だって知ってるのに。さっきホールに手紙が置いてあったような気がするけど？」とセアラは立って行って、南アフリカの切手を貼った一通の手紙を手にしてもどってきた。

アンはまたいった。

「ローラは、わたしがあなたとスティーンのつきあいを、何とか止めるべきだと思っているらしいわ」

セアラは手紙に目を落として、ぼんやりいった。

「何を止めるの？」

「ロレンスとあなたの交際よ」

セアラは朗らかにいった。

「お母さまに何ができて？」

「わたしもローラにそういったの」とアンは勝ち誇ったようにいった。「このごろの母親には何一つとして手だしできないんですからねえ」

セアラは椅子の肘掛けに腰をおろして手紙の封を切り、二枚の便箋をひろげて読みはじめた。

アンはまた言葉を続けた。

「ローラももう年だから無理もないわけだけれど、はたの者はそのことをつい忘れてしまうのね。あの人、当節のものの考えかたがまるっきりわからないのよ。もちろん、正直いって、あなたがしょっちゅうラリー・スティーンと出かけることについては、わたしだって心配していないわけじゃないわ——でもわたしが口を出したら、かえって逆効果だと考えたのよ。あなたに限って馬鹿げたことをするわけがないと信用もしているしね――」

アンは言葉を切った。セアラは手紙に読みふけりながら、気のない口調で呟いた。

「もちろんよ、そんなこと」

「あなたは友だちの選択についてはまったく自由なのよ。それはわかってほしいわ。親子の間の摩擦って多くの場合――」

電話が鳴った。

「あら、また電話？」といいながらも、アンはうれしげに立って行き、いそいそと受話器を取りあげた。

「もしもし……、はい、プレンティスですが……はい……どなたでしょう？　お名前がよく聞こえないんですけれど……コンフォードさんとおっしゃったんでしょうか？……コールド……、まあ……まあ……わたし、何て馬鹿なんでしょう……リチャード、あなたでしたの……ええ、本当にお久しぶり……まあ、それはご親切に……いえ、もちろん、構いませんわ……大喜びでしてよ、本当に……わたし、よく考えていましたの……どうなさったかしらって、……その後いかが……何ですって？　まあ……それはおめでとうございます……きっとすてきな奥さまなんでしょうね……まあ、恐れ入ります……ぜひお目にかかりたいわ……」

　母の声を聞き流して、セアラは椅子の肘掛けから立ちあがって、ドアの方に歩きだした。無表情な、ぼんやりとした目つきだった。その手には今まで読んでいた手紙がくしゃくしゃに握りつぶされていた。

　アンは電話に向かってしゃべり続けた。

「いいえ、あしたはちょっと——いいえ——でも少しお待ちになって。手帳を見ますわ……」彼女はせきこんだ声で呼びたてた。「セアラ！」

　セアラは戸口で振り返った。

「なあに？」

「わたしの手帳はどこ？」

「手帳？　知らないわ」

　セアラは心ここにあらずといった様子で呟いた。アンはいらいらといった。

「だったらすぐに探してちょうだい。どこかにあるはずよ。わたしのベッドの脇かもしれないわ。お願い、早くして」

　セアラは部屋から出て行き、ちょっと間を置いて、アンの手帳を持ってもどってきた。

「あったわ、お母さま」

アンは急いでページを繰った。

「リチャード、聞いていらして？　いいえ、お昼食はだめですわ。木曜日にいらして一緒にカクテルでも召しあがって下さらないかしら？　ああ、そうですの？　残念ですわ。お昼食もだめね、それじゃあ？　どうしても朝の汽車でお発ちにならなければいけませんの？　どこにお泊まり？　あら、でしたらついこの近くじゃありませんか。いいことがありますわ。今すぐお二人でこちらにいらっしゃいません？　ええ、出かける予定ですけれど――時間はたっぷりありますの……まあ、うれしいこと。じゃあ、すぐいらして下さいましね」

受話器を置くと、アンは前方を凝視してそのままぼんやり立っていた。

セアラが傍らから大して興味もなさそうに訊ねた。「誰なの？」それから無理にさりげない口調でいった。

「お母さま、ジェリーから手紙がきたわ……」

アンは突然がばと立ちあがった。

「イーディスに一番いいグラスと氷を少し持ってくるようにいってちょうだい。急いでね。あの人たちがきたら、一緒に何か飲もうと思うから」

セアラは従順に歩きだしたが、「あの人たちって？」とあいかわらず無関心な口調で訊き返した。

「リチャードよ――リチャード・コールドフィールドがくるのよ」

「誰ですって？」とセアラは訊き返した。

アンはきっとなって娘の顔を見た。しかしセアラの顔には何の表情も表われていなかった。セアラが廊下に出てイーディスに用向きをつたえてもどってくると、アンは力をこめていった。

「リチャード・コールドフィールドが見えるのよ」

「誰、そのリチャード・コールドフィールドって人？」とセアラは怪訝そうにいった。

アンは両手を握りあわせた。激しい怒りに震える声を落ち着かせるために、ちょっと間を置かねばならないほどだった。

「あなた、あの人の名前も覚えていないの？」

セアラの目はふたたび手の中の手紙に注がれていた。しごく自然な口調でセアラはいった。「あたしの知っている人なの？　どんな人か、いってみて」

興奮のあまり、アンの声はしゃがれていた。嚙みつくようなその口調に、セアラははじめておやと思った。

「リチャード・コールドフィールドよ」

セアラははっと顔をあげた。突然その名の意味を理解したのだった。

「まさか、あのカリンフラワーじゃないでしょうね」

「そのとおりよ」

セアラにとっては、それはひどく滑稽な話だった。

「今ごろまたのこのこやってくるなんてね」と彼女はおかしそうにいった。「今でもお母さまを狙ってるの、あの人？」

アンはぽっつりいった。

「いいえ、結婚なさったんですって」

「ふうん、そりゃ、よかったわね。どんな奥さんかしら？」

「いま、一緒にここへ見えるわ。ラングポート・ホテルに滞在しているっておっしゃったから、すぐにもいらっしゃるかもしれないのよ。この木をかたづけてちょうだい、セアラ。あなたの持ちものは全部ホールに持って行って。手袋もね」

バッグをあけて、アンは心配そうに手鏡に顔を映してつくづくと眺めた。セアラが部屋にもどってくると、彼女は訊いた。

「わたし、変じゃないでしょうね？　これでいいこと？」

「ええ、とてもすてきよ」とセアラはお座なりに答えた。

彼女はしきりに眉を寄せて何か考えあぐんでいるらしかった。アンはバッグをしめると、落ち着かない様子で部屋の中を歩きまわり、椅子の位置を直したり、クッションを置き替えたりした。

「お母さま、ジェリーから手紙がきたの」

「そう」

黄褐色の菊を活けた花瓶はあの隅のテーブルの上に持って行った方がいいかしら。

「ジェリーはあっちでも、ひどく運が悪かったらしいわ」

「そう」

煙草の箱はここに置いて、それからマッチと。

「オレンジが病気か何かでやられてね、ジェリーも、一緒に仕事をしている人も借金をしょっちゃったんですって——それで、オレンジ園を手放さなきゃならなくなって。何もかも、おじゃんになったんですってよ」

「それは気の毒ね。でも意外ともいえないわ」

「なぜ?」

「ジェリーって人は、しょっちゅう何かしらそんな目に遭うようだから」とアンは曖昧にいった。

「ええ――そうねえ」セアラはしょんぼりといった。ジェリーのことというと、かつては我がことのように親身に憤慨したものだったが、今では弁護の言葉もおいそれとは出てこなかった。彼女は元気なく呟いた。「あの人のせいじゃないのよ……」しかし以前のように確信ありげな声音ではなかった。

「そうかもしれないわ」とアンは気がなさそうにいった。「だけどあの人って、何をやってもうまくいかないんじゃないかしらね」

「本当にそう思う？」とセアラはアンの坐っている椅子の肘掛けにもう一度腰をおろして、真剣な口調でいった。「ジェリーはけっして成功しないって、お母さま、本当にそう思っていらっしゃる？」

「見込みはあまりなさそうね」

「でもあたしは――ジェリーには何かあると思うのよ。きっとあるわ」

「あの人はチャーミングよ、たしかに。でも、人生の敗残者ね、いわば」

「そうかもしれないわ」とセアラは溜息をついた。

「シェリーはどこ？　リチャードはいつもジンよりシェリーの方が好きだったわ。ああ、ここにあったわ」

「ジェリーはケニヤに行くつもりなんですって、べつな仲間と。自動車のセールスをするかたわら、修理店を経営するとかって」

「ふしぎね、うだつのあがらない人って、結局は修理店を経営することになるようだわ」

「でもジェリーは昔から車のことというと知らないことがなかったわ。十ポンドで買ったあのポンコツ車をスイスイ走るまでに手をいれて。それにね、ジェリーって、まんざらぐうたらってわけでもないのよ。よく働くし――どうかするとずいぶん仕事に打ちこむわ。ただ――」やっとわかったというように、セアラはいった。「あの人、あまり正しい判断が下せないのねえ」

このときはじめてアンは、娘に全面的な注意を向けたのだった。アンはやさしく、しかしきっぱりいった。

「ねえ、セアラ、わたしがあなただったら、ジェリーのことは――もうきれいさっぱり考えないようにするけれど」

セアラは動揺した様子で唇をふるわせ、「そう？」と心もとなさそうに呟いた。

玄関のベルが鳴った。執拗に、非情に何度も何度も鳴り続けた。

「ああ、リチャードが奥さんと一緒に見えたんだわ」

アンはこういうと暖炉の前に歩いて行って、少しわざとらしく取り澄ました姿勢で待機した。

第四章

リチャードはいつもながら困惑しているときに彼の装う、少々過度に自信ありげな様子で居間に入ってきた。ドーリスがうるさくいわなかったら、くるつもりはなかったのにと内心恨めしく思っていたのである。好奇心に駆られたドーリスが彼を責めたて、せがみ、口を尖らせ、すねて、とうとう訪問に踏みきらせたのだった。彼女は若くてきれいだった。その彼女がずっと年上の男と結婚したのだから、ドーリスは何についても自分の意志を通すつもりでいたのだった。

アンはにこやかにほほえみながら立って二人を迎えた。自分でも何だか舞台で演技しているような、わざとらしい感じを拭《ぬぐ》いきれなかった。

「リチャード――まあ、ようこそ！　こちらが奥さま？」

ねんごろに挨拶をかわし、型どおりの会話をまじえながらも、三人はそれぞれの考えをせわしく追っていた。

リチャードは考えていた。

〝ひどく変わってしまった……これがあのアンだとは、とても思えないくらいだ……〟

何がなしほっとした気持ちだった。

〝わたしとは所詮《しょせん》合わなかっただろう——本当のところ。あまりにもスマートすぎる……現代風で、陽気で、わたしのような男と折り合うタイプではない〟

こう思って彼は妻のドーリスに対して、こと新しくいっそうの愛情を覚えたのだった。この若い妻に彼は目がなかった。それでいてときおり、ドーリスのいささか取ってつけたように上品めかしたしゃべりかたが鼻につき、彼女がしょっちゅうコケティッシュに彼をからかったりすねたりするのに少々食傷し、またそんな自分にふっと不安を感じることがあった。彼は自分が階級の違う女と結婚したことを認めていなかった。彼女とは南海岸のあるホテルで会った。裕福な家の娘で、父親は隠退した土建屋だった。彼女の両親のがさつさが初めのうちおりおり彼の神経に障ったが、それも今では一年前ほど気にならなくなっていた。ドーリスの友だちについても、彼女のような家庭に育った者の選ぶ友だちなのだからと近ごろでは寛大に受けいれるようになった。それはたしかに彼がかつて欲したような家庭ではなかった……ドーリスは、彼が昔失ったアリーヌの代わりにはけっしてならないだろう。しかし彼女は彼に第二の青春を味わわせてくれた。さしあたってはそれだけで充分だったのだ。

ドーリスは、ミセス・プレンティスとかいう女性のことを夫がいまだに想いつづけているのではないかと嫉妬めいたものを感じていただけに、アンに会ってちょっとうれしい拍子抜けを覚えていた。

〝何だ、ずいぶんなお婆さんじゃないの〟若い女らしい容赦のなさで、彼女はひそかにこう考えていたのだった。

しかしそのドーリスも、プレンティス家の居間のしつらえや調度には文句なしに感心していた。セアラとかいう娘もひどくスマートで、ヴォーグから抜けだしたような感じだ。その母親である、この垢ぬけた婦人と婚約したことがあるなんて、リチャードもまんざら捨てたものでもないと夫を見直したくらいだった。

一方、アンはリチャードの姿を見てショックを感じた。いかにも自信たっぷり彼女に話しかけているこの男は彼女の知っているリチャードではなかった。彼が彼女にとって何の感興もひきおこさない、まったくの他人であるように、彼女自身も今は彼と何の関わりもない人間だった。別れてこのかた、リチャードと彼女はまったくべつな道を歩いてきた。だからもう二人の間には共通の地盤はなくなっていたのだった。リチャードの中に二人の人間がいるということは、前から気づいていた。一人はどこか勿体ぶった、心を固くとざしがちな男、もう一人はさまざまな興味ある可能性を秘めた、素朴な男であった。しかし今や、その可能性への扉はぴたりととざされているかのようだった。かつてアンが愛したリチャードは、この機嫌のよい、少しく様子ぶった、イギリスの平均的亭主といった男のうちに封じこめられてしまっていた。

ごくありふれたこの女、少しでもよい配偶者をと網を張っていた小娘と出会って、リチャードはふらふらと結婚してしまったのだ。やさしい心も、気働きもなく、ただほんのりと色つやのよい一人並みの器量と、青臭い、いささか露骨なセックス・アピールのほかには何の取り柄とてないこの女と。

リチャードがこんな小娘と結婚したのは、アンが彼を遠ざけたからなのだ。彼はそんな彼女に対する怒りと恨みがましい思いに傷ついて、よい相手がいたらつかまえてやろうと待ち受けていた最初の女にひっかかってしまったのだ。まあ、それでよかったのだともいえる。彼はおそらく幸せなのだろうから……

セアラが飲物を運んできて、慇懃に客と会話をまじえはじめた。心の中では彼らに〝おそろしく退屈な連中〟というレッテルを貼っていたのだったが。客と母親の心の底に渦巻くひそかな思いを、セアラはまったく知らなかった。彼女自身の胸の奥には、〝ジェリー〟という名に結びつく鈍い痛みがいまだに疼いていたのだった。

「この部屋をすっかり模様替えされたんですね」とリチャードが部屋の中を見回していった。

「すてきですわね、奥さま」とドーリスがいった。「こういう摂政時代風の装飾がこの節の流行でございましょう？　模様替えをなさる前はどんなでしたの？」

「昔風にばら色でまとめてありましたね？」とリチャードはぼんやりいった。炉の火の柔らかい光を浴びて、アンと二人古ぼけたソファーに並んで坐っていた日の記憶が心を掠めたのであった。今はそのソファーもナポレオン一世時代風の長椅子にとって代られていた。「わたしは以前の感じの方が好きですがね」

「男の人っておそろしく旧弊ですわねえ。そうお思いになりません、奥さま」とドーリスは笑顔を作った。

「この人はわたしを流行後れにさせまいと固く決心していましてね」とリチャードがいった。

「そりゃそうよ、あなた。まだそう年をとらないうちから爺さんくさくなるなんて、このあたしが許しませんわよ」とドーリスは愛情深げにいうのだった。「この人、以前ご存じだったころよりずっと若がえったとお思いになりません、奥さま？」

アンはリチャードと目を合わせないようにつとめながらいった。

「とてもお元気そうですわ」

「ゴルフを始めましてね」とリチャードがいった。

「ベイジング・ヒースの近くに家を見つけたところなんですの。運がよかったんですわ。リチャードの通勤にも便利ですしね。あそこはすばらしいゴルフ・コースですのよ。もちろん、週末にはとても混みますけれど」

「ちょうど探していたようないい家が見つかるというのは大した幸運ですわね」とアンがいった。

「料理用ストーヴもついているし、電気の配線なんかもちゃんとしてありましてね。最新式のまっさらな家ですの。リチャードはつぶれかかったような古くさい、時代ものの家に住みたがったんですけれどね。でもあたくし、譲らなかったんです。そういう点、女の方がよっぽど実際的ですわ。そうじゃありませんこと？」

アンはつつましくいった。

「現代風の家ですと、家事も簡便ですわね。お庭もありまして？」

リチャードが「いや、庭というほどのものは」というのと、ドーリスが「ええ、ありますのよ！」と叫ぶのと、ほとんど同時だった。

ドーリスは不興げに夫を見やっていった。

「あたしたち、あの庭に球根をたくさん植えてきたじゃありませんか！　庭というほどのものでもなんて、どうしていえるの？」

「家のまわりに四分の一エーカーほどの空地があるんですよ」とリチャードがいった。

そしてほんの一瞬、リチャードはアンと目を見合わせたのだった。二人はかつて、もしも田舎に住むことになったらこんな庭を作ろうと話し合ったことがあった。塀を張りめぐらした果樹園――芝生には木も植えようなどと……

リチャードは慌ててセアラを見返った。

「ところで、そっちのお嬢さんは近ごろどうしておいでです？」

セアラと相対するとき、彼はきまってどぎまぎと落ち着かない態度になったものだった。そのときの記憶がよみがえったように、彼の冗談めかしい口調は奇妙に耳障りに響いた。

「おおかた連日パーティーに精励して、大いにはめをはずしておいでなんでしょうな？」

セアラは朗らかな笑い声を立てながら、〝カリフラワーがどんなに嫌みな男だったか、あたし、すっかり忘れていたわ。あのときあたしがうまく始末をつけたのはもっけの幸いだった、もちろんお母さま自身のために〟と考えたのだった。

「ええ、そのとおりですわ」とリチャードに向かって彼女はいった。「でもあたし、週に二度以上は酔っぱらわないようにしてましてよ」

「近ごろの女の子はとかく酒を飲みすぎますよ。顔色が悪くなるっていいますね、あまり飲むと――もっともあなたはとてもいい血色だが」

「あなたは、昔からお化粧に関心を持っていらっしゃいましたわね」とセアラはいかにも他意なさそうにいって、アンと話しこんでいるドーリスに近よった。

「シェリーをもう一杯、いかがですかしら？」

「いいえ、結構ですわ、ありがとうございます、お嬢さま――あたくし、だめなんですのよ。今いただいただけでもぼうっとなっちまって。すてきなカクテル・バーですわねえ。とても気が利いていますわ」

「便利ですのよ、なかなか」とアンがいった。

「あなたはまだ結婚していないんですか、セアラ？」とリチャードが訊いた。

「ええ、まだ。でもいろいろと口はかかっていますのよ」

「お嬢さまなんか、アスコットとか、ああいった場所へよくいらっしゃるんでしょうねえ？」とドーリスが羨ましそうにいった。

「今年は途中で雨が降って、一番いい服が台なしになってしまいましたわ」とセアラは答えた。

「あのねえ、奥さま」とドーリスはふたたびアンの方に向き直った。「奥さまはあたくしが想像していたのとはまるでお違いになりますわ」

「どんな風に想像していらっしゃいましたの？」

「ええ、まあ、男の人って、何であれ、描写するのがひどく下手ですからねえ」

「リチャードはわたしのことをどんな風におっしゃってまして？」

「さあ、この人がいったことっていうより、あたくしが、なんかそんな印象を受けちゃったんですわね。あたくしね、奥さまのことをてっきり二十日鼠のようにおとなしい、ちっちゃな方だと思いこんでましたの」とけたたましい笑い声をたてた。

「二十日鼠のようにおとなしいなんて、何だか、侘しく聞こえますわね」

「いいえ、リチャードは奥さまのことをそりゃあ、崇拝していましてね。本当ですのよ。ときどきあたくし、やきもちを焼いたくらい」

「そんな馬鹿げたことって！」

「ええ、まあ、冗談にからかうんですけどね。夜なんか、この人が黙りこんだりしますと、奥さまのことを考えているんでしょうって、いじめたりしたものですわ」

（あなたはわたしのことを思い出して下さって、リチャード？　そんなことはないと思いますわ。あなたはつとめてわたしのことを考えないようになさったに違いないわ。わたしがあなたのことを考えまいと努力したように）

「ベイジング・ヒースの方面にいらっしゃることがありましたら、ぜひ、あたくしどものところにお寄り下さいましね」

「ご親切にどうも。喜んで寄らせていただきますわ」

「むろん、どちらさまでも同じでしょうけど、あたくしどももメイドがなかなか雇えませんので困っていますのよ。通いの手伝いだけで――それもなかなか当てにできませんでねえ」

セアラとぎごちない会話をやりとりしていたリチャードが振り返っていった。

「お宅には今でもイーディスがいるんですね、アン」

「ええ。イーディスがいなかったら、わたしたち、一日だって暮らせませんわ」

「料理がじつに上手でしたねえ。気のきいたご馳走を食べさせてくれたものでした」

ちょっとばつの悪い沈黙が続いた。

イーディスのこしらえてくれた食事――炉の火が赤々と燃え――蕾をつけたばらの小枝の模様のカーテン――アンのやさしい声と朽葉色の髪……二人でかわした楽しい会話――一緒に立てた計画――幸せな未来を思い描き……スイスから帰ってくるはずの娘が

この幸せに影をさすとは思いもしなかったのだが……

アンは彼の顔にじっと目を注いだ。そしてほんの一瞬、本当の――彼女のリチャードが過去の日の追憶にふけりつつ、物悲しげな目ざしで彼女を見つめていたのだった。

本当のリチャード？　ドーリスのリチャードも、彼女のリチャードと同じく現実の彼ではないのか？

しかし、一瞬後、彼女のリチャードはすでに消えていた。彼女に別れの挨拶をしているこの男は、ドーリスのリチャードであった。またひとしきりぺちゃぺちゃとおしゃべりが続き、ぜひとも訪問してくれと念を押され――この人たち、いつまでいるつもりなのかしら、とアンは腹立たしかった。おつに気取った声の、嫌みな、貪欲そうなこの若い女。かわいそうに、ああ、リチャード！　それもみんな、わたしのしたことなのだ。わたしがこの人をドーリスの待ち構えているホテルのラウンジへと追いやったのだ。

でもはたしてそうだろうか？　本当にリチャードはかわいそうな人なのだろうか？　きれいな若い女を妻として、結構幸せなのかもしれない。

ああ、ようやっと！　客を慇懃に送り出して部屋にもどってきたセアラは「あーあ」と大袈裟に溜息をついた。「やっとご帰館になったわ！　お母さま、よかったじゃない、あのとき、あの人との結婚を思いとまって？　本当に危ないところだったんだから」

「そうらしいわね」とアンはまるで夢でも見ているようにぼんやり呟いた。

「あらためて伺いますけれど」とセアラはいった。「今でもあの人と結婚したいと思っていらっしゃる？」

「いいえ」とアンは答えた。「今だったら、結婚したいなんて思わないでしょうね」

（わたしたちは人生のあの会合点で左右に分かれてしまったのね、リチャード。あなたは一つの道を、わたしはべつな道を歩んだんですわ。わたしはもう、セント・ジェームズ公園をあなたと一緒に歩いた女ではありません。そしてあなたも、わたしが余生をともにしようと思ったリチャード・コールドフィールドではないのです……わたしたちはどちらも昔のアンとリチャードではないのですわ——今では何の関わりもない赤の他人です。あなたは今日わたしに会って、あまりいい感じを持たなかったようですわね？わたしもあなたのことを勿体ぶった、退屈な人だと思いましたわ……）

「あの人と結婚していたら、お母さまはきっと死ぬほど退屈してたと思うわ。そうじゃなくて？」とセアラの若々しい声が自信ありげにいうのが聞こえた。

「そうね」とアンはゆっくりいった。「そのとおりだわ。きっと死ぬほど退屈したでしょうよ」

（じっと坐って老境を迎えるなんて、今のわたしには堪えられないわ。外へ出て——せ

めても面白おかしく時を過ごし——何か目先の変わったことが起こるのを待つ——それしかないのだ、わたしにできることは)

セアラは母親の肩にやさしく手を置いた。

「そうよ、お母さま、お母さまは根っから賑やかな暮らしが好きなんですもの。けちくさい、小さな庭つきの郊外の住宅に一日じっとして午後六時十五分の汽車で帰ってくるリチャードを待ち、第四ホールにスリー・ストロークでいれたなんて自慢話に耳を傾ける生活、きっとうんざりするわ。そんなの、お母さまには、まるで向かないでしょうよ」

「そう、昔のわたしならとにかく」

(まわりに塀をめぐらした古い庭。立木の植わっている芝生。煉瓦を積んだアン女王時代風の家。リチャードもわたしと結婚していたら、たぶんゴルフなんか始めずに、ばらの小枝を刈りこんだり、木々の下にブルーベルを植えたりして余暇を楽しんだだろう。たとえあの人がゴルフを始めたにしても、わたしは彼が第四ホールにスリー・ストロークでいれたということを我がことのように喜んだだろうに!)

セアラは母親の頰に愛情をこめてキスをした。

「お母さまは、あたしによっぽど感謝しなくっちゃあ。そうじゃない? 危ないところであたしが救ってあげたんですからね。あたしがいなかったら、お母さまはきっとあの男と結婚していたと思うわ」

アンは娘から心持ち身を引き離した。瞳孔のうつろに開いた目が、食いいるようにセアラを見つめていた。

「そう、あなたがいなかったら、わたし、あの人と結婚していたでしょうね。でも今は――もうそんな気は起こらないわ。あの人はもう路傍の人よ」

アンは暖炉の前に歩みよって、炉棚のへりに指を走らせた。その目は驚きとも苦痛ともつかぬ感情で暗い光をおびていた。彼女は低い声で呟いた。

「むなしい……ただむなしいわ……人生って、何て出来の悪い茶番劇なのかしら！」

セアラはカクテル・バーのところにぶらぶらと歩いて行って、もう一杯、酒をついだ。そして少しもじもじしながら佇《たたず》んでいたが、母親に背を向けたまま、ことさらによそごとのようにいった。

「お母さま――やっぱりお話しした方がいいでしょうね――ラリーがあたしに結婚してくれっていうの」

「ロレンス・スティーンのこと？」

「ええ」

ちょっと沈黙したのち、アンはぽつりと訊いた。
「で、どうするつもり？」
セアラはくるりと振り返って、訴えるような目ざしでちらりとアンを見た。けれども
アンは娘から目をそらしていた。
「あたし、わからないの」まるで小さな子どものように頼りなげな、怯えたような声音
でいって、セアラは何かを期待するように母親を見つめたが、アンの表情は硬く、よそ
よそしかった。
「どっちみち、あなたが自分で判断してきめるほかないわね」と少ししてアンはいった。
「わかってるわ」
手を伸ばしてテーブルの上からジェリーの手紙を取ってじっと眺めながら、セアラは
それを手の中でゆっくりひねくりまわした。それから今にも泣きださんばかりに昂ぶっ
た声でいった。
「あたし、どうしたらいいんでしょう？」
「といっても、わたしがどうしてあげられるわけでもないようね」とアンは呟いた。
「でもお母さまはどう思うの？　何とかいってちょうだい。お願いよ！」
「ロレンスの評判が芳しくないということは、前にもいったわね」

「そんなこと、問題じゃないわ。コチコチの道徳家と結婚したりしたら、退屈で退屈でたまらないでしょうよ」

「もちろんロレンスは大金持ちだし」とアンはいった。「あの人と結婚したら、いろいろと面白い目も見られるでしょうね。でもわたしがあなたなら、好きでもないのに結婚するなんてことはしないけど」

「わたし、ロレンスが嫌いじゃないわ、ある意味では」とセアラはゆっくりいった。

アンは時計を見てさっと立ちあがった。

「だったら問題はないじゃないの？」とてきぱきした口調で、「いやあね、わたし、エリオットさんの家に行くはずだったのに、すっかり忘れていたわ。たいへんな遅刻だわ、今からじゃ」

「あたし、はっきりわからないのよ――」といいかけてセアラは口ごもった。「あたし――」

「ほかに好きな人はいないの？」とアンは訊いた。

「いないらしいわ」とセアラはいって、手にしたジェリーの手紙にもう一度目を落とした。

アンはすぐにいった。

「ジェリーのことなら忘れることね、きれいさっぱりと。ジェリーはだめよ。早く忘れるに越したことはないわ」

「そうでしょうね」とセアラはのろのろと呟いた。

「そうですとも。さっぱり忘れるのよ。でもね、ロレンス・スティーンを愛していないなら、結婚しない方がいいわ。あなたはまだ若いんだし、急ぐことはないんだから」

セアラはうかない様子で考えこみながら暖炉のそばに歩みよった。

「どうせのこと、ロレンスと結婚したって悪くないとも思うのよ……あの人、すごく魅力があるし。ああ、お母さま」とだしぬけにセアラは叫んだ。「あたし、本当にどうしたらいいの？」

アンは腹立たしげにいった。

「セアラったら、あなた、まるで二つかそこらの赤ん坊ね！　あなたの人生をどうしてわたしが決められて？　それを決定する責任はあなたにあるのよ。あなただけに」

「わかってるわ」

「だったらどうなの？」とアンはいらいらといった。

セアラは子どもっぽい口ぶりで呟いた。

「お母さまが何かいいことといって下さるかしらって、思ったの」

「相手が誰であれ、結婚したくもないのに結婚することはないって、わたし、そういったでしょう？」

あいかわらず子どもっぽい表情を浮かべたまま、セアラは呟いた。

「でもお母さま、お母さまはあたしを早く厄介払いしたいんじゃなくて？」

アンは鋭い口調でいった。

「セアラ、どうしてそんな馬鹿げたことをいうの？　もちろん、そんなこと、ありませんとも。何てことを考えるんでしょうね！」

「ごめんなさいね。本気でいったんじゃないわ。ただ何もかも前とひどく違うんですもの。前にはあたしたち、とても仲よく暮らしていたのに、このごろでは、あたしのすることが、いちいちお母さまの神経に障るみたいで」

「そりゃわたしもときどき神経を尖らせているかもしれないわ」とアンは冷ややかにいった。「でもあなただって、ずいぶんと不機嫌なときがあってよ。そうじゃない、セアラ？」

「ええ、たぶんみんなあたしのせいなんでしょう」とセアラはしみじみとした口調でいった。「あたしの友だちはたいていみんな結婚しちゃったわ、パムもベティーもスーザンも。ジョーンはまだだけど、目下のところ、政治に夢中だし」またちょっと間を置いて彼女は続けた。「ロレンスと結婚したらたしかに面白いだろうと思うのよ。服やら、毛皮やら、ほしいものが何でも手に入るっていうのも悪くはないわ」

アンは素っ気なくいった。

「わたしも、あなたはお金持ちと結婚した方がいいと思ってるの。あなたの趣味はどう考えても贅沢だし。いつだって当てがい扶持のお小遣だけじゃ足りないんだから」

「あたし、貧乏は嫌い」とセアラはいった。

アンは深く息を吸いこんだ。自分が誠意のない、わざとらしい態度をとっているということを意識していたし、それに、何といっていいか、本当にわからなかった。

「ねえ、セアラ、わたし、あなたに何て忠告したらいいのか、よくわからないのよ。つまりね、このことはまったくあなた自身の問題じゃないかしら。あなたに結婚しろと勧めることも、やめなさいと忠告することも、どっちも間違っていると思うわ。これはあなたが自分で判断することよ。わかるわね、セアラ?」

セアラはすぐ答えた。

「もちろんよ——下らないことばかりいってごめんなさい。お母さまによけいな心配をさせる気はなかったのに。でも一つだけ教えて。お母さまはロレンスをどう思う?」

「べつにどうってこともないけど」

「ときどき、あたし——ちょっとあの人が怖くなるの」

「まあ」とアンは微笑した。「そんなの、ひどく馬鹿げててよ」

「ええ、そうでしょうねえ……」

セアラはふとジェリーの手紙をゆっくりと破きはじめた。びりびりと引き裂いて、小間切れにし、それを空中にほうりあげて、白い紙片が雪びらのようにひらひらと落ちてくるのをじっと見つめながら呟いた。

「かわいそうなジェリー」

それからちらっと母親を見やって訊いた。

「あたしがどうなるかってこと、お母さまだってひとごととは思わないでしょうね？」

「セアラ！　あきれるわね、あなたには！」

「ごめんなさい——変なことばかりいって。ただ何だかとても妙な気がして。吹雪の中で道に迷って、どっちの方角に家があるのか、見当がつかなくなったような……変なのよ、とっても。何もかも、誰も彼も、昔とは違っているみたいなんですもの……お母さまだって……」

「さあさあ、もういい加減になさいな。わたし、本当にもう出かけなくちゃいけないのよ」

「でも、今夜のパーティー、どうしても行かなくちゃだめ？」

「ええ、キット・エリオットが最近仕上げたっていう壁画をぜひ見たいと思ってるの」

「そう」ふっと言葉を切り、少ししてセアラはまた続けた。「あたしね、自分で思っているよりロレンスのこと、好きなのかもしれないわ」

「そうかもね」とアンは軽い口調でいった。「とにかく急いで決めることはないでしょう？　じゃあ、行ってくるわね。——急がなくっちゃ」

ドアのバタンとしまる音がした。

アンが出て行ったのといれかわりに、イーディスがグラスをかたづけに入ってきた。

セアラはポール・ロブスンのレコードを掛けて、《時には母のない子のように》の調べにむっつりとした面持ちで聞きいっていた。

「まったくあなたがたのお気にいりの音楽ときたら」とイーディスは不興げにいった。「鳥肌が立ちますわ」

「あたしはすてきだと思うけど」

「蓼《たで》食う虫も好きずきっていいますからね」とイーディスは不機嫌そうに呟いた。「それにしても、煙草の灰は灰皿の中に願いたいもんですねえ。そこらじゅう、灰だらけじゃありませんか」

「灰は敷物の色を落ち着かせるのよ」

「そんなことをいう人もいますが、みんな、嘘っぱちですよ。それに紙屑籠ってものがちゃんと壁際に置いてあるのに、こんなに紙きれをまき散らして、どういう気です？」

「ごめんなさい、イーディス。うっかりしてたのよ。あたしね、過去の自分を引き裂いていたの。いわばその象徴的行為だったんだわ」

「過去の自分を引き裂く？　何て気味の悪いことをいうんです！」とイーディスは鼻を鳴らした。けれどもふとセアラの顔を見て、急にやさしい口調でいった。「どうかしたんですか？」

「どうもしないわ。ねえ、イーディス、あたし、結婚しようかと思うの」

「急《せ》いては事を仕損じるって申しますよ。恰好なお相手が現われるまで、ゆっくりお待ちなさい」

「誰と結婚したって、大した違いはないと思うわ。どうせ、うまく行きっこないんですもの」

「つまらないことをいうもんじゃありませんて！　いったいどういうことなんです？」

セアラは昂ぶった口調でいった。

「あたし、この家を出たいのよ」

「このお宅のどこがいけないんです？　聞かせていただきたいものですね」

「あたしにもわからないの。ただ、何もかも前とは違うような気がして。どうしてかしら、イーディス？」

　イーディスはやさしい口調でいった。

「それはあなたがおとなになりかけていらっしゃるからですよ」

「そのせいなの？」

「そうともいえますねえ」

　グラスをトレイに載せて出て行きかけて、イーディスは急にそれを置くとつかつかともどってきた。そして何年も前、セアラがごく小さかったころにしたように、セアラの黒髪に覆われた頭を撫でて囁いた。

「さあさ、元気をお出しなさい。ねえ？」いきなりぱっと気分を変えてセアラは跳びあがり、イーディスの腰をかかえてワルツのステップでくるくるとまるで気が変になったように部屋の中を踊りまわりはじめた。

「あたし、結婚するのよ、すてきじゃなくて？　あたし、結婚するの、ロレンス・スティーンと。大金持ちの、そりゃあ、すてきな人よ、ロレンスは。どう、運がいい娘でしょう、あたしって？」

イーディスはぶつぶつと抗議しながらやっと身をもぎ離した。「さっきああいったかと思うと、今度は結婚するだなんて！　冗談じゃありませんよ、まったく」

「ちょっとどうかしてるのね。結婚式にはイーディス、あなたも出席するのよ。新しい服を一着買ってあげるわ――真っ赤なビロードだってよくてよ」

「結婚式を何だと思ってるんです？　戴冠式とは違うんですよ」

イーディスの手にトレイを渡し、セアラは彼女を戸口の方に押しやった。

「さあ、もう行ってちょうだい。ぶつぶついうのはやめて」

どうも気がかりだというように首を振りながら、イーディスは立ち去った。

のろのろした足どりで部屋にもどると、セアラは突然大きな椅子の上にぱっと身を投げだして泣きに泣いた。

レコードは終わりの部分にさしかかり、深い、悲しげな声が繰り返していた。

　時には家路を遠く離れた、
　よるべない母のない子のように……

第三部

第一章

イーディスは台所で働いていた。その動作は緩慢でぎごちなかった。近ごろは彼女のいわゆる〝リューマチ〟がますますひどくなって、そのせいか、義理にも機嫌がいいとはいえなかったが、あいかわらず頑として家事を人任せにせず、何でも自分でやりたがった。

「あのホッパーのおかみさん」と彼女が呼ぶ、しょっちゅう鼻をくすんくすんいわせている女性が週一度やってきて、イーディスに嫉ましげに見張られながらも多少の仕事をすることを許されていた。しかし、それ以上の手伝いは、臨時に掃除婦なんぞを雇おうものなら、どんなことになるかもしれないと思うほどの権幕で頭から拒否されていたのだった。

「わたしはこれまで何でもひとりで切り回してきたんですからね」というのが彼女のきまり文句だった。

というわけで、イーディスは一種殉教者のような、一段と気むずかしげな顔つきで家事万般を処理していた。その上、最近ではぶつぶつとひとりごとをいう癖までついた。

今日も今日とて、彼女は低い声でぶつぶつ呟きながら仕事をしていた。

「まったく昼食のころになって牛乳を持ってくるなんて——呆れかえった話だよ！　牛乳なんて、朝ごはん前に配達するものなのにさ。白衣なんか着こんで、ピーピー口笛を吹きながらやってくるんだから、あの生意気な若僧たちは……いったい、自分を何さまだと思ってるんだろうね？　駆けだしの歯医者かなんぞのような風体《ふうてい》でさ……」

玄関の掛け金がカチャリといったので、イーディスはちょっと口をつぐんだ。それから、「またひと騒ぎ、始まるんだろうよ、おおかた」こうひとりごとをいいながら、ボールを取りあげて蛇口の下で邪慳《じゃけん》にザブザブとすすいだ。

アンの声がした。

「イーディス」

イーディスは流しからひっこめた手をローラー・タオルで念入りに拭った。

「イーディス……イーディス……」

「はい、ただいま」

「イーディスったら！」

イーディスは眉をぐっとあげ、口の両端をひきしめると台所からホールを通って居間に行った。アン・プレンティスはせかせかと郵便物の封を切っては、中の手紙や勘定書をほうり出していた。イーディスを振り返って彼女はいった。

「デーム・ローラに電話してくれた？」

「はい、もちろん、いたしましたよ」

「どうしてもお目にかかりたいって、そういったの？　あの人、きてくれるって？」

「すぐ伺うとおっしゃいましたが？」

「だったら、なぜまだこないのよ？」とアンは怒ったようにいった。

「つい二十分前にお電話したばかりですもの。奥さまがお出かけになったすぐ後ですわ」

「あれからもう一時間もたったような気がするわ。なぜ、こないんだろう？」

イーディスは宥めすかすような口調でいった。

「物事はそうトントン拍子に運ぶとは限りませんですよ。じれたってどうにもなりませんわ」

「わたしが具合が悪いんだっていってくれたんでしょうね？」

「いつものように興奮していらっしゃるって申しましたが」

アンは憤然といった。「興奮しているですって？　わたし、神経がめちゃめちゃにまいってるのよ」

「はいはい、そのとおりでございますとも」

アンはこの忠実なメイドにいらだたしげな一瞥を投げて、せかせかした様子でまず窓際に、次に炉の前に立った。イーディスは節くれだった大きな、荒れた手をごしごしとエプロンにこすりつけながら、じっと女主人の様子を見守っていた。

「ちょっとの間もじっとしていられないのよ、わたし。ゆうべは一睡もしなかったし。気分がたまらなく悪くて……」椅子に腰をおろして、アンは両の手をこめかみにあてた。

「いったい、わたし、どうしたのかしら？　自分でもわからないわ」

「わたしにはわかりますね。あんまり外出なさるからですわ。奥さまのお年じゃ、もう無理ですよ」

「イーディス！　出過ぎたことをいうのね。あんたはこのごろ、ますますひどくなってきたわ。ずいぶん長いこと一緒に暮らしてきたし、よく働いてくれるのはありがたいけど、身のほども考えずにあまりつけつけいうと、出て行ってもらわなければならなくなってよ」

イーディスは天井の方に目をあげて、例によって殉教者のような顔つきでいった。

「わたし、お暇はいただきませんわ。ここではっきり申しあげておきますがね」

「わたしがそういえば、出て行かなければならないでしょう」

「そんなことをなさったら、とんでもない馬鹿を見るだけですわ。わたしならいくらでも口がありますからね。紹介所へ行けば、引っ張り凧《だこ》でしょうよ。お困りになるのは奥さまですわ。わたしがいなくなったらどうなさいます？　通いの手伝いにでも頼るほかなくなるんですよ。それとも妙な外国人か。そんな手合いの料理ときたら脂っこくて、胃の具合がおかしくなりますわ――料理の臭いが家じゅうにこもりますしね。それにあいった外国人は電話の取次ぎひとつ満足にできませんしねえ――名前をいちいち間違えたり。清潔で、感じのいい、ものいいの柔らかな、願ってもないメイドだと喜んでると、ある日突然、毛皮や宝石をもって留守中に蒸発するとか。ついそこのプレーン・コートでそんな事件があったそうですわ、昨日、聞いたんですがね。奥さまは昔風に家事がちゃんちゃんと運ばれないと気がすまない方ですからねえ。わたしなら、いつでも気のきいた料理を作ってさしあげますし、洗いものをさせても上等なカップやお皿をかいたりなんか、けっしてしませんからね。そこへ行くと若い子は物の扱いがぞんざいでいけませんよ。わたしは奥さまの流儀を呑みこんでますし。とにかくこの家は、わたしがいなけりゃ、夜も日も明けないんですから、出て行ったりなんかしませんわ。そりゃ、つらいこともありますが、聖書にも〝己が十字架を取りて歩め〟って書いてあるじゃございませんか。奥さまはいってみりゃ、わたしの十字架ですよ。これでわたしもいっぱしクリスチャンですから」

アンは目をぎゅっとつぶって、呻き声をあげながら体を前後に揺すった。

「ああ、頭がガンガンするわ――堪まらない……」

イーディスはいかつい不機嫌な顔を柔らげた。その目にやさしい表情が浮かんだ。

「待っていらっしゃいまし。わたしがおいしいお茶をいれてさしあげますからね」

アンは不機嫌な声で叫んだ。

「おいしいお茶なんてたくさん！　わたし、お茶は嫌いよ」

イーディスは嘆息してまたもや天井をうち仰ぎ、「よござんすよ、ご勝手に」といってひきさがったのだった。

アンは煙草入れに手を伸ばし、煙草を一本取って火をつけると、ひとしきりプカプカとふかしたが、すぐまたそれを灰皿の上でつぶして火を消し、立ちあがってまたもやそそくさと部屋の中を歩きまわりはじめた。

一、二分後、アンは今度は受話器を取りあげてダイアルを回した。
「もしもし――レディー・ラッズコームはご在宅でしょうか――ああ、マーシャ、あなただったの」と急にわざとらしくはしゃいだ声になった。「ご機嫌いかが？……いいえ、べつに。ただちょっとお電話したくなって……わからないのよ、何だか――ただ妙に気持ちが浮かなくて――ええ、まあ、べつにどうってこともないけど。ところであしたのお昼はあいていらっしゃる？……ああ、そう……木曜の晩？ ええ、いいことよ……まあ、すてき、じゃあ、リーか誰かをつかまえて、パーティーを開くことにするわ。うれしいこと……じゃ、午前中にお電話しますから」

電話を切ると、束の間の空元気も消え、アンはまたそわそわと歩きだした。しばらくして玄関のベルが鳴ったので立ちどまって聞き耳を立てた。

イーディスの声が聞こえた。

「はい、お居間でお待ちでいらっしゃいます」

やがてローラ・ホイスタブルが入ってきた。背が高く、いかつい、堂々たる押しだしで、荒波の中にそそり立つ岩のようにどっしりと頼りになる感じだった。

アンは甲高いヒステリックな声でとりとめのないことを口走りながら走って客を出迎えた。

「ああ、ローラ――ローラ――本当によくきて下さったのねえ」

デーム・ローラはぐっと眉を吊りあげた。その目は相手の顔にじっと注がれていた。両手をアンの肩に置き、長椅子の方に静かに導くと、並んで腰をおろして彼女はいった。

「ところで、わざわざ呼びだされたのはどういうこと？」

まだヒステリックに昂ぶった声でアンはいった。「よかったわ、きて下さって。あたし、気が変になりそうなの」

「馬鹿なこと、いうものじゃないわ」とデーム・ローラはさらりといった。「いったい、どうしたっていうの？」

「どうもこうもないの。ただ、神経がまいってしまって。それが怖いのよ。じっとしていられないの。まったく、どうしたっていうんでしょうねえ？」

「なるほど」とローラは職業的な目つきでつくづくとアンの顔を見た。「本当ね、具合があまりよくなさそうだわ」

さりげなくいったものの、その実ローラはどきっとしたのだった。厚化粧の下の顔はひどく憔悴し、数カ月前に会ったときにくらべて格段に老けて見えた。

アンはいらいらといった。

「どうってことないのよ。ただ――どういうのかしら、ちっとも眠れないの――薬でも服まないと。しょっちゅういらいらして、ちょっとしたことが癇に障るし」

「それでお医者には診てもらったの？」

「いいえ、近ごろは全然。どうせ、ブロマイドかなにかをくれて、何でもほどほどになんていうだけですもの」

「結構な忠告じゃありませんか」

「ええ。でも馬鹿げてるわ。わたし、神経が昂ぶったことなんて生まれてからいっぺんもないのよ。あなただって、それはご存じでしょう？　神経なんてものがあることさえ、知らないくらいだったわ」

　ローラ・ホイスタブルはふっと黙った。つい三年ほど前までのアン・プレンティスを思い出していたのである。物静かで、穏やかで、おおらかな安らぎを感じさせたアン。人生を楽しみ、やさしく、気分にむらがなかった。この友人の変わりように、ローラは深い悲しみを覚えた。

「神経が昂ぶったことがいっぺんもないっていうけれど」と彼女はいった。「足を折った人に訊いてごらんなさい。たぶんそれまではいっぺんだって足を折った経験がないでしょうからね」

「でもどうしてわたしのような人間が、神経に悩まされたりなんかするんでしょう？」

ローラ・ホイスタブルは注意して言葉を選びながらさりげなくいった。

「お医者のいうとおりよ。あなたはたぶんやたらと忙《せわ》しすぎるのよ」

アンはキンキン響く声でいった。

「だって、一日中くよくよと考えごとをしているわけにもいかないわ」

「くよくよせずにじっとしていることだってできるはずだと思うけど」

「いいえ」手をそわそわと動かしてアンはいった。「だめよ。何もせずにぼんやりしているなんて、わたしにはとてもできないわ」

「どうして?」探りをいれるようにローラは鋭い語調で訊いた。

「さあ」アンの手はいっそう落ち着きなく動きはじめた。「ひとりじゃあ――とてもいられないのよ……」と追いつめられたような目ざしでローラを見て、「ひとりでいるのが怖いなんていったら、どうかしていると思って?」

「いいえ、これまであなたのいったうちで一番わけのわかった言葉だわ」とデーム・ローラはすぐにいった。

「わけのわかった?」とアンはびっくりしたように訊き返した。

「ええ、まさに真相よ、それこそ」

「真相ですって?」とアンは目を閉じていった。「何のことといってるのか、ちっともわからないわ」

「つまり、真相をつきとめない限り、どうにも動きがとれないってことよ」

「でもあなたにわかるわけはないわ。あなたはひとりでいるのを怖いなんて考えたこともないでしょう？」

「ええ」

「だったらわかりっこないわ」

「いいえ、わかりますとも」ローラは静かにいった。「あなた、どうして今日、わたしを呼びだしたの？」

「誰かに話さずにはいられなかったのよ……どうしても……それにあなたに話せば……何とかして下さるんじゃないかと思って」とアンは期待するようにローラの顔を見た。

ローラは頷いてほっと溜息をついた。

「なるほど、わたしに手品をやってほしいってわけね？」

「わたしのためにやって下さらない、ローラ、そういう手品を？　精神分析とか、催眠術とか、いろいろあるんじゃないの？」

「現代風の呪術といったものね、つまり？　だめだめ」とローラはきっぱり首を振った。

「帽子から兎を取り出すようなことをしてあげるわけにはいかないわ、アン。それはあなたが自分ですることなんだから。何よりもまず、帽子の中にあるものをはっきり見届けることが必要でしょうね」

「それ、どういう意味かしら？」

ローラ・ホイスタブルはちょっと沈黙し、それから答えた。

「あなたは幸せじゃないようね、アン」

質問というよりは事実をありのままに述べている口調だった。

アンはすぐ——ほとんど間髪をいれずにいった。

「あら、幸せですとも——少なくともある意味では。いろいろと楽しい思いもしているし」

「いいえ、あなたは幸せじゃないわ」とデーム・ローラは容赦なくいった。

アンは手をひろげて肩を大きくすくめた。

「大体、幸せな人間なんて、世の中にいて？」と彼女は挑むように叫んだ。

「たくさんいますよ、ありがたいことに」とデーム・ローラは朗らかな口調で答えた。

「あなたはなぜ、幸せじゃないの、アン？」

「わからないわ」

「真実のほかにはあなたを助けてくれるものはないのよ、アン。あなたは自分がなぜ幸せでないか、その答えをよく承知しているはずよ」

アンはちょっと黙っていたが、やっと決心がついたように、激しい口調でいった。

「たぶんそれは――正直いって――わたしがだんだん年をとっていくからだと思うの。中年になって、昔より器量も悪くなり、未来に期待すべきものが何もないんですもの」

「呆れたわね、期待すべきものがないなんて！　あなたは健康に恵まれているし、頭だって、そう悪くないわ――中年になるまで顧みるゆとりのなかったようなことが、人生にはいくらだってあるのよ。このことは前にもいったはずよ――読書、庭いじり、音楽、絵、人とのつきあいにしたって、日なたぼっこだって――みんなそれぞれに、わたしたちが人生と呼ぶ入りくんだ複雑な絵模様を作りあげているものなのよ」

一瞬口をつぐんだアンは、ふと居直るようにいった。

「つまるところ、みんなセックスの問題に帰するんじゃないの？　女が男にとって魅力ある存在でなくなったら、もうおしまいよ」

「ある種の女についてはそういうこともいえるかもしれないわね。でもあなたの場合はそうじゃないわ、アン。あなたは『不滅のとき』という芝居を見たことがあって？　それとも本で読んだことがあるかしら？　あの中にこういうせりふが出てくるのを覚えている？　〝それを見出すことができさえすれば人が一生幸せであるような、そんなときが人生にはある〃あなたもそれをもう少しで見出すところだったんじゃなくて？」

アンの顔がふと柔らいで、いっとき急に若やいで見えた。

「ええ、あったわ。そうしたときをリチャードと一緒に経験することだってできたんだわ。あの人と一緒に幸せな老境を迎えることだって」

ローラは深い同情をこめていった。

「わかっててよ」

「それなのにどうでしょう、今では、わたし、彼を失ったことを残念だとさえ思わないのよ！　わたし、あの人に会ったわ——そう、一年ばかり前に——でもあの人はもうわたしにとって、何の意味もない存在になっていたわ。およそ何の意味もない他人に。そこが悲しい、また滑稽なことなのよ。魔力は消えてしまった。わたしたちはもうお互いにとって何の意味も持っていなかったのよ。あの人は平凡な中年男にすぎなかったわ——少し勿体ぶった、退屈な男、新婚間もない小ぎれいだけど頭のからっぽな、めかしたてた奥さんにたぶん首ったけのつまらない男になっていたわ。いい人には違いないけれど、はっきりいって退屈な人間にね。でも——でも——もしわたしたちが結婚していたら——二人で幸せに暮らすことができたと思うのよ。わたしにはわかるの。わたしたち、きっと幸せな夫婦になっていたわ」

「そうね」とローラはしみじみいった。「たぶんね」

「わたし、幸せを掴みかけていたのに――いえ、もうほとんど掴んでいたのに――」アンの声は自己憐憫の感情に震えていた。「それを諦めなければならなかったのよ」

「本当に？」

アンはローラの問いを耳にも入れないらしかった。

「わたし、何もかも捨てたわ――セアラのために！」

「そのとおりよ」とデーム・ローラはいった。「あなたはそのとき以来、セアラをけっして赦さなかった。そうでしょう？」

アンは夢から醒めたように愕然としていった。「それはどういう意味？」

「自己犠牲！　生贄《いけにえ》！　まあ、考えてもごらんなさい、犠牲の意味することを。温かい、おおらかな気持ちで、進んで自己をなげうつ――そんな英雄的な瞬間だけが犠牲ではないのよ。刃の前にあなたの胸を差し出すといった犠牲はむしろ容易だわ――一瞬にしてすべては終わってしまうんですからね。その瞬間、あなたは自己を超えた偉大な存在になるわ。けれども多くの場合、あなたはその意味を身をもって明らかにしながら生きていかねばならないのよ――一日じゅう、いえ、くる日もくる日も。それはなまやさしいことではないわ。そんな犠牲に耐えるには、人は大きくならなければいけない。それはアン、あなたの力にあまることだったのよ」
アンは怒りに頰を燃やした。

「わたしは自分の一生を、たった一つの幸福の機会を、セアラのために捨てたわ。それなのにあなたは、それだけでは足りなかったっていうの？」

「そういうことじゃないのよ」

「みんな、わたしが悪いんでしょうよ、どうせ！」とアンはまだいきりたっていた。

デーム・ローラは心をこめていった。

「人生の悩みごとの半分は、自分を本当の自分よりも善良な、立派な人間だと思いこもうとすることからくるのよ」

しかしアンはもうローラの言葉を聞いてはいなかった。やるかたない憤懣《ふんまん》が口をついて迸《ほとばし》り出ていたのだった。

「セアラは典型的な現代っ子よ。自分のことにばかりかまけて、ほかの人のことなんか、考えもしないわ！　一年前、リチャードが電話をかけてきたとき、あの子ったら、リチャードがどこの誰だか、覚えてもいなかったのよ。あの人の名前を聞いても、何も――本当に何も思い出さなかったわ」

自分の診断が当たっていたのを見届けた医師のように、ローラ・ホイスタブルは重々しく頷いた。

「なるほどねえ……なるほど」

アンはまたいった。

「わたしに何ができて？　リチャードとセアラは顔を合わせさえすれば喧嘩をはじめたのよ。はたで聞いているだけで神経がまいってしまったわ。もしもわたしが諦めなかったら、かたときの平和も得られなかったでしょうよ」

ローラはてきぱきした口調で意外なことをいった。

「わたしがあなただったらね、アン、リチャード・コールドフィールドを諦めたのはセアラのためなのか、それともあなた自身の心の平和のためなのか、はっきりつきとめておくんだけれど」

アンは恨みがましくローラの顔を見つめた。

「わたし、リチャードを愛していたわ。でもセアラをもっともっと愛していたから……」

「そうじゃないわ、アン。そんな単純なことではないのよ。あなたがセアラよりもリチャードを愛した瞬間がたしかにあったと思うの。あなたの心にくすぶっている惨めさと恨みがましい思いは、まさにその瞬間から兆したんでしょうね。セアラをリチャードより愛していたから彼を諦めたのだとしたら、今のあなたみたいにじれはしないでしょう。けれどももしも弱気から、セアラがあなたをいたたまらない気持ちにさせたから、リチャードを諦めたのだったら――たえまのない口論や角突きあいから逃げたいばっかりに――つまり、もしもそれが自分の意志による放棄でなく、敗北だったとしたら――そうね、そんなことを自分で認めるのは嫌なものよ。でもあなたはあのころ、たしかにリチャードを深く愛していたわ」

アンは苦々しい口調でいった。

「それがどうでしょう、あの人はもうわたしにとって何の意味もなくなってしまったのよ！」

「じゃあ、セアラはどうなの？」

「セアラ？」

「ええ、セアラはあなたにとってどんな意味を持っているの？」

アンは肩をそびやかした。

「セアラが結婚してからというもの、わたし、あの子にろくに会っていないのよ。おおかた、陽気に、忙しく暮らしているんでしょうね。とにかくほとんど会ったことがないくらい」

「わたしはゆうべ会ったわ……」ローラはちょっと言葉を切ってまた続けた。「仲間と一緒にあるレストランにいたんだけれど」また言葉を切ってから、ぶっきらぼうにいった。「ひどく酔っぱらっていたわ」

「酔っぱらって？」アンは一瞬驚いたような声を出したが、すぐ笑っていった。「ローラったら！　あまり昔風なのもどうかと思うわね。近ごろの若い人たちはみんな、よく飲むわ。集まった人がいいご機嫌になるか、酔いつぶれるまで飲むんでなけりゃ、パーティーは成功とはいえないらしいのよ」

ローラは構わず続けた。

「まあね――たしかにわたしは昔気質だから、自分の知っている女の子が人前で酔っぱらっているのを見れば、いい気持ちはしないわ。でもねえ、それだけじゃないのよ、アン、あの子に話しかけたとき、気がついたんだけれど、瞳孔が開いていたの」

「それ、どういうこと？」

「コカインという可能性も考えられるわ」

「つまり麻薬を――？」

「あなたにわたし、いったことがあったわね、ロレンス・スティーンは麻薬の密売に関係しているんじゃないかって。金儲けのためじゃなく、もっぱら刺激を求めてでしょうけれど」

「ロレンスはいつもごくノーマルに見えるじゃないの？」

「ああ、麻薬なんか、あの人の場合、べつにこれという影響も与えないのよ。ああいったタイプの人間がいるものね。感覚の実験というわけでしょう。彼のようなたちの人間は麻薬依存症にはならないわ。ところが女は違う。女は不幸だと、知らず知らずのめりこんでしまうのよ。いったん麻薬の魅力にとりつかれたら最後、振り切れなくなるわ」

「不幸だっていうの？　セアラが？」アンは信じられないというように訊き返した。

その顔をじっと眺めながらローラ・ホイスタブルはさりげなくいった。

「あなたならわかっているでしょうね。あの子のお母さんなんだから」

「関係ないわ！　セアラはわたしに打ち明け話なんか、ちっともしないんですもの」

「なぜなの？」

アンは立ちあがって窓際まで歩いて行き、それからまたのろのろと炉の前にもどった。デーム・ローラはじっと坐ったまま、その挙措に目を注いでいた。アンが煙草に火をつけると、ローラは静かに訊ねた。

「セアラが不幸だということは、はっきりいってあなたにとってどんな意味を持っているのかしら、アン？」

「意地の悪いことを訊くのねえ。もちろん心配よ——ひどく」

「そう？」ローラは立ちあがった。「さあ、わたし、もう帰らなけりゃ。委員会があと十分で始まるのよ。ぎりぎり間に合うかどうかってところね」

戸口に歩いて行くローラの後にアンは続いて、なおもいった。

「〝そう？〟って、どうしてあんないいかたをしたの、ローラ？」

「どこかにわたし、手袋を置き忘れなかったかしら？　さあてと——」

玄関のベルが鳴った。イーディスがどたどたと台所から出て行く様子だった。

アンは食いさがった。「ねえ、何か、意味があったんでしょ？」

「ああ、こんなところに置いてあったわ」

「ローラ、あなたってひどい人ね——意地悪だわ！」

このとき、イーディスがいつもの酸っぱい顔に少しばかり微笑らしいものを浮かべて入ってきた。

「珍しい方がお見えになりましたよ。ロイドさまですわ」

入ってきたジェリー・ロイドをアンは、これがあのジェリーかという驚きの思いでまじまじと見つめた。

久方ぶりで会うジェリーは、三年という年月以上にぐっと老けて見えた。人生の波風をまともに受けたらしく、その顔には、とかくうだつのあがらない者にありがちな疲れた小皺がきざまれていた。あきらかに出来合いの粗悪な仕立のツイードの背広を着ていたし、靴も見すぼらしかった。つまりひと口にいえば見るからに尾羽打ち枯らした姿であった。アンに向けたその笑顔には軽薄なところはなく、全体にごく真面目なものが感じられた。屈託ありげとはいわないまでも、何か心にかかることがあるらしかった。

「ジェリー、まあ、驚いたわ！」

「ぼくを覚えていて下さったんですね、三年半もお目にかからなかったのに」

「あなたの顔はわたしも覚えていてよ」とデーム・ローラが口をはさんだ。「あなたの方ではわたしを覚えていないでしょうけれど」

「とんでもない。忘れるどころじゃありませんよ、デーム・ローラ。あなたを忘れることのできる人間はいないでしょう」

「うれしいお世辞をいってくれるのね。それとも本当？　とにかく、わたし、もう行かなくっちゃ。さようなら、アン。失礼しますよ、ロイドさん」

ローラが立ち去ると、ジェリーはアンの後にしたがって炉の前に行き、椅子に坐って差し出された煙草を取った。

アンは陽気な、明るい口調でいった。

「さあ、ジェリー、これまであなたがどんな暮らしをしてきたのか、すっかり話して聞かせてちょうだい。イギリスには長くいらっしゃるつもり？」

「それはまだわかりませんが」

彼女に向けられている落ち着いた目ざしにアンは思わずどぎまぎして、いったいこの青年は何を考えているのだろうと怪しんだ。それは彼女の記憶にあるジェリーとはどうしても重ならない表情であった。

「何かお飲みになる？　オレンジ・ジン？　それともピンク・ジンを？」

「いや、結構です。ぼくは――あなたとお話ししたいと思って伺ったのですから」

「それはうれしいこと。セアラにお会いになって？　結婚したのはご存じね？　ロレンス・スティーンていうんだけれど」

「知っています。セアラから手紙をもらいました。それに、会ったんです、ゆうべ。実は、今日伺ったのもそれだからなんですが」ちょっと言葉を切って、彼は不意に訊ねた。

「なぜ、あなたはセアラがあの男と結婚するのを許したんです？」

アンは呆気にとられた。

「ジェリー、そんな――呆れたわ！」

あなたにそんなことをいわれるわけはない、といわんばかりのアンの態度だったが、ジェリーは動ずる様子もなく、真面目な、率直な口調でいった。

「セアラは幸せじゃありません。あなたにもそれはおわかりでしょう。幸せじゃないんです」

「あの子がそういったの？」

「まさか。セアラがそんなことをいうわけはありません。しかし、いわれるまでもないことです。ぼくにはすぐにわかりました。連れがたくさんいましたから、ほんの二言三言話しただけでしたが。しかし、誰にだってわかりますよ。あなたはなぜ、あんな結婚を黙認なさったのです？」

アンはむらむらと腹が立ってくるのを感じていた。

「ジェリー、いきなり何をいうのかと思ったら。あなた、少し変よ」

「いや、ぼくはそうは思いません」彼はちょっと考えて言葉を切った。まったく何の衒《てら》いもない、誠実な態度に、アンはついほだされていた。「ぼくにとって、セアラは大事なひとなんです。昔からそうでした。世界中の何ものよりも。ですからセアラが幸福かどうか、ぼくにはとても気がかりなんです。あなたにだってわかっていらっしゃるでしょう、セアラをスティーンなんかと結婚させてはいけなかったんですよ」

アンはかっとなって叫んだ。

「いやあね、ジェリー、あなたはまるで――ヴィクトリア朝の人みたいに古くさいわ！　わたしが許そうが許すまいが、そんなことは問題にもならなかったのよ。女の子は自分が結婚したいと思った男と結婚するんで、親たちがどうこうできるわけではないんだから。セアラはロレンス・スティーンと結婚しようと思った、それだけのことだわ」

ジェリーは当然きわまることをいうように落ち着いていった。

「あなたがその気になれば、止められたでしょうに」

「こうしようとはっきり心を決めている人間を止めようとしたってむだでしょう。かえって頑固に、片意地になるだけだわ」

ジェリーは目をあげてアンの顔をじっと見た。

「止めようとなさったんですか？」

率直に問いかけているその目ざしに見つめられて、アンはどうしてか、どぎまぎと口ごもった。

「それは――もちろん、ロレンスはセアラよりずっと年上だし――評判もよくなかったわ。そのことは念を押したけれど――」

「人間の風上にも置けない男じゃありませんか」

「でも本当いって、あなたはロレンスについて何を知っているの？　長い間イギリスを離れていたんじゃないの？」

「隠れもない事実ですからね、あの男が悪徳漢だということは。誰だって知っていますよ。むろん、あなたはあの男についての不愉快な事実を逐一ご存じだというわけではないでしょう。しかし、あいつがひどい男だということぐらい、直感なさったと思うんですが」

「あの人、わたしにはいつもとても感じのよい、気持ちのいい態度をとってきたし」とアンは弁解がましくいった。「それに感心しない過去を持っているからって、悪い夫になるとは限りませんからね。世間の人はいろいろと意地の悪いことをいうけれど、噂が全部が全部本当とはいいきれないわ。セアラはロレンスにひかれて——どうしても結婚する気だったんですもの。あの人はとてもお金持ちだし——」

ジェリーは遮った。

「そのとおりです。あいつは金を持っている。しかし、あなたはただ金のために娘を嫁がせたがるような人じゃない。あなたは——何ていうか——けっして世間的な母親じゃあなかった。セアラに幸福になってほしいとただそれしか考えなかったでしょう——ぼくの思い違いでないとすれば」

彼はどうも腑に落ちないといった怪訝そうな顔つきで、アンを見つめた。

「わたしのたった一人の娘ですもの。もちろんわたし、セアラに幸せになってもらいたいと思ったわ。それはいうまでもないことでしょう。でもジェリー、誰もほかの人の問題に嘴をいれるわけにはいかないのよ、誰かがしていることが間違っていると思っても、そうそう干渉はできないわ」

こういってアンは挑むようにジェリーの顔を見返した。

ジェリーはあいかわらず解しかねるといった、考えこんだ様子でアンを見つめていた。

「セアラは本当にあいつと結婚したかったんでしょうかね、そんなに？」

「あの人をとても愛していたわ」これだけいえば充分だろうといわんばかりの口調だったが、ジェリーが何もいわないので、アンはまた続けた。「あなたにはわからないでしょうけれど、ロレンスは女にとってとても魅力があるのよ」

「ああ、それはよくわかりますよ」

アンは思いきっていった。

「あのねえ、ジェリー、あなたのいうことにはまるで理屈が通っていないわ。セアラと以前、子どもらしい好意を持ちあったからって、わざわざやってきてわたしを非難するなんて——まるであの子があなた以外の人と結婚したのがわたしのせいだといわんばかりに」

ジェリーはもう一度遮った。

「そう、あなたのせいだとぼくは思っているんです」

二人はお互いの顔を見つめた。ジェリーの顔は紅潮し、アンのそれは青ざめていた。その緊張の空気には堪えがたいものがあった。

アンは立ちあがって、「あなた、言葉が過ぎやしないこと?」と冷たくいった。

ジェリーも立ちあがっていた。静かな礼儀正しい物腰だったが、その冷静さの背後に頑とした、非情なもののあることをアンは感じていた。

「申しわけありません。失礼なことをいったのでしたら、赦していただきたいと思います」

「まるでめちゃくちゃだわ」

「そうかもしれません、ある意味では。でもぼくにはセアラのことが気になるんです。この世でたった一つ、セアラのことだけが心残りなんです。あなたがみすみす手をこまぬいて、セアラが不幸な結婚をするのを黙認したという気がして仕方がないものですから」

「まったく呆れたわ!」

「ぼくはセアラを助けだそうと思うんです」

「何ですって！」

「あのろくでなしと別れるように、説き伏せるつもりでいます」

「何てまあ、下らないことばかりいうの？　ずっと昔、あの子と子どもらしい恋をしたというだけでそんな――」

「ぼくにはセアラがよくわかっている。そしてセアラはぼくを理解しているんです」

アンは突然、冷然と笑った。

「せっかくだけれどね、ジェリー、セアラはもう、あなたがあの子を知っていたころのセアラではないのよ。会えばすぐにわかると思うけれど」

ジェリーの顔はさっと青ざめた。

「セアラが変わったのは知っています」と低い声で彼はいった。「自分の目で見ましたから……」

ちょっと躊躇した後、彼は静かにいった。

「失敬だと思われたなら、申しわけないと思います。しかし、ぼくにとってはいつもセアラのことが真っ先に気になるものですから」

ジェリーはこういい残して部屋を出て行った。

アンはカクテル・バーのところに行って、ジンを一杯ついだ。グラスを傾けながら彼女は呟いた。「何て失礼な――ひどいことを……ローラもだわ――ローラもわたしを責めていた。みんなして、このわたしを。ひどいったらないわ……わたしが何をしたっていうの？　何もしやしなかったのに……」

第二章

1

ポーンスフット・スクウェア十八番地の玄関のドアをあけた執事は、ジェリーの出来合いの粗末な服を尊大な目つきでじろりと見たが、客と目を見合わせて少しばかり態度を変えた。

奥さまがご在宅かどうか、見てまいりましょうと彼はいった。

間もなくジェリーは異国風の花や、淡い色調の金襴の壁掛けがあちこちに飾られている大きな薄暗い部屋に通された。そしてしばらくしてセアラ・スティーンが微笑を浮かべて入ってきたのだった。

「まあ、ジェリー、よくきて下さったのね。この間はすぐ別れ別れになってしまったから。何かお飲みになる？」

彼に飲物を渡し、自分にも一杯つぐと、セアラは炉のそばの低いクッション椅子に座を占めた。柔らかい照明で部屋の中は薄暗く、その顔はほとんど見えないくらいだった。セアラは以前の彼女が使ったことのない何か高価な香水をつけていた。

「どう、ジェリー?」と彼女はふたたび軽い口調でいった。

ジェリーは微笑を返していった。

「そっちは、セアラ?」

ふと指で彼女の肩に触れてジェリーはいった。

「動物園まるがかえといったところだね」

セアラが身にまとっているいかにも贅沢なシフォンの服は裾や襟もとに何かの柔らかい、淡い色の毛皮をふんだんにつけて縁どってあった。

「きれいでしょう?」

「ああ、すてきだ。それにおそろしく金がかかっているって感じがするよ」

「そのとおりよ。でもジェリー、あなたのことを聞かせて。南アフリカからケニヤに行くっていって、その後、すっかり消息がとだえてしまったんですもの」

「うん。ずっと悪運につきまとわれてね」

「驚きもしないけど」とセアラはすぐにいった。

「驚かないって、どういう意味さ？」

「あなたって人、いつだって運さえよかったら成功してるはずですもの。そうじゃないの？」

一瞬ジェリーは昔ながらのセアラを感じた。いつも彼をからかい、こっぴどくやっつけたセアラ。冷たい顔の美しい社交婦人はどこへか消え、セアラが――彼のセアラが昔のように彼をとっちめているのだった。

彼もまた、昔ながらの口調で答えていた。

「次から次へと悪いことばかり重なってね。まず作物の出来が悪く――こいつはたしかにぼくの責任じゃないんだが――そのうちに今度は牛の間に病気が発生して……」

「なるほど、あいかわらずってわけね」

「もちろん資本からして、充分とはいえなかったし。もしも資本があったら――」

「ええ――そうよね」

「ひどいなあ、セアフ、何もかもぼくのせいってわけじゃないのに」

「いつだってあなたのせいなんかじゃないものね。ところでイギリスには何のために帰ってきたの？」

「叔母が死んでね――」

「リーナ叔母さん？」とセアラは訊ねた。ジェリーの親類のことはみんな知っていたのだった。

「そう。ルーク叔父は二年前に亡くなったよ、あのけち爺い、ぼくにはびた一文遺してくれなかったが」

「賢明というべきね」

「でもリーナ叔母は――」

「あなたに何か遺してくれたの？」

「ああ、一万ポンド」

「そう」とセアラは首をかしげた。「まあ、悪くないわね。近ごろとしても、ちょっとまとまった額だわ」

「ぼくの友だちにカナダに牧場を持ってる男がいてね。一緒に経営しようと思ってるんだ」

「どんな人なの？　それが問題よ、いつだって。南アフリカを出てから、誰かと修理店をやるっていってたでしょ？　あれはどうなったの？」

「まあ、自然消滅ってところかな。はじめのうちは結構うまくいってたんだが、ちょっと拡張したところで景気ががったり悪くなって――」

「もう後は聞かないでもいいわ。あいかわらず変わりばえのしない話ねえ！　あなたらしく」

「うん」とジェリーはいった。それから何の衒いもなく付け加えた。「きみのいうとおりだと思うよ。ぼくは本当いって、あまり大した人間じゃないんだな。運が悪かったんだという気持ちには変わりないけれど――馬鹿なこともちょっとはやったからね。だけど、今度の話は違うんだよ」

「さあ、それはどうかしら？」とセアラは辛辣だった。

「ひどいなあ、セアラ。ぼくだって失敗からなにがしかの教訓を得ただろうにさ」

「さあねえ。人間なんて、同じ間違いを何度でも繰り返すわ。あなたに必要なのはね、ジェリー、マネージャーよ。映画スターの場合のように、万事とりしきってくれる人だわ。誰かが実際的にものを考えて、とんでもない時に楽観的になる癖のあるあなたのお目付け役にならなくっちゃ」

「きみのいうことにはたしかに一理あるよ。しかし、セアラ、今度ばかりは大丈夫なんだよ。ぼくも慎重第一で行くからね」

ちょっと沈黙が続いた。やがてジェリーがいった。

「昨日、きみのお母さんのところに行ったよ」

「本当？　それはありがとう。元気だった、母は？　あいかわらずせかせかと忙しそうにしていたかしら？」

ジェリーはゆっくりいった。

「お母さん、ひどく変わられたね」

「そう思う？」

「ああ」

「どんな風に変わったと思うの？」

「何ていったらいいかな」とちょっとためらい、「一つには、ひどく神経がピリピリしていたしね」

セアラは軽い口調でいった。

「こんな世の中ですもの。当然だわ」

「以前はああじゃなかった。いつも穏やかで――やさしかった」

「妙《たえ》にやさしき？　讃美歌の一節みたいね」

「ぼくのいってるのがどういう意味か、きみにはよくわかってるはずだよ――お母さんはすっかり変わった。髪も――服も――何もかも」

「少しばかり派手にやっているだけのことよ。いけないってわけもないでしょう？　かわいそうに、年をとるって、ひどく情けないことなんでしょうからね。それにどっちみち、人間は変わるわ、誰だって」ちょっと間を置いて、セアラはかすかに挑戦的な口調でいった。「あたしも変わったっていいたいんでしょうね、たぶん？」

「いいや、根本的には変わらないよ」

セアラは顔を赤らめた。

「動物園が引っ越してきたようなこんなものや」と毛皮にまた軽くさわって、ジェリーはいった。「ウルウォスの特別展示よろしくの宝石や」と肩に留められている小枝の形のダイヤモンドをつまんで、「こういう贅沢きわまる舞台装置にもかかわらず、きみは大体において昔と同じセアラだ」ジェリーはそっと付け加えた。「ぼくのセアラだよ」

セアラは落ち着かない様子で身じろぎをした。そしてわざとらしく陽気な口調でいった。

「あなただって、あいかわらずのジェリーですものね。カナダにはいつ発つの？」

「間もなくだよ。弁護士との話がかたづいたらすぐ」こういってジェリーは立ちあがった。

「さあ、もう行かなくっちゃ。そのうちにまた会ってくれるかい？」

「それよりあなたがここへきてわたしたちと食事をして下さらない？　それともパーテ

ィーでも開きましょうか？　ラリーにも会ってちょうだい」

「この間会っただろう？」

「ほんのちょっとね」

「パーティーに割《さ》くだけの時間はないと思うんだ。朝の散歩に行こうよ、一緒に」

「午前中はあたし、ぜんぜん冴えないのよ。朝って一日のうちで一番いやな時間だわ」

「頭を冷やしてものをじっくり考えるにはもってこいさ」

「頭を冷やしたいなんて、誰がそんなこと考えるの？」

「われわれさ、おそらくね。ね、いいだろう、セアラ？　リジェント・パークをふた回りしよう、あしたの朝。ハノーヴァ・ゲートで待ってるよ」

「変なこと、思いつくのねえ、ジェリー！　それにひどい背広だわ、それ」

「着ふるしたからね」

「それもあるけど、カットがおかしいのよ」

「気取り屋！　じゃあ、あした十二時にハノーヴァ・ゲートで。起きてみたら二日酔なんてことにならないように、今夜はあまり羽目をはずさないようにしたまえ」

「ゆうべは羽目をはずしてたって、いいたいのね？」

「そうじゃなかったのかい？」

「つまらないパーティーだったのよ。女って、お酒を飲むと、ちょっとは紛れてね」

ジェリーは繰り返した。

「じゃあ、あした。ハノーヴァ・ゲートで。十二時だよ」

2

「あたし、約束どおりちゃんときたでしょ?」とセアラは挑戦するようにいった。

ジェリーはその姿を見あげ見おろした。彼女は驚くほど美しかった――少女時代の彼女よりも一段とあでやかだった。着ている服があっさりした形ながら、法外な金のかかったものであること、指にはめた大きなエメラルドの豪華さなどを彼はすばやく見てとって考えた、「ぼくはまったくどうかしている」と。しかし、彼の決心は揺るがなかった。

「さあ、どんどん歩こう」こう彼はいった。

それはなかなかに忙しい散歩であった。池のまわりを回り、ばら園を抜けて人通りの少ない一隅まできて二人はようやく椅子に腰をおろした。寒気がきびしいので、まわりの人影はまばらだった。

ジェリーは大きく深く息を吸いこんだ。

「さて、すぐ本論に入るよ。セアラ、きみ、ぼくと一緒にカナダにくる気はない？」

セアラはびっくりした様子で見つめた。

「いったい、それ、どういうこと？」

「まさに今いったとおりさ」

「つまり――旅行をしようっていうの、一緒に？」とセアラはジェリーの真意をはかりかねたようにいった。

ジェリーは微笑した。

「いや、夫と別れて、ぼくと一緒にきてくれってことだよ」

セアラは笑った。

「ジェリー、あなた、気でも変になったの？　だってあたしたち、ほとんど四年近くも会わなかったのよ。それに――」

「それに――どうしたんだい？」

「どうってことはないわ」不意を衝《つ》かれたようにセアラは口ごもった。「どうってことはないけれど……」

「四年だろうが、五年だろうが――いや、十年だって、二十年だって、何の変わりもないとぼくは思うがね。きみとぼくはお互いにいわば属しあっているんだよ。ぼくはいつもそう思っていた。今でもそれには変わりない。きみはそうは思わないの？」

「ある意味ではね」とセアラは認めた。「でも、あなたがいってることは、まるでできない相談だわ」

「できないなんてことはないと思うよ。きみが誰かまともな男と結婚して幸せに暮らしているなら、ぼくは干渉しようなんて夢にも考えないだろうよ」彼は低い声でいった。

「しかし、きみは幸せじゃあない。そうだろう、セアラ？」

「たいていの人と同じくらいには幸せだわ」とセアラは弱みを見せまいとするようにいった。

「ぼくはきみがまったく惨めだと思うがね」

「そうだとしたら――自分で蒔いた種子だわ。結局のところ、いったん過《あやま》ちをおかしたら、それを受けいれて生きていくほかないんですもの」

「ロレンス・スティーンはどうなんだ？　何度過ちをおかしても、平気でまたやり直すんじゃないかね？」

「そんないいかた、卑怯だわ！」

「そのとおりだ。しかし、真実だよ、これは」

「とにかくね、ジェリー、あなた、どうかしているわ。お話にならないくらい、むちゃくちゃよ！」

「きみにつきまとって、ゆっくり説き伏せるという方法を取らなかったからかい？　そんな必要がないからさ。さっきもいったように、ぼくらはお互いに相手に属しているんだからね――きみにだって、そのことはわかっているだろう、セアラ」

セアラはほっと溜息をついた。

「あたし、あなたをとっても好きだったわ、たしかに」

「ただ好きっていうよりもっと深いものなんだよ、それは」

セアラは振り返ってつくづくとジェリーの顔を見た。そして虚勢をなげうっていった。

「本当？　本当にそう思うの？」

「本当だとも」

二人は沈黙した。しばらくしてジェリーはやさしい口調でいった。

「一緒にきてくれるね、セアラ？」

セアラはふたたび溜息をついた。そして坐り直して毛皮の外套をきっちりと掻き合わせた。うすら寒い風が木々をそよそよと揺るがしていた。

「ごめんなさいね、ジェリー。あたしの答えはノーだわ」

「どうして？」

「どうしても——ただそれだけ」

「夫のもとを離れる妻はいくらもいるよ」

「あたしは違うわ」

「ロレンス・スティーンを愛しているっていうの？」

セアラは首を振った。

「いいえ、愛してはいないわ。はじめから愛してなんかいなかったのよ。ただ、あの人にひきつけられたことはたしかだわ。あの人——女の扱いかたを知っているから」と嫌悪に堪えないように身を震わせた。「誰かを本当に——腐りきった人間だと思うなんて、そうめったにあることじゃないけど、あたしがもしもそんな感じを持つとしたら、ロレンスについてじゃないかしら。あの人のすることは、かっとなって思わずやるっていうんじゃないのよ——どうしようもなくやってしまうっていうんじゃなくて、人間を実験動物扱いしているんだわ」

「だったら、何も躊躇することはないじゃないか？」

セアラはちょっと沈黙し、それから低い声でいった。

「良心の問題じゃないのよ。ああ」といらだたしげにいいよどんで、「まったく情けないわ、人間て、どうしてこう、高潔な大義名分を真っ先にひけらかすのかしらね！　いいわ、ジェリー、あたしがどんな嫌らしい女か、あなたに知ってもらった方がいいから。ロレンスと暮らしている間に、あたし、ある種のものに――慣れっこになってしまったの。それを捨てたくないの。服とか、毛皮、アクセサリー、高級レストラン、パーティー、メイド、自動車、ヨット……ただぬくぬくと贅沢三昧暮らしているあたしに向かって、あなたは、辺鄙《へんぴ》な牧場で荒らくれた生活をしろって誘ってるんだわ。だめよ――そんな気はないわ。あたし、だめな人間になってしまったのよ！　お金や贅沢で腐ってしまったのよ」

ジェリーは平静な口調でいった。

「だったら、そういったことから思いきって抜けだすいい機会じゃないか」

「ああ、ジェリー！」とセアラは泣き笑いしながらいった。「まるで当然しごくのようにいうのねえ」

「ぼくの足は地についているよ、しっかりと」

「ええ、でもあなたにはまだ半分もわかっていないんだわ」

「わかっていないって？」

「ただ――お金のことだけじゃないの。ほかのこともあるのよ。ああ、わかってくれないの？　あたし、嫌らしい人間になってしまったのよ。あたしたちのパーティー――あたしたちの出入りする場所――」

セアラは言葉を切った。その顔は羞恥に燃えていた。

「よろしい」とジェリーは平然といった。「きみは堕落している。それから？」

「ええ、まだあるわ。あたし――あたし――どうしてもそれなしでは我慢できないものがあるの」

「それなしでは我慢できないもの？」ジェリーはぐっと手を伸ばしてセアラの顎をつかんで、彼の方に顔を向けさせた。「噂は聞いていたが――つまり――麻薬のこと？」

セアラは頷いた。

「何ともいえない興奮を感じるのよ」

「セアラ」ジェリーの声には有無をいわさぬ厳しいものがあった。「きみはぼくと一緒にこなくちゃいけない。そういったことをみんな、きれいさっぱりやめるんだ」

「もしもやめられなかったら？」

「ぼくがやめさせる」とジェリーは頑とした口調でいった。

セアラの両肩はほっとしたようにさがった。溜息をついて、彼女は彼に身をもたせかけようとした。しかしジェリーはさっと身を引いた。

「だめだよ。キスはしない」

「わかったわ。冷静に――きめろっていうのね？」

「ああ」

「おかしなジェリー！」

二人はちょっとの間黙っていた。しばらくしてジェリーは強いて落ち着こうと努力しながらいった。

「ぼくは大した人間じゃない。それは自分でもよくわかっている。これまでもとかくどじばかり踏んできた。きみはぼくをあまり――信用できないと思っているだろうね。でももしもきみがぼくと一緒にきてくれるなら――これまでよりはましなことができると思うんだ。本当だよ。きみは頭がよく働く。それにぼくが怠けだすと気合いをいれる方法を心得ているからね」

「つまりあたしってどうやら、あまりぞっとしない人間らしいわね」とセアラはいった。

ジェリーは構わず言葉を続けた。

「心配はいらない。大丈夫、何とか成功して見せるよ。そりゃ、きみにとってはひどい生活だろうさ。重労働だし、耐乏生活をしなければならないし——実際、きびしいと思うよ。自分でもこんな図々しいことをよくもきみにいいだせたものだと呆れてるくらいだ。しかし、それこそ、現実だよ、セアラ？　生活ってものだよ」

「現実……そして生活……」とセアラは自分にいって聞かせるように繰り返した。つと立ちあがって、彼女は歩きだした。並んで歩きながらジェリーはいった。

「きてくれるね、セアラ？」

「わからないわ、あたし」

「セアラ——お願いだ……」

「いいえ、ジェリー——もう何もいわないで。あなたはもういうだけのことをいったわ。いう必要のあることを全部。今度はあたしの番よ。あたし、よく考えなくっちゃいけないと思うの。いずれ知らせるわ」

「いつ？」

「じきに……」

第三章

「おやまあ、よくいらっしゃいましたねえ！」

玄関のドアをあけてセアラを迎えたイーディスは苦々しげな顔をかすかにくずしてしぶしぶのように微笑した。

「こんにちは、イーディス。お母さまは？」

「もうお帰りになるころですが。いらして下すってよございましたよ、少しは元気におなりになるでしょう」

「元気をつけてあげる必要なんか、あるの？　お母さまって、いつもものすごく陽気じゃないの？」

「どうかしていらっしゃるんですよ、近ごろは。心配でたまらないんです、わたし」とイーディスはセアラについて居間に行った。「二分とじっとしていらっしゃらないし、何かいうと頭ごなしに怒鳴りつけられますしね。どこかおかしいんですわ、お体の具合が」

「いい加減にしてよ、イーディス。あなたにいわせれば、誰だっていつだって葬儀屋のご厄介になりかけているんだから」

「あなたのことはそうは申しませんよ、セアラさま、見るからお元気そうですねえ。おやまあ——こんなすてきな毛皮を床の上になんぞほうり出して。あいかわらずですねえ、あなたは。それにしてもまあ、きれいですこと、これは！　さぞお高いんでしょうねえ？」

「目の玉がとび出すほどよ」

「奥さまもこれほどのものはお持ちになったことがありませんからね。本当にいいお品ばっかりお持ちですわ、あなたは」

「当然よ。魂を売り渡す時には、せめていい値をつけてもらわなくちゃ」

「そんないいかた、感心しませんねえ」とイーディスは首を振った。「あなたのいけないところは、気持ちの浮き沈みがはげしいことですよ。スティーンさまと結婚するってこのお部屋中をとびまわっていらしたのを、つい昨日のことのように覚えていますがね。まるで熱にうかされたようにわたしを引っ張りまわして、〝あたし、結婚するのよ——結婚するのよ〟といいながら踊り狂ってらしたじゃありませんか」

セアラは鋭い声で遮った。

「やめて――やめてよ、イーディス。堪まらないわ」

イーディスの顔はたちまちはっとしたように引きしまり、何もかも呑みこんでいるといわんばかりの表情をおびた。

「まあまあ、そう気にしないことですよ」と彼女は宥めすかすようにいった。「最初の二年間がいっとう辛いものだっていいますわ。それさえ乗り越えれば、あとはまあ」

「あまり明るい結婚観とはいえないわね」

イーディスはやれやれというように首を振った。「結婚なんて、うまくいったところでそういいものでもなさそうですが、それなしじゃ世の中が立って行かないっていうんですから、まあね。差し出がましかったらごめんなさいましよ、でもひょっとしておめでたでも――」

「そんなこと、なくってよ！」

「失礼しました。馬鹿に気が立っておいでのように見えましたから、つい。新婚の奥さま方にはときどき妙なことがあるものでしてね。わたしの姉がつわりのときに、八百屋で突然、大きなみずみずしい梨がむしょうに食べたくなりましてね、ケースの中に入っていたのをひっつかんでいきなりガブリとやったそうですよ。〝何をするんだ、おかみさん？〃って若い店員が怒鳴ったそうですけど、主人は世帯持ちでしたからね、ものわかりよく、〃このお客さんのことはおれがわかってる〃ってそういって、梨の代金を請求することもしなかったんですって。なんせ、この八百屋は十三人の子持ちでしたから」

「まあ、十三人も」とセアラはいった。「でもあなたの家族って、すばらしいのね、イーディス。あたし、小さいときからずいぶんいろいろな話を聞いたわ」

「ええ、ええ、何やかやとよくおしゃべりしましたっけね。あなたは真面目くさった顔で、どんな話でもよく聞いていらっしゃいましたよ。そうそう、そういえばこの間、あの若い方が見えましたよ。ロイドさまです。お会いになりましたか？」

「ええ、会ったわ」

「ずっと老けましたね——でもいい色に焼けて。外国生活が長いからでしょうが、あっちで成功なさったんですか？」

「というわけでもなさそうね」

「それは残念ですね。もう一つ、ふんばりが足りないっていうのか——まあ、そういうことでしょうねえ」

「たぶんね。そりゃそうと、お母さま、じき帰ってくるかしら？」

「ええ、後ほど晩餐会にお出かけになるそうですから、着替えをなさりにおもどりになるでしょう。たまにはお家で静かな夜をお過ごしになるといいんですが。あれじゃあ、参ってしまいますわ」

「よっぽど楽しいんでしょうね」

「こんなに毎日出歩いてばかりなんて、奥さまにはよくありませんよ。昔はそりゃあ物静かな方だったんですからね」

イーディスの言葉からふと何か思い出したように、セアラははっと見返った。そして考えこんだ様子で繰り返した。

「物静かな――そうね、そうだったわ。ジェリーもそういってたのよ。お母さまがこの三年ばかりの間に人が違ったようになったのは、考えてみるとおかしいわ。イーディス、あなたもお母さまが変わったと思う？」

「同じ方とは思えないこともあるくらいですわ」

「前にはあんなじゃなかったわ……前には――」セアラはふと口をつぐんで考えこみ、それからまたいった。「どこのお母さんでも、子どものことをいつまでもかわいがるものかしら、イーディス、どう思う？」

「もちろんですとも。そうでなかったら、普通じゃありませんよ」

「子どもが大きくなってひとり立ちしても？　動物はそうじゃないわ」

イーディスは呆れかえったというようにきっとなっていった。

「動物はそうじゃないですって？　わたしらは人間ですよ。しかもクリスチャンですからね。馬鹿なことをいうものじゃありませんよ、セアラさま。〃息子は嫁をもらうまで息子、しかし娘は、一生、娘〃って、よくいうじゃありませんか」

セアラは笑った。

「娘をひどく嫌っているお母さんもいるし、お母さんなんか、うるさいばかりだと思っている娘も世の中にはたくさんいるわ」

「わたしにいえるのは、そんなことは聞き苦しいだけだってことですよ」

「でもずっと健康的よ、何でもいってしまう方がうじうじ黙っているより。少なくとも心理学者はそういうわ」

「だとしますと、心理学者って妙ちきりんな考えを持った連中ですね」

セアラはしみじみいった。

「あたし、お母さまがそりゃあ、好きだったわ——人間としてよ、母親としてだけじゃなく」

「お母さまもあなたのことをとてもかわいがっていらっしゃるんですよ、セアラさま」

セアラは何も答えずに黙っていた。ややあって彼女は呟いた。「さあ、どうかしら」

イーディスは鼻を鳴らした。

「あなたが肺炎におなりになったときなんか、お母さまはそりゃあ、心配なさって――そうですとも、あれはあなたが十四のときでしたっけねえ――」

「ああ、そのときはね。でも今は……」

玄関のドアの鍵がカチャリといった。

「お帰りですわ」

アンは息を弾ませながら入ってきて、華やかな色の羽で飾った、小さな、洒落た帽子を取りながらいった。

「おや、セアラ、よくきたのね。まあ、この帽子の窮屈なこと。今、何時？　すっかり遅くなってしまったわ。八時にラズベリー夫妻と〈チャリアノ〉で食事をする約束なのよ。着替えをする間、わたしの部屋にいらっしゃい」

セアラはおとなしく母親について彼女の寝室に行った。

「ロレンスは元気？」

「ええ、元気よ」

「そう。ずいぶん会っていないわ――あなたとも久しぶりだわね。そのうち、パーティーでも計画しましょうよ。〈コロネーション〉にかかっている新しいレヴューは面白いらしいけど」

「お母さま、あたし、お母さまにお話ししたいことがあるの」

「話って？」

「顔をいじくるのをちょっとやめて、あたしのいうことを訊いて下さらない？」

アンはびっくりしたように振り返った。

「おやおや、セアラ、あなた、また馬鹿にいらいらしているのね」

「お話ししたいことがあるの。大事なことなのよ——ジェリーのこと」

「ああ」アンは両手を下におろして、なるほどというようにいった。「ジェリーのことなの……」

セアラは思いきっていった。

「ジェリーはね、わたしにロレンスと別れて一緒にカナダに行こうっていうのよ」

アンは一、二度大きく息を呑み、それからさりげなくいった。

「まったく愚にもつかないことを！　かわいそうだけど、ジェリーって、本当に馬鹿な人だわ！」

セアラは鋭い声でいった。

「ジェリーは馬鹿じゃないわ」

「あなたはいつもやっきになってあの人を弁護してきたわね。でも真面目な話、あなた、今度会ってみて、あの人とのことは子どもじみた、たわいもない昔話だとは思わなかったの？」

「頭からそんなことといわれちゃ、話もできやしないわ」セアラの声はかすかに震えていた。「あたし、そのこと、真面目に考えようと思っているのに」

アンはきっとなった。

「まさかあなた、そんな下らない話に本気で耳を貸しているんじゃないでしょうね？」

「本気よ、あたし」

アンは腹立たしげにいった。

「だったらあなたは馬鹿よ、セアラ」

セアラはかたくなにいった。

「あたし、いつもジェリーが好きだったわ。ジェリーの方でもずっとあたしを愛してきたのよ」

アンは笑った。

「あなたって、子どもなのね！」

「ロレンスと結婚してはいけなかったのよ。あたしが今までおかしたうちで一番大きな過ちだわ」

「そのうちには落ち着くわ」とアンは気楽そうにいった。

セアラは立ちあがって、そわそわと歩きまわった。

「だめよ、ぜったいにだめなのよ。まるで地獄だわ、あたしの生活は」

「おおげさなことをいうものじゃないわ、セアラ」とアンは苦りきった口調だった。

「ロレンスは獣よ。人間の皮をかぶった獣だわ！」

「あなたにいろいろとつくしてくれるじゃないの」とアンは勝手ないい分を非難するようにいった。

「どうしてあたし、結婚なんかしたのかしら？　本当にどうして——結婚したいなんて、本気で思ったこともないのに」突然セアラはくるりとアンを振り返った。「お母さまのせいだわ。お母さまがいなかったら、あたし、あの人と結婚なんかしなかったわ、きっと」

「わたしのせいですって？」とアンはかっとなって顔を赤くした。「わたしには何の関係もないわ」

「お母さまのせいなのよ！」

「あのときもわたし、自分でよく考えてきめなさいって、そういったじゃありませんか？」

「でもお母さまが思わせたんだわ、悪い話じゃないって」

「意地の悪いむちゃくちゃをいうのね！　あの人の評判が悪いってことも、あの人との結婚は冒険だってことも、すっかりいって聞かせてあげたじゃありませんか？」

「それはそうよ。でもそのときのお母さまのいいかたよ、あたしのいうのは。まるでそんなことは何でもないといわんばかりに。ああ、それなのよ！　どんな言葉をお母さまが使ったか、そんなことは問題じゃないわ。言葉はまともだったわ。でもお母さまはあたしをロレンスと結婚させたかったんでしょう？　そうよ、お母さま、あたし、今ははっきりわかったわ。でもなぜなの？　あたしを厄介払いしたかったから？」

アンは激した様子で娘の方に向き直った。

「セアラ、何てひどいことをいうの！」

セアラはつかつかと母親に近よった。白皙《はくせき》の顔にひときわ目立つ大きな暗い目が、どうあっても真相を突きとめなければといわんばかりに、食い入るようにアンの顔に注がれていた。

「あたしにはわかってる。あたしのいってることは嘘じゃないわ。お母さまはあたしをロレンスと結婚させたかったのよ。それがたいへんな間違いだということがわかって、あたしが地獄の苦しみをしているのに、お母さまは気にもしないんだわ。あたし、ときには——お母さまが喜んでいるのかとさえ思ったわ」

「セアラ！」

「そうよ、お母さまは喜んでいたのよ」セアラの目は依然として探るように母親の顔を見つめていた。見つめられてアンはひどく落ち着かないものを感じた。「うれしがっていたんだわ……」とセアラはまたいった。「あたしが不幸せになるのを望んでいたのよ……」

アンはぷいと横を向いた。体中ぶるぶると震えていた。戸口の方に歩きかける彼女にセアラは追いすがった。

「なぜなの？　なぜなのよ、お母さま？」

アンは強ばった唇の間からむりに言葉を押し出していった。

「あなたはね、何をいっているのか、自分でもわかっていないのよ」

セアラはなおもいいつのった。

「あたし、知りたいのよ。なぜ、お母さまはあたしが不幸になることを望んだの？」

「そんなこと、あるものですか！　呆れてものもいえやしない！」

「お母さま……」セアラはふと子どものようにおずおずと母親の腕に手をかけた。「お母さま……あたしはあなたの娘なのよ……あたしのことをかわいがるのが本当じゃないの？」

「もちろん、かわいがっていますとも！　何をいいだすのかと思えば！」

「かわいがってなんかいないと思うからよ。もうずっと前からだわ……お母さまはあたしから離れて、あたしの手の届かないところに行ってしまったのよ……」

アンは何とか毅然とした態度をとろうと努力して、できるだけさりげない声音でいった。

「いくら子どもを愛していても、子どもがひとり立ちすることを覚えなければならないときがくるのよ。母親が子どもを自分の所有物のように考えるのは間違っているんですからね」

「それはそうよ。でも子どもが苦しんでいるときには、お母さんのところに行くことができるようでなければいけないと思うわ」

「だけど、あなたはいったいわたしに何をしてもらいたいの、セアラ？」

「教えてほしいのよ、ジェリーと一緒に行くべきか、ロレンスのところにとどまった方がいいのか」

「むろん、ロレンスのもとにとどまるべきだわ」

「ずいぶんはっきりいうのね」

「わたしの年の女からほかにどんな答えを期待できるの？　わたしはね、ある種の行動の規範を後生大事に守るように育てられたんですからね」

「夫のもとにとどまることが道徳的に正しく、愛人と駆け落ちすることは道徳的に間違っているというのね？」

「そのとおりよ。もちろん、現代っ子のあなたの友だちに訊けば、まったく違うことをいうでしょうよ。でもあなたはわたしの意見を訊いたんですからね」

　セアラは溜息をついて首を振った。

「お母さまの口から聞くとひどく簡単なことみたいだけれど、それほど単純な問題じゃあないのよ。いろいろとこみいっているの。ロレンスのもとにとどまりたがっているのは、あたしの中の一番嫌らしい部分だわ——貧乏や困難に直面することを恐れているあたし、安楽な暮らしを好んでいる——頽廃的な趣味を持ち、官能の奴隷であるあたしなのよ。もう一人のあたし、ジェリーと一緒に行きたがっているあたしは、恋に溺れた小娘じゃあないわ。ジェリーを信じ、助けたいと思っているあたしよ。あたしには、ジェリーにないものがあるのよ。ジェリーがじっと坐って自己憐憫にふける瞬間があるわ。

そういうときこそ、あの人はあたしを必要とするのよ。あたしがそばにいてあの人をどやしつける必要があるんだわ。ジェリーは立派な人間になる素質を持っているわ。あの人を笑い、刺激する誰かを——つまり、このあたしがあの人には必要なのよ……」

セアラは言葉を切って、嘆願するように母親を見やった。アンの顔には石のように固い表情が浮かんでいた。

「あなたの言葉に感銘を受けたというふりをしても何にもならないでしょうね。あなたは自分の自由な意志でロレンスと結婚したのよ、どんないいわけをしようと。だから彼のそばにとどまるべきだわ」

「そりゃ、もしかしたら……」

アンは力を得てなおもいった。

「わかっているでしょう、セアラ」といかにも愛情深げに、「第一ね、あなたは苦しい生活には向かないわ。あれこれとただ口でいう分には面白おかしく聞こえるかもしれないけれど、これが実際となると、辛くて嫌気がさすにきまっているわ。とくに——」こここぞとばかり彼女はいった。いいことを思いついたと思ったからだった。「とくにジェリーを手伝うかわりに、かえってあの人の重荷になっていると感じたりすれば」

いい終わったとたんに、アンはしまったと思った。

セアラはぐっと表情を硬くして化粧台のところに行き、煙草を一本取って火をつけた。それからさりげない口調でいった。

「お母さまは、悪魔と手をつないでいるのね、そうじゃない？」

「どういう意味、それは？」

アンはどぎまぎしていた。

セアラはぷいともどってきて、母親と向かいあって立った。その顔は猜疑に溢れ、冷たかった。

「あたしをジェリーと一緒に行かせたくない、本当の理由は何なの、お母さま？」

「さっきもいったでしょう――」

「本当の理由は……」アンの目を見据えながらセアラは一語一語切ってゆっくりいった。

「あたしがジェリーとの生活で幸せになるんじゃないかと気になるんでしょう？」

「不幸になるかもしれないから心配しているのよ！」

「嘘よ」とセアラは吐き出すようにいった。「そんなこと、お母さまは気にしてなんかいないわ。そうじゃなくて、お母さまはあたしが幸福になるのがいやなのよ。お母さまはあたしを嫌っているわ。いいえ、どういうわけだかわからないけれど、あたしを憎んでいるのよ……そうでしょう？　憎んでいるんだわ！　ひどく憎んでいるんだわ！」

「セアラ、気でもおかしくなったの？」

「気はたしかよ。ただね、わたし、真相をつきとめかけているの。長いこと、お母さまはあたしを憎んでいた、何年もの間。どうして？」

「そんなこと、ないわ……」

「そうにきまってるわ。でもどうして？　あたしの若さを嫉んでいるわけでもないでしょう？　そういうお母さんもいるけれど、お母さまは違う。お母さまはいつもあたしにやさしかったわ……それがどうして急にあたしが憎らしくなったの？　なぜ？　あたし、どうしても知りたいのよ！」

「憎んでなんかいないったら！」

セアラは叫んだ。

「嘘をつくのは、もうやめてちょうだい。いさぎよくいっておしまいなさいよ。あたし、憎まれるようなどんな悪いことをして？　あたしはいつもお母さまを崇拝していたわ。いつだってお母さまにやさしくしたし、いろいろな用事をしてあげたわ」

アンはくるりと振り返った。憤懣の思いをこめて、意味ありげに彼女はいった。

「まるで犠牲を払ったのがあなただけだというような口ぶりね！」

セアラは困惑した様子で母親を見つめた。

「犠牲？　犠牲って何のこと？」

アンの声は震えていた。両手をぎゅっと握りあわせて彼女はいった。

「わたしはあなたのために一生を棒にふったわ——わたしが大事に思うすべてのものをなげうったわ——それなのにあなたは——覚えてもいなかった！」

いまだに怪訝そうな顔で、セアラはいった。

「いったい何のこと？　あたしにはちっともわからないけれど……」

「わからないでしょうとも。あなたはリチャード・コールドフィールドって名を覚えてもいなかった。〝リチャード・コールドフィールド？　誰のこと？〟そういったわ」

突如、曙光がさすようにセアラの目に動くものがあった。かすかな狼狽《ろうばい》が彼女を揺さぶっていた。

「リチャード・コールドフィールド？」

「そうよ、リチャード・コールドフィールドよ」アンは今や真正面から娘を告発していた。「あなたはあの人を嫌っていた。でもわたしは愛していたのよ。心から好きだったのよ。わたしは、あの人と結婚したいと思っていたのよ。でもあなたのために諦めなければならなかったんだわ」

「お母さま……」

セアラは度を失っていた。

アンは挑戦的にいった。

「わたしだって幸福になる権利はあったはずよ」

「知らなかったのよ——お母さまが本当にあの人のことを思っていたってこと」とセアラは口ごもった。

「知りたいとも思わなかったのよ。目をつぶっていたんだわ。あなたはわたしの結婚を止めるためにあらゆることをした。そのとおりでしょう？　どう？」

「そうだったわ……」セアラは過去を振り返っていた。自分がいかにも子どもらしくぺらぺらと自信ありげにまくしたてたことを思い返して、かすかな嘔気をさえ覚えた。

「あの人がお母さまを幸福にするとは思えなかったのよ……」

「どんな権利があってあなたはほかの人の代わりに判断を下すの？」とアンは激しい口調で詰問した。

それはジェリーがいつかセアラにいったことだった。ジェリーは彼女が何をしようとしているかを知って、気遣っていた。ところが彼女自身はまるでいいことでもしているように得々としていた。憎んであまりある〝カリフラワー〟を撃退したという勝利感に酔っていたのだった。それは子どもじみた露骨な嫉妬心の表われだった。セアラは今ようやくそのことを悟った。彼女の母親はそのために苦しみ、その結果少しずつ人柄が変わって、今彼女を非難しているこの不幸せそうな、いらいらとした女になってしまったのだ。彼女はひと言もなかった。

セアラは自信なげな低い声でただ繰り返した。

「あたし、知らなかった——お母さま、知らなかったのよ」

アンはふたたび過去の年月の中にいた。

「あなたさえ邪魔をしなかったら、リチャードとわたしは幸せに暮らすことができたのよ。あの人は淋しい人だった。奥さんが産褥で死んで、大きなショックと悲しみを味わっていた。あの人にも欠点はいろいろとあったわ。わたしだって、それに気づかないわけじゃなかった。もったいぶる傾向があったし、独断的だったわ。若い人はそういうことには点が辛いわ。でも根は親切で、単純で、そりゃあ、善良な人だったのよ。わたしたち、一緒に年をとって、幸せに暮らすことができたのに。それをわたしはあの人をひどく傷つけて追いやってしまったのよ。あの人を愛してもいない馬鹿な小娘のいる南海岸のホテルへと」

セアラはぐっと母親から身をひいた。一語一語がこたえた。しかし彼女は自分を弁護しようとありったけの力をふるい起こした。

「そんなに結婚したかったのなら――さっさと結婚すればよかったんだわ」

アンは激しい身ぶりで振り返った。

「あなたは覚えていないの、あなた方二人がどんなにしょっちゅういい争いをしたか、どんなにつまらないことからいがみあったか。あなたたちは犬と猿みたいだった。あなたはリチャードをわざと怒らせたのよ、ちゃんと計算した上で」

(そう、たしかにそれは計算の上だった)

「わたしはもう堪えられなかったわ。くる日もくる日も際限なく続く角突きあい。そしてとうとう、のっぴきならないことになってしまったんだわ。二人のうちどちらを選ぶか――リチャードはそういったのよ――彼とあなたと、どっちを選ぶのかって。あなたはわたしの血を分けたひとり娘ですもの。わたしはあなたを選んだのよ」

「それからというもの」とセアラは目が醒めたようにいった。「お母さまはずっとあたしを憎んでいたってわけね……」

これですべてが腑に落ちた、とセアラは思った。

彼女はその毛皮の襟巻を拾いあげると、戸口に足を向けた。

「これでお互いに何もかもはっきりしたわけね」

よく透る、冷たい声であった。たしかに母親の一生は台なしになった。しかしセアラは今、難破寸前にある自分自身の一生について考えていたのであった。

戸口でセアラはふと立ちどまって、激情に顔をゆがませている女、彼女の今の言葉を打ち消しもしない母親に向かっていった。

「お母さまはあたしがお母さまの一生を台なしにしたからあたしを憎んでるのね。いいわ、あたしもあたしの一生をめちゃめちゃにしたお母さまが憎いんですから！」

アンは鋭い声でいった。

「わたしには何の関係もないわ。あなたは自分で自分の道を選んだんじゃありませんか」

「どういたしまして。偽善者になるのだけはやめてちょうだい。あたし、ロレンスとの結婚を思いとまりたいと思って、お母さまの忠告を求めたのよ。お母さまはよく知っていたはずよ、あたしがあの人にひかれていること、でも本当はその魅力を振りきりたがっているのだってことを。お母さまのやりかたはとても堂にいったものだったわ。何をいったらいいか、どうしたらいちばん効果があるか、お母さまにはわかっていたのよ」

「馬鹿なことをいうのね。なぜ、わたしがあなたをロレンスと結婚させたがるの？」

「たぶん――あたしが不幸せになることが目に見えていたからでしょう。お母さま自身、不幸せだった――だからあたしが不幸になるのを見たかったのよ。どう、お母さま？

白状しておしまいなさいな。あたしが結婚して惨めな思いをしていると思って、少しは胸のつかえがおりたんじゃなくて？」

突如激しい感情をあらわにしてアンはいった。

「ときにはね、そう、いい気味だと思ったわ！」

母親と娘は険悪な顔で睨みあった。

ふとセアラが不快な、耳障りな笑い声をたてた。

「じゃあこれで、お互いに恨みっこなしね！　さようなら、お母さま！」

足音が廊下を遠ざかって行った。何かに終止符を打つように玄関のドアが鋭い音を立ててしまるのが聞こえた。

アンはひとりぼっちであった。

まだがたがたと震えながら、アンはやっとベッドにたどりつくと、その上に身を投げだした。涙が溢れて頬をつたった。

やがて彼女は何年と経験したことのない激しい嗚咽の発作に襲われていたのだった。どのぐらいそうして泣いていたのか、啜り泣きがやっとおさまりかけたとき、カチャカチャという音とともに、イーディスがお茶のトレイを捧げて入ってきた。彼女はそのトレイをベッドの脇のテーブルの上に置き、アンの傍らに腰をおろして、そっとその肩を撫でた。

「さあさ、もうおやめなさいまし……おいしいお茶が入りましたよ。いらないなんておっしゃらずにぐっと飲んでおしまいなさいまし」

「ああ、イーディス、イーディス……」アンは忠実なメイドであり、友人でもある年老いた女にしがみついた。

「さあ、もうそんなに泣かないで。いずれ何もかもいい具合におさまりますって」

「わたし、ひどいことをいったのよ――あの子に。そりゃあ、ひどいことを」

「まあま、そう気になさらないで、さあ、お起きなさいまし。お茶をお注ぎしましょう。ぐっとお飲みなさいまし」

アンはおとなしく起き直って、熱いお茶をすすった。

「ね、これですぐ気分がよくなりますわ」

「セアラは――ああ、どうしてわたし――」

「もうそのことはねえ――」

「なぜ、わたし、あんなひどいことをいってしまったのかしら?」

「もやもや考えているくらいなら、口に出してしまった方がずっとよござんすよ。わたしはそう思いますね」とイーディスはいった。「くよくよしているうちにおなかんなかに毒素がたまるんですから——本当ですとも」

「わたし、ひどいことを——残酷なことをいったわ——」

「今までいいたいこともいわずにじっと黙っていらしたのがいけなかったんですよ。ひと喧嘩して結着をつけてしまう方が、自分ひとりで我慢して何も問題はないというふりをするよりよほどいいんでしてねえ。誰だって心の中じゃ、よくないことをいろいろ考えるものですが、それを認めるのはいい気持ちじゃありませんからねえ」

「わたし、本当にセアラを憎んでいたのかしら？　わたしのセアラ——小さいころのあの子はとてもおかしな、かわいらしい子だったわ。それなのにあの子を憎んでいたなんて」

「もちろん、そんなことあるものですか」とイーディスはこともなげにいった。

「でも本当なのよ。わたし、あの子が苦しめばいいと——傷つけばいいと考えたわ——わたしと同じように」

「まあまあ、下らないことをあれこれ考えるのはおやめなさいまし。奥さまはセアラさまをいつもそれはそれは大事にしていらっしゃいましたよ、いつだって」

アンはいった。

「でもずっと——その間ずっと——ひそんでいたのよ——憎しみが——暗い流れのよう

に……」

「もっと早くもやもやを吐き出してしまわなかったのは残念ですがね。たまには大喧嘩もいいものですわ。わだかまりを一掃しますからね」

アンはぐったりと枕に身をもたせかけた。

「でもわたし、今はもうあの子を憎んでなんかいないのよ」と彼女はふしぎそうに呟いた。「消えてしまったわ、憎しみはすっかり——そう、すっかり……」

イーディスは立ちあがってアンの肩を軽く叩いた。

「もうおよしなさいまし。そのうちに、何もかもうまくおさまりますわ」

アンは首を振った。

「だめよ、だめだわ。わたしたち二人とも、お互いにけっして忘れられないようなひどいことをいったんですもの」

「そんなこと、あるもんですか。きつい言葉だけなら怪我はないっていいますが、本当ですとも」

「忘れられないことがあるのよ。根本的なことは、けっして忘れられやしない」

イーディスはトレイを取りあげながらいった。

「けっしてという言葉は休み休みいえ——とも申しますね」

第四章

帰宅するとセアラはすぐ、ロレンスがスタジオと呼んでいる邸の裏手の広い部屋に行った。

ロレンスは最近買い入れた、フランスの若い彫刻家の作品である、小さな彫像の包装をといているところだった。

「これをどう思う、セアラ？　美しいだろう？」

彼はその裸像の曲線を官能的な指先で愛撫するように撫でさすった。

セアラはふと何かの記憶に嫌悪を催したようにかすかに身を震わせた。

眉をよせて彼女はいった。

「ええ、美しいわ――でもみだらな感じだわ！」

「おやおや、驚いたな。きみの中にまだピューリタン的なところがいささかなりとも残っているとはね、セアラ。なかなか面白いよ」

「その姿勢がみだらなのよ」

「少々頽廃的かもしれないな……が実に巧みだ。想像力に富んでいる。ポールは大麻をやるからね――それでこんなに迫力があるんだろうな」

ロレンスは影像を下に置いてセアラの方に向き直った。

「今日はまた格別あでやかだねえ、ぼくのチャーミングな奥さん。何か、心を騒がせていることがあるようにお見受けしますが。苦悩の表情というやつはいつもきみによく似合うんだな」

セアラはいった。

「あたし、母と大喧嘩をしてきたの」

「ほう？」とロレンスは面白そうに眉を吊りあげた。「それはまたふしぎだね。想像できないくらいだよ。あのおとなしいミセス・アンとねえ」

「今日はおとなしいどころじゃなかったわ！　あたしもひどいことをいったのは認めるけれど」

「家庭争議なんて退屈の一語につきるよ、セアラ。その話はもうやめよう」

「もともと話す気はなかったわ。母とあたしはもう完全におしまいよ――ひと口にいってしまえば。いいえ、あたし、ほかのことをお話ししようと思ったの。あたし――あたし、あなたと別れるつもりでいるんです」

スティーンはとくに何の反応も示さなかった。ただ眉をひょいとあげて呟いた。

「それはきみとしてはあまり賢明なことじゃないと思うがね」

「それ、威《おど》し？」

「いやいや——控え目に警告しただけだよ。ところで、なぜ、ぼくと別れるつもりになったんだね、セアラ？　ぼくの先妻たちとは違って、きみにはほとんど離婚の理由はないんじゃないかね？　たとえばぼくはきみの心を痛めるようなことは何もしていない。第一、きみはぼくに対してもともとそんなに情のある妻ではないし、おまけにいまだに——」

「いまだにあなたの寵《ちょう》をかたじけなくしているってわけ？」とセアラはいった。

「そんな東洋的ないいかたがしたいならね。そのとおりだよ、セアラ、ぼくはきみを完全な女だと思っている。いささかピューリタン的な名残りをとどめているのがかえって我々夫婦の——何というか——異教的な生活に風味を添えていると思うよ。ぼくの最初の妻の離婚の理由にしても、きみの場合にはあてはまらない。道徳的に我慢ならないというのはきみの論点ではなさそうだからね、いろいろなことを考えあわせると」

「理由なんて問題になって？　あたしがあなたのもとを去ったところであなたは何の痛

痒も感じないでしょうに！」

「痛痒は大いに感じるよ！　きみは目下のところ、ぼくのもっとも貴重な宝だからね——この部屋にあるどんなものよりも値打ちがある」こういってロレンスは大きく手を振った。

「あたしがいいたかったのは——あなたはあたしを愛してなんかいらっしゃらないでしょうにってことなの」

「ロマンティックな愛情なんてものはね、セアラ、前にもいったとおり、ぼくのうちに何の感興もひきおこさないんだよ——与えるにしろ、受けるにしろ」

「はっきりいってしまいますとね——あたし、ほかの人を愛しているんです。彼と一緒に行くつもりなの」

「ほう、すると、きみのもろもろの罪を後に残してかい？」

「どういうこと、それ？」

「きみが考えるほど、ことはそう簡単にはかたづかないんじゃないかな。きみは一を聞いて十を知るというような、ぼくのよき弟子だった。セアラ——生の潮はきみの体内にたくましく脈打っているんだよ。そうした官能を、喜びを——感覚の冒険を捨てることが、はたしてきみにできるだろうか？　マリアナのあの夜を……シャルコと彼の教えた秘戯を思い出してごらん……そういったことはね、セアラ、一朝一夕には振り捨てられないものなんだよ」

セアラは夫を見つめた。一瞬その目に不安の色が動いた。

「わかっているわ……よく……でも大丈夫、振り捨てられるわ！」

「そうかねえ？　きみは相当深くのめりこんでいるんだよ、セアラ……」

「でも、あたし、抜けだすつもりよ……必ず……」

くるりと背を向けて、セアラは急ぎ足に部屋を出て行った。

ロレンスは手にしていた彫像を音を立てて乱暴に下に置いた。

ロレンス・スティーンは本気で腹を立てていたのであった。彼はまだセアラに飽きていなかった。いや、飽きるときがくるとは思えないほどだった。激しい気性、執拗な抵抗、あがき。そのえもいわれぬ美しさ。それは収集家の垂涎おくあたわざる世にも稀れな宝であったのだ。

第五章

「おや、セアラじゃないの？」とデーム・ローラは机から驚いたように顔をあげていった。

セアラは息を弾ませ、何か激しい感情に揺さぶられているように見えた。

ローラ・ホイスタブルはいった。

「ずいぶん長いこと会っていないわね、わたしの名付け子さん」

「ええ、そうね……ああ、ローラ、あたし、どうしたらいいか、わからなくって」

「まあ、お坐りなさい」ローラはセアラを長椅子のところにやさしく導いていった。

「すっかり話してごらんなさい」

「あなたなら、あたしを助けて下さることができるだろうと思って、ここへきたの……あの——もしか——やめることができるかしら——薬を服む癖がついた人間が——もしも思いきって——」ひどく早口にセアラはいった。「ああ、これじゃあ、何のことをいっているのか、あなたにはちっともわからないでしょうねえ」

「わかりますとも。つまり、麻薬のことね？」

「そうなの」ローラ・ホイスタブルのあっさりしたいいかたにセアラは大きな安堵を感じた。

「そう、それはいろいろな条件によると思うわ。むろん、たやすいことではないわ――けっして。その種の習慣と手を切るのは、男よりも女にとっていっそうむずかしいものでね。麻薬を喫みはじめてどのぐらいになるか、どの程度それに依存しているか、普段の健康状態はどうか、あなた自身、どのぐらいの勇気と覚悟と意志の力を持っているか、これからどんな条件のもとに日常生活を送っていこうとしているか、前途にどんな希望があるか、また女の場合には、その戦いに勝てるようにあなたに手を貸してくれる人が身近にいるかどうか――そういったことに大いに左右されるからね」

セアラの顔はぱっと明るくなった。

「よかった。だったらあたし――たぶんうまくいくと思うわ」

「暇をもてあますような生活は感心しないわ」

セアラは笑った。

「暇なんか、ほとんどないでしょうよ。それどころか、一日中、やたらと体を動かしていると思うわ。それにある人が——あたしを容赦せずに、否応なく自分の思いどおりにさせる人がそばにいるでしょうし、希望は——そう、あらゆる希望があるのよ——本当にあらゆる希望が！」

「だったらセアラ、見込みは大いにあると思うわ」ローラはじっとセアラの顔を見つめて、ふと思いがけないことをいった。「あなたもやっとおとなになったようねえ」

「ええ、ずいぶん長いことかかったけれど……あたし、ジュリーのことを弱虫って呼んだわ。でも弱いのはあたしだったのよ。あたしっていつも誰かの支えを求めていたんだわ」

　こういってセアラはふと顔を曇らせた。

「ローラ——あたし、お母さまにとてもひどいことをしてしまったのよ。今日はじめてあたし、お母さまがカリフラワーのことを本当に好きだったんだって気がついたの。いつかローラ、あなたは犠牲とか、燔祭《はんさい》についてあたしにおっしゃったことがあったわね？　あたし、それに耳を貸そうともしなかったわ。自分を結構いい人間だと思いこんで、リチャードを追っぱらおうとあれこれ画策して得意になっていたんだわ——本当はただ子どもらしく嫉妬し、意地悪をしていただけなのに。あたしがお母さまにあの人を諦めさせたので、当然、お母さまはあたしのことを憎むようになったわ。でもお母さまはそんなことは一度もいわなかった。ただあたし、何もかもどうして前と違ってしまったんだろうとふしぎに思っていたのよ。今日、あたしたち、ものすごい言いあいをしたの——お互いに大声で怒鳴りあったわ。あたし、お母さまにひどいことをいって、あたしの身に起こったことをみんなお母さまのせいにしてしまったの。本当は、お母さまにすまなくって、居ても立ってもいられなかったのに」

「なるほどね」

「そんなわけで」とセアラは情けなさそうな顔をした。「あたし、どうしていいか、わからないのよ。何かの形でお母さまに償いができれば——でも今からではもう遅すぎるでしょうね」

ローラ・ホイスタブルは勢いよく立ちあがった。

「とにかくね。わたしなんかにいくらいっても、お門違いってものでしょう。こんな馬鹿げた時間の浪費はないわ……」

第六章

1

　ダイナマイトを扱う人間のようにおっかなびっくり、イーディスは受話器を取りあげ、深く息を吸いこんで、ダイアルを回した。呼び出し音を聞きながら、彼女は不安そうに肩ごしに振り返った。大丈夫。誰もいない。そのとき、職業的な声が威勢よく耳もとに響いたので、彼女は驚いてとびあがった。

「ウェルベック九七四三八ですが」

「あの――デーム・ローラ・ホイスタブルはいらっしゃいますか？」

「わたしですが」

　イーディスはごくんごくんと唾を呑みこんで、どぎまぎしながらやっといった。

「こちらはイーディスでございます。プレンティスさまのお宅のイーディスです」

「ああ、こんばんは、イーディス」

イーディスはもう一度唾を呑みこんだ。それからとりとめなく呟いた。

「いやなもんですわね、電話なんて」

「そのとおりだわ。でもわざわざかけてきたのは、何かわたしにいいたいことがあるんでしょう？」

「はい、奥さまのことなんでございます。わたし、本当に気が気でなくって」

「何も今日にはじまったことじゃないわね、あなたの心配は？」

「今度のは、わけが違うんでございますよ。食欲がまるでなくなって、ただぼんやり坐っておいでになるばかりで。それによく泣いていらっしゃるんです。といっても前のようにそわそわしていらっしゃるわけではなく、ずっと落ち着いてはいらっしゃいますが。このごろは、わたしを頭ごなしに怒鳴りつけるようなこともなくて、昔のように物静かで、思いやりのある奥さまにおもどりになってます——ただ、すっかり気落ちして——張りというものがまるっきり感じられないんです。恐ろしいほどですわ。本当に恐ろしいほどで」

「なるほど、面白いわね」と職業的な、ひとごとのような返事が返ってきた。イーディスにはそんな答えは気に入るわけがなかった。

「本当に心臓から血をしぼりとられるような、切ない気持ちがしますんです、はたで見ていますと」

「おかしなことをいうのはおやめなさい、イーディス。心臓は生理的な原因なしに血を流したりはしませんよ」

イーディスはかまわず言葉を続けた。

「セアラさまのことからなんでございますよ。お二人でいいたいことをおっしゃいまして。セアラさまはもう一カ月もこちらに顔をお出しになりません」

「ロンドンにはいないのよ——田舎に行ったのでね」

「お手紙を書きましたが」

「転送されていないんでしょう」

イーディスは少し元気づいた。

「じゃあ、仕方ありませんわ。そのうちロンドンに帰っておいでになれば——」

デーム・ローラはいきなりいった。

「びっくりしないでね、イーディス、セアラはジェラルド・ロイドとカナダに行くことになっているの」

ふうっと、ソーダ・サイフォンのように大きな鼻息が聞こえた。

「よくないことじゃございませんか。れっきとした現在の旦那さまをほったらかして、そんな――」

「聖人ぶったことはいわない方がいいわ、イーディス。ほかの人を裁くなんて、もってのほかですからね。セアラも向こうへ行けばいろいろと苦労するでしょうよ――これまでの贅沢な生活とは万事大違いで」

イーディスは溜息をついた。

「そう伺うと、少しは罪が軽くなるような気もいたさないでもございませんが……それにこういっちゃなんですが、スティーンさまはどこかこう薄気味の悪いところがおありで――悪魔に魂を売り渡したんじゃないかって気のするお方でございますから」

デーム・ローラは素っ気ない声でいった。

「わたしは当然、そんないいかたはしませんがね、まあ、大体において同感だわ」

「それで、セアラさまはお暇乞《いとまご》いにこちらにおいでにもならずにお発ちになるんでしょうか？」

「そうらしいわね」

イーディスは憤然といった。

「それはまあ、ひどく不人情なお話でございますねえ」

「あなたには何もわかっていないのよ」

「娘というものが親に対してどうふるまうべきか、それくらいはわたしにもわかっておりますですよ。セアラさまがそんな不人情なことをなさろうとは思いもしませんでしたが！　あなたさまが何とかお口添えをして下さるわけにはいかないものでしょうか？」

「わたしはね、ひとのことには干渉しないことにしているの」

イーディスは深く息を吸いこんだ。

「言葉を返してごめん下さいましよ。あなたさまは有名で、その上とてもおつむがよくていらっしゃいますし、わたしはただのメイドに過ぎません——でも今度ばかりは、口出しをなさるべきじゃありませんでしょうかね」

こういって、イーディスは怖い顔で受話器をガチャリと置いた。

2

イーディスが二回声をかけてから、アンはやっと我に返った様子で返事をした。

「何ていったの、イーディス？」

「おぐしの根もとの方がおかしく見えるって、そう申しましたんです。もうちょっとお手入れなさらないことには」

「構わないのよ、もう。いっそ白髪まじりの方がいいわ」

「たしかにお品はよく見えますね、その方が。でも色がむらですと、何だか妙で」

「いいの、もうどう見えようが」

本当に何もかもどうでもよくなっていた。毎日毎日が機械的にたっていくだけで、アンはおよそ何にも関心がなかった。彼女は今も今とて考えていたのである。〝セアラは永久にわたしを赦してくれないだろう。それも当然だわ……〟

電話が鳴った。アンは立って受話器を取りあげた。「もしもし」と元気のない口調でいうと、ローラのはきはきした声がいきなり耳もとに響いた。

「アンなの？」

「ええ」

「わたしはほかの人の人生に干渉するのは嫌いなんだけれどね——でもあなたが知っておいた方がいいと思うことがあるのよ。セアラとジェラルド・ロイドが今晩八時の飛行機でカナダに発つことになっているの」

「何ですって？」とアンは喘《あえ》ぐようにいった。「わたし、もう何週間も——セアラに会っていないのよ」

「今までは田舎の療養所に行っていたんでね。麻薬をやめたいと思って、自分から進んで入ったのよ」

「まあ！　で、大丈夫なの、セアラは？」

「よくなったわ、たいへんに。そこまでになるには並大抵の苦しみじゃなかったということはあなたにもわかるでしょうね……ええ、わたしはセアラを誇りに思うわ。あの子にはしっかりしたバックボーンがあるのよ」

「ああ、ローラ」とアンは夢中でいった。「アン・プレンティスがどんな人間か、わかっているのかって、いつかあなたに訊かれたわね？　今やっとわかったのよ、自分がどんな人間かが。わたしは恨みと憤りからセアラの一生をめちゃめちゃにしてしまったわ。あの子はけっしてわたしを赦してくれないでしょうよ」

「いい加減になさいな。ほかの人間の一生をめちゃめちゃにできる人間なんて、いるものですか。メロドラマティックな涙に暮れるなんて馬鹿げていてよ」

「だって、そのとおりなんですもの。自分がどんな人間か、どんなひどいことをしたか、わたしにはよくわかっているのよ」

「結構な話じゃないの。それに越したことはないわ。でもね、もう後悔も身にしみたころなんでしょうから、そろそろ次の行動に移った方がよくはないの？」

「あなたにはわからないのよ。わたし、良心が咎めて――どうしてあんな仕打ちをしたのかと――」

「いいこと、アン？　わたしの我慢ならないことが二つあるの。一つはね、自分がどんなに高潔な人間か、自分の行為にはどんな道徳的理由があるかを得意満面と述べたてること。もう一つは、自分は何と悪いことをしたのだろうと際限なく泣きごとを並べることよ。どっちの感情も正しいんでしょうがね――そりゃあ、あなたの行為についての真相を認めることはもちろん必要よ。でも、いったん認めたら、さっさと次のことに進むべきだわ。時計の針をもとにもどすことはできないし、やってしまったことをやらなかった状態に返すことはたいていの場合、できない相談よ。生き続けること、それが肝心なんだから」

「ねえ、ローラ、セアラのことなんだけど、どうしたらいいと思う？」

ローラ・ホイスタブルは鼻を鳴らした。

「わたしはね、今回に限って干渉はしたかもしれないけれど――忠告をするほど堕落してはいないつもりよ」

こういってガチャリと電話を切った。

アンは夢遊病者のようにぼんやりと部屋を横切ってソファーのところに行き、腰をおろすとぼんやり目の前を見つめた……

セアラとジェリー——うまく行くだろうか？　セアラ——かわいい大事な彼女のひとり娘——これであの子はやっと幸福をつかむのだろうか？　ジェリーは根本的に弱気な人間だ——今後も性懲りもなく失敗を重ねるかもしれない——セアラの期待を裏切り、彼女に幻滅を味わわせはしないだろうか——彼女を不幸にするのではないだろうか？もしもジェリーが別なタイプの男だったら……しかし、ジェリーをセアラは愛しているのだ。

時は刻々とたった。しかし、アンはいつまでもじっと坐っていた。

もうわたしには関係のないことだ。わたしはセアラに対するすべての権利をなげうったのだから。二人の間には今や越えがたい深淵がひろがっているのだ。

イーディスが一度戸口から様子を窺ったが、すぐ足音を忍ばせて立ち去った。

しばらくして玄関のベルが鳴り、イーディスが出て行く気配だった。

「モーブレーさまがお見えですが」

「え、何ですって？」

「モーブレーさまです。下でお待ちです」

アンはとびあがった。そしてちらっと時計を見やった。わたし、何を考えていたんだろう——半ば感覚を失ったようにぽかんと坐っていたんだわ。

セアラが行ってしまう——しかも今晩——地球の反対側に行ってしまうのだ。

アンは毛皮のケープをつかんで部屋から走り出た。

「バズル」と息を弾ませて彼女はいった。「お願い、わたしを空港まで連れて行って。できるだけ急いでちょうだい」

「しかし、馬鹿にまた急ですね。いったい、どうしたんです？」

「セアラが、カナダに行ってしまうのよ。わたし、さよならもいっていないの」

「それはまあ、ずいぶんせっぱつまった話じゃありませんか」

「ええ。わたし、本当に馬鹿だったのよ。でもまだ遅すぎはしないと思うわ。お願いよ、バズル——急いでね！」

バズル・モーブレーは溜息をついてエンジンを始動させた。

「あなたは珍しいくらい、良識のある人だと思っていたんだが」と彼は感心しないという口ぶりでいった。「ぼくはね、今後とも自分が人の子の親なんてものになるつもりがないことについて神に感謝しますよ。親って、どうかするとひどく奇矯な行動をするようですからね」

「急いでちょうだい、バズル」

ケンジントンの街路を走り、ハマスミスの狭隘な道路を避けるために裏通りをあっちに曲がり、こっちに折れ、混雑をきわめているチズィックをなんとか抜けて、自動車はやっとグレート・ウェスト街道に出た。背の高い工場やネオンの輝く建物の脇を唸りをあげて疾走し――小ぎれいに取り澄ました住宅地を通り過ぎ……母親と娘、父親と息子、夫と妻――人間が思い思いの生活を送っている家々がそこに並んでいた。それぞれが自分なりの問題をかかえ、喧嘩をしたり、和解したりして暮らしているのだ。〝ちょうどわたしのように〟とアンはふと思った。彼女は突然温かい共感を、人間に対する愛と理解を感じた……ひとりぼっちではない。ひとりぼっちなんてことはあり得ないのだ。自分と同じような人々の住むこの世界に生きている限り……

3

ヒースロー空港のラウンジでは飛行機に乗りこむはずの客があちこちに立ったり坐ったりして、搭乗の時を知らせるアナウンスを待っていた。

ジェリーがセアラにいった。

「後悔はしていないね？」

セアラは大丈夫というようにちらっと彼を見返した。

セアラは少し痩せ、その顔には苦痛をじっと忍んだ名残りの皺が刻まれていた。それは前より少し老けた顔、美しさには変わりないが、今はもう成熟した女の顔であった。

セアラは考えていた。

〝ジェリーはあたしがお母さまにさようならをいいに行けばいいのにと思っていた。ジェリーにはわからないんだわ……何かあたしに埋めあわせができさえすれば……でもあたしにできることは何もないんだもの……〟

リチャード・コールドフィールドを母に返すことはもうできないのだ……

そうだ、彼女が母親にしたことは、赦しがたい罪だ。

ジェリーと一緒に新しい生活に入ることはたしかにうれしいことに違いなかった。けれども彼女の中の何ものかが淋しげに叫んでいた。

〝あたし、行ってしまうのよ、お母さま。あたし、遠くへ行ってしまうのよ……〟と。

ああ、もしも――

アナウンサーの耳障りな声に、セアラは思わず跳びあがった。

「フライトナンバー〇〇三四六、プレストウィック、ガンダー、モントリオール行きにお乗りのお客さまは緑色のライトにそって税関と出国管理所においで下さい……」

乗客はまわりの手荷物を取りあげて、出口に向かって歩きだした。セアラはジェリーの後ろを少し遅れて歩いていた。

「セアラ！」外側の戸口からアンが毛皮のケープを肩からずり落として、娘の方に駆け寄ってくるのが見えた。セアラは小さな旅行鞄を取り落として駆けもどった。

「お母さま！」

二人はひしと抱きあい、それから身を引き離して、顔と顔を見あわせた。

アンがいおうと思っていたこと、くる途中、頭の中で繰り返したことはついに言葉にならなかった。そんな必要はなかったのだ。セアラもまた何もいう必要を感じなかった。

「赦してちょうだい、お母さま」などという言葉は無意味であったろう。

そしてその瞬間セアラは、アンへの子どもじみた依存の最後の残滓を振り捨てたのであった。彼女は今や自分の足で立ち、自力で決断することのできる成熟した女であった。

母親を安心させたいという気持ちを感じ、奇妙な本能に駆られてセアラはいった。

「あたしのことは大丈夫よ、お母さま」

ジェリーがにこにこしながら、傍らからいった。

「セアラのことは、ぼくがよく気をつけますよ」

空港の係員がジェリーとセアラを促すために近よってきた。

セアラはまたしても場違いにさりげない言葉でいった。

「お母さま、大丈夫ね？　本当に？」

アンは答えた。「ええ、もちろんですとも。さようなら。幸せになってちょうだい」

ジェリーとセアラは戸口を通って彼らの新しい人生に向かって歩み去った。そしてアンはバズルが待っている自動車のところにもどった。

「恐ろしいな、飛行機って機械は」とバズルは滑走路を走って行く大型機を見送りながらいった。「まるで大きな邪悪な昆虫のようだ！　まったく生きた心地もしませんよ」

通りに出るとバズルは自動車をロンドン市内の方向に向けた。

「悪いんだけれど、バズル、今夜はわたし、ご一緒しないわ。家で静かに過ごしたいの」とアンはいった。

「いいですよ。じゃあ、お宅までお送りしましょう」

アンはバズル・モーブレーのことをいつも、〝ちょっと味のある、ひねくれもの〟だと思っていた。しかしこのときはじめて彼女は彼がなかなかに親切で、むしろ淋しい人間であることに気づいたのだった。

〝本当にあたしって、これまで何をしてきたんだか〟とアンは心に呟いた。

「しかしアン、何か食べなくてもいいんですか？　外で食事をする予定だったから家に帰っても何も用意してないでしょう？」とバズルが心配そうにいった。

アンは微笑して首を振った。一幅の心暖まる絵が目の前に浮かんでいたのだった。

「心配して下さらなくても大丈夫。イーディスが炒り卵をトレイに載せて炉の前に運んでくれるわ――そう、それから熱いお茶とね、ありがたいことに！」

玄関に出迎えたイーディスは女主人に鋭い一瞥をくれたが、ただひとことといった。

「さあ、火のそばにお坐りなさいまし」

「この馬鹿げた服を脱いで、何か着心地のいいものを着るわ」

「四年前にわたしに下さったあの青いフランネルの化粧着をお召しなさいまし。ネグリジェとかいう妙ちきりんなピラピラより、ずっと気持ちがようございますよ。わたしはまだいっぺんも袖を通していませんから。わたしの簞笥の一番下の抽出しにしまってあります。死んだらあれを着て埋めてほしいと思いましたのでね」

青い化粧着を着こんで応接間のソファーに横たわり、アンはじっと火を見つめていた。

やがてイーディスがトレイを捧げ持って入ってきて、アンの脇の低いテーブルの上に置いた。

「後でおぐしにブラシをかけてさしあげましょう」

アンはにっこりとイーディスにほほえみかけた。

「今夜はまるで小さな子どものようによくしてくれるのね、イーディス。なぜ？」

イーディスは唸るような声でいった。

「なぜって、あなたはわたしにはいつでもまだほんの小さなお嬢さんのように思えるからですわ」

「イーディス――」アンは彼女を見あげて、ちょっといいにくそうにいった。「イーディス――わたし、セアラに会ったの。もう――大丈夫、心配いらないわ」

「もちろんですとも！　心配することなんか、はじめからありゃしなかったんですよ。まったくいわないこっちゃありませんわ！」

一瞬イーディスはいかつい老いた顔をやさしく和ませて女主人を見おろしていた。

それから部屋を出て行った。

「この平和な気持ち……」とアンはしみじみ思った。遠い昔から心に銘記していた言葉が、今彼女の胸に押しよせていた。

「人の思いに過ぐる神の平安……」

訳者あとがき

『娘は娘』(A Daughter's a Daughter)は、クリスティーがメアリ・ウェストマコットの名で書き、『春にして君を離れ』、『愛の重さ』と、三部作をなすとも考えられる。『春にして……』で夫婦間の、『愛の重さ』で姉妹間の愛情を取りあげた著者は、この『娘は娘』ではひきあうと同時に反発しあう母と子を描いている。前二作(原書の出版は『愛の重さ』が一番後になっているが)では、愛する者の生活に干渉し、それを自分の恣意にしたがって律しようとする人間の落ちこんでゆく状況が書かれているのに対し、本書では、かつてはやさしく愛情こまやかであった母親が、再婚問題から娘に関心を払わなくなり、そのためにみすみす誤った結婚生活にはいる若いセアラの姿が中心となっている。クリスティーはあながち干渉しないことばかりをよしとしているわけではないのだろう。「わたしは弟の番人でしょうか?」というカインの問いにはつねに無言の叱責が返ってくるのだ。

本書で『愛の重さ』のボールドック氏にあたる狂言まわしの役を引き受けているのは、率直で暖かいデーム・ローラ・ホイスタブルである。それにメイドのイーディス。見当違いな諺《ことわざ》を連発するおかしさと頑固なまでのその忠実さとが、この物語に前二作にないユーモラスな味わいを添えている。

クリスティーは『火曜クラブ』の中でミス・マープルに次のようにいわせている。

「しみじみ思いますのは、女は女同士ってことですわ――まさかのときは同性の側に立たなくてはということですのよ」

推理小説にしろ、ロマンスにしろ、女ごころに対する洞察、そして思いやりはクリスティーの大きな特徴である。ミス・マープルのこの言葉は売り出し中の若い女優に対してそれとなくいわれたもので、この女優ジェイン・ヘリアには翌年出版された『エッジウェア卿の死』のエッジウェア令夫人ジェイン・ウィルキンソンの面影がある。まったく自己中心で、向こう見ずで、非情な、それでいてどこかひどく哀れを誘う女性をクリスティーはこのほか、『邪悪な家』のニック、『ナイルに死す』のリネット、『鏡は横にひび割れて』のマリーナに具現させている。この種の男性の殺人者がクリスティーの作品にはまったく登場しないことを思うとき、「女は女同士」という言葉がばかに切実な響きをおびてくる。

この『娘は娘』の出版された一九五二年には『魔術の殺人』、『マギンティ夫人は死んだ』が出版されており、クリスティーとしても実り多い年であった。

クリスティー映画が日本の銀幕に初登場したころ

映画評論家
児玉数夫

昭和十二年（一九三七年）七月七日、日本国民は、たなばたの夕べを楽しんで寝についた。しかし、そのとき、北京郊外、蘆溝橋北方一〇〇〇メートルの龍王廟で、銃火が交されていた。その夜が、二九六〇日におよぶ惨憺たる戦いの前夜になるとは知るよしもなかったのである。

「日支事変」と呼んだが、まさしくこれは「戦争」であった。さながら魔鳥の巨大な翼におおわれてきたような年であった。

八月一日、神田・銀映座で見たニュース映画には、特報・北支事変ニュース、とあり、十一月十六日、渋谷・東横映画劇場（のちの渋谷東宝）で見た短篇は、「北支第一報」とあった。

これが十二月二十九日、中野・薬師公園劇場で見た朝日世界ニュースは、特報・日支事変と呼称が変わってきている。

洋画(アメリカ映画・ヨーロッパ映画)の輸入制限は、昭和十二年九月から始まり、昭和十三年でも続いていたが、物資不足ということではなかった。正月は、こたつ——当時の暖房といえば、これしかなかった——にもぐりこみ、蜜柑《みかん》を食べながら、翻訳探偵小説を読んで過ごした。アガサ・クリスティーの短篇「悪夢」を『スタア』で読んで、その面白さに虜にされた。小学校の五年生から、友だちの兄の『新青年』をかりて愛読していたぐらいだから、これまでにも翻訳探偵小説は随分読んでいるのだが、夢中になって本を漁りだしたのは、日大生になっての正月からである。

翻訳探偵小説を熟読するために、この年の映画見物は、大好きな喜劇だけに重点をおいて見ることにしたほどである。

クリスティーの映画化作で、戦中、こちらに公開されたのは、これが唯一本という、「血に笑ふ男」(三七年)——。

物語を紹介しよう。

タイピストのキャロル・ハワード(アン・ハーディング)は、わずかな給料のなかから買っておいたフランス政府発行の富くじが当たって、思いもかけぬ大金を手にし、かねてからの憧れのパリ旅行を実現しようと、同宿の叔母ルー（ジーン・キャデル）と友人のケート（ビニイ・ヘール）も誘った。そして、住んでいたアパートを貸したいと新聞広告を出す。それを見た、と上品な紳士ジェラルド・ラヴェル（ベジル・ラスボーン）が訪れてきた。

彼の洗練されたものごしが世馴れぬキャロルの心をとらえ、礼儀正しい求愛に、キャロルは恋人ロナルド（ブルース・シートン）の存在も忘れて、ジェラルドとの結婚にふみきる。彼の言葉に従って郊外の寂しい一軒家に移り住み、甘い新婚生活に入った。夫を信じきっているキャロルは財産のすべてを、彼の名義に書き替えた。ジェラルドは趣味の科学と写真の研究をする、といって地下室にこもり、この研究室にはキャロルの入室を拒むのであった。彼は日頃、持病の心臓病に悩んでいたが、ある日、来診に来た医師（ブライアン・フォーリー）から、はからずもキャロルは、夫の恐ろしい秘密の一端を知らされる……。

ハリウッドから渡ったローランド・V・リー監督のイギリス、トラファルガァ作品、ユナイテッド・アーチスツ社によって本邦輸入・公開された。原題 *Love from a Stranger*。

リメイクされて、今度はイーグル・ライオン映画（四七年）――こちらは未公開。脚色を推理作家フィリップ・マクドナルドが担当。シルヴィア・シドニイ、ジョン・ホディアック、共演者に、アン・リチャーズ、ジョン・ハワード。監督＝リチャード・ウォーフ。

「血に笑ふ男」は戯曲（短篇「うぐいす荘」をフランク・ヴォスパーが戯曲化したもの）の映画化作ということだが、戦後、こちらに入った最初のクリスティー映画も戯曲の映画化作であった。

「情婦」（UA・五七年）——。

この戯曲『検察側の証人』が、ニューヨークのヘンリイ・ミラー劇場上演の際の舞台俳優は、パトリシア・ジェッセル、フランシス・L・サリヴァン、アーネスト・クラーク、ジーン・ライアンス。演出はロバート・ルイス。これを見たのがMGMを去ったルイス・B・メーヤーで、三二万五〇〇〇ドルで映画化権を購入、クラーレンス・ブラウン監督と交渉したのは、五五年の夏のことである。

製作者、監督の顔ぶれは変わって、タイロン・パワー、マレーネ・ディトリッヒ、チャールス・ロートン共演、ビリイ・ワイルダァ監督の素晴らしい傑作となって誕生した。製作したエド・スモールとアーサー・ホンブロウJr.は、世界的なヒットに気をよくしたが、ご両人は、その後、大喧嘩をして共同プロを解散し、アーサーは、ロンドンに飛んで、クリスティーに面会。次作の映画化権獲得交渉にのぞんだ。一方、エドも、クリスティーものを狙って、ロンドンの舞台に、六年目の公演を続ける女史戯曲の「ねずみとり」に眼をつけ、イギリスの製作者兼監督ヴィクタァ・サヴィルと共同戦線をはって、この〝ねずみとり〟の取りっこに勝名乗りをあげ、親友タイロン・パワーの死と、撮影中の大作の撮りなおしに青息吐息だったエドも気をとりなおして、監督にビリイ・ワイルダァ、主演女優にマリア・シェルを交渉したが、これは実現をみなかった。

——以上、アガサ女史に私がいかに熱烈な想い入れをしてきたか、その証左として、クリスティー映画メモの一部をご披露した次第、企画立ち消えに終わったものは、実に多くある。

推理作家は、江戸川乱歩先生をはじめ、映画好きが多い、映画のわが友・都筑道夫などその最たる者であった。ところが、敬愛するアガサ・クリスティー女史は、大の映画嫌いであったとは！

映画化に首にタテにふらなかった、そのせいか、最初に映画になったのは二八年、それもドイツ。クリスティーが、二二年に発表した『秘密機関』の映画化 *Die Abenteurer G.m.b.H.* ——イヴ・グレイ、マイクル・ラスムニイ主演、フレッド・ソウァー監督。これはトミーとタペンスという若い男女が冒険心からスパイ組織に挑戦するお話。

同年（二八年）、イギリスのストランド社から *The Passing of Mr Quinn* ——スチュアート・ローム、トリルビー・クラーク主演、レスリイ・ヒスコット監督。この主人公は長篇には登場せずじまいの〝謎のクイン〟——ハリイ・クインは安楽椅子探偵《アームチェア・デイテクテイブ》タイプである。

「血に笑ふ男」の登場まで、イギリスでもクリスティー映画はほとんど作られていなかったのであった。女史の晩年から没後、多くの映画が製作されたのは、ご存知のとおり。

本書『娘は娘』をはじめとする、クリスティー女史の一連の「愛の小説」（当初はメアリ・ウェストマコット名義で発表）は、まだ映画化されたことはないようである。探偵ものばかりでない女史の魅力を知らしめる意味でも、映画化が企画されることを望みたい。

バラエティに富んだ作品の数々

〈ノン・シリーズ〉

名探偵ポアロもミス・マープルも登場しない作品の中で、最も広く知られているのが『そして誰もいなくなった』(一九三九)である。マザーグースになぞらえて殺人事件が次々と起きるこの作品は、不可能状況やサスペンス性など、クリスティーの本格ミステリ作品の中でも特に評価が高い。日本人の本格ミステリ作家にも多大な影響を与え、多くの読者に支持されてきた。

その他、紀元前二〇〇〇年のエジプトで起きた殺人事件を描いた『死が最後にやってくる』(一九四四)、『チムニーズ館の秘密』(一九二五)に出てきたロンドン警視庁のバトル警視が主役級で活躍する『ゼロ時間へ』(一九四四)、オカルティズムに満ちた『蒼ざめた馬』(一九六一)、スパイ・スリラーの『フランクフルトへの乗客』(一九七〇)や『バグダッドの秘密』(一九五一)などのノン・シリーズがある。

また、メアリ・ウェストマコット名義で『春にして君を離れ』(一九四四)をはじめとする恋愛小説を執筆したことでも知られるが、クリスティー自身は四半世紀近くも関係者に自分が著者であることをもらさないよう箝口令をしいてきた。これは、「アガサ・クリスティー」の名で本を出した場合、ミステリと勘違いして買った読者が失望するのではと配慮したものであったが、多くの読者からは好評を博している。

72 茶色の服の男
73 チムニーズ館の秘密
74 七つの時計
75 愛の旋律
76 シタフォードの秘密
77 未完の肖像
78 なぜ、エヴァンズに頼まなかったのか?
79 殺人は容易だ
80 そして誰もいなくなった
81 春にして君を離れ
82 ゼロ時間へ
83 死が最後にやってくる
84 忘られぬ死
86 暗い抱擁
87 ねじれた家
88 バグダッドの秘密
89 娘は娘
90 死への旅
91 愛の重さ
92 無実はさいなむ
93 蒼ざめた馬
94 ベツレヘムの星
95 終りなき夜に生れつく
96 フランクフルトへの乗客

訳者略歴　東京大学文学部卒，英米文学翻訳家　著書『鏡の中のクリスティー』訳書『火曜クラブ』『春にして君を離れ』クリスティー，『なぜアガサ・クリスティーは失踪したのか？』ケイド（以上早川書房刊）他多数

娘《むすめ》は娘《むすめ》

〈クリスティー文庫 89〉

二〇〇四年　八　月三十一日　発行
二〇二一年十一月　十五　日　四刷

（定価はカバーに表示してあります）

著　者　アガサ・クリスティー
訳　者　中《なか》村《むら》妙《たえ》子《こ》
発行者　早川　浩
発行所　株式会社　早川書房

郵便番号一〇一 - 〇〇四六
東京都千代田区神田多町二ノ二
電話　〇三 - 三二五二 - 三一一一
振替　〇〇一六〇 - 三 - 四七七九九
https://www.hayakawa-online.co.jp

乱丁・落丁本は小社制作部宛お送り下さい。
送料小社負担にてお取りかえいたします。

印刷・株式会社亨有堂印刷所　製本・株式会社明光社
Printed and bound in Japan
ISBN978-4-15-130089-9 C0197

本書は活字が大きく読みやすい〈トールサイズ〉です。